D1292840

1.ª edición: julio, 2016

© Alberto Vázquez-Figueroa, 1997
© Ediciones B, S. A., 2016
    para el sello B de Bolsillo
    Consell de Cent, 425-427 — 08009 Barcelona (España)
    www.edicionesb.com

Printed in Spain
ISBN: 978-84-9070-270-3
DL B 11108-2016

Impreso por NOVOPRINT
            Energía, 53
            08740 Sant Andreu de la Barca — Barcelona

12/16

DATE DUE

JAN 1 0 2017	
FEB 0 8 2019	

Sultana Roja

ALBERTO VÁZQUEZ-FIGUEROA

PRIMERA PARTE

LA BRASA

Dos y diez de la madrugada; los primeros noctámbulos de la ciudad más noctámbula de Europa comenzaban a desfilar hacia sus casas, pese a que el calor invitaba a continuar en las terrazas al aire libre en las que aún podían admirarse provocativos cuerpos de muchachitas casi adolescentes que no parecían tener prisa por caer en la cama, a no ser que lo hicieran acompañadas. Los exámenes de fin de curso habían concluido un par de semanas antes, y por dicha razón eran mayoría los chicos y chicas que deambulaban por las calles o hacían corro en torno a un banco en el que un par de galanes tomaban asiento en el respaldo sin preocuparse por el hecho de estar plantando las sucias suelas de sus zapatos en el punto exacto en el que al día siguiente tal vez hiciera un alto en el camino un fatigado anciano.

En la Castellana, a la altura de María de Molina y los Altos del Hipódromo, los travestis exhibían sus semidesnudos cuerpos al tiempo que abundaban en provocativos gestos, casi en el mismo momento en que, en la esquina de Recoletos con Almirante, tres jóvenes chaperos aguardaban la llegada del tímido cliente —felizmente casado y padre de familia— que no hubiera logrado vencer esa noche las oscuras exigencias de sus más íntimos deseos.

Por el resto de la siempre despierta ciudad, aquí y allá, en lugares muy concretos y sobradamente conocidos, deambulaban docenas de prostitutas a las que se advertía satisfechas por no tener que soportar ya los gélidos rigores del cortante viento que meses atrás llegaba de la sierra barriendo las largas avenidas, y una apresurada ambulancia cruzaba a lo lejos atronando la noche con su irritante alarido.

No se trataba, por tanto, más que una del millón y una noches madrileñas en la que era de suponer que nacerían y morirían seres humanos, se haría el amor, se consumirían alcohol y drogas e incluso se bailaría un remedo de sevillanas para turistas hasta que la primera claridad del día anunciara su llegada por encima de las inclinadas siluetas de las Torres Kio.

No obstante, a las dos y quince minutos de esa noche de finales de junio, una mujer de poco más de treinta años, cabello negro, facciones muy marcadas y profundos ojos oscuros, que vestía camiseta blanca y pantalones vaqueros, detuvo un Rover 800 de color cobrizo junto al surtidor de la plaza Isabel II, descolgó la manguera y la acomodó en la toma de carburante del vehículo.

No se distinguía a nadie por las proximidades.

A poco más de dos manzanas de distancia, calle Arenal arriba, tres cansados clientes abandonaban charlando el Joy Eslava para subir a un taxi.

La mujer de la camiseta blanca extrajo del bolsillo posterior de su pantalón un puñado de billetes de mil pesetas y los fue introduciendo, uno tras otro, en el cajero automático de la gasolinera.

¡Muchos! Sin duda, demasiados.

A continuación, y tras dirigir una distraída ojeada a su alrededor, fijó la palanca de empuñadura de la manguera y permitió que el oloroso líquido amarillento comenzara a fluir al interior del depósito del Rover de color cobrizo de impecable aspecto.

Para cualquier insomne que tuviera la ocurrencia de asomarse en ese momento a una ventana, la escena no ofrecería la más mínima apariencia de anormalidad.

Una noche de verano más, y una atractiva conductora de provocativos pechos que había esperado hasta el último momento para reabastecerse de combustible.

Un buen momento para regresar a la cama mientras el taxi y sus tres clientes se alejaban hacia la plaza de Oriente y la calle Bailén.

La mujer pareció sentir curiosidad por los carteles de la película que se ofrecía en el cine que abría sus puertas a menos de treinta metros de distancia, y dejando la manguera encajada en el coche se aproximó a observarlos.

Nada hacía presagiar el más mínimo peligro.

La gasolina continuaba fluyendo con fuerza.

No obstante, y eso sí que resultaba en verdad sorprendente, el Rover no parecía sentirse nunca satisfecho. Litros y litros de combustible penetraban en su interior sin acabar de llenar el insaciable depósito, y se hacía necesario aproximarse mucho para llegar a la conclusión de que al tiempo que penetraba por uno de sus costados, la gasolina surgía por un pequeño tubo que casi rozaba el suelo, para esparcirse libremente por el asfalto.

A los pocos minutos la mujer volvió sobre sus pasos, se detuvo a unos diez metros del vehículo y observó, imperturbable, el charco de gasolina que se deslizaba por debajo de dos utilitarios que se encontraban aparcados a corta distancia y continuaba su camino en dirección a la fachada posterior del Teatro Real, un enorme edificio cuya enésima restauración, a punto ya de concluirse, había costado miles de millones y que se encontraba a menos de veinte metros de distancia.

Dos barrenderos hicieron en esos momentos su aparición descendiendo por la cuesta de Santo Domingo charlando animadamente mientras empujaban un carrito, y el más joven de ellos no pudo por menos que lanzar un leve silbido de admiración al observar la llamativa figura de la mujer del pantalón tejano, que se limitó a mirarles con desconcertante indiferencia al tiempo que sacaba del bolsillo un mechero, lo encendía y se acuclillaba para aplicarlo al pequeño reguero de gasolina que casi le rozaba los zapatos.

Los horrorizados barrenderos pudieron observar cómo una enloquecida llamarada corría sobre la calle, hacía volar por los aires a los dos utilitarios y convertía en cuestión de segundos una de las plazas más antiguas y nobles de Madrid en una auténtica sucursal del infierno.

La mujer observaba su obra con total indiferencia, mientras las llamas comenzaban a lamer los muros del Teatro Real.

¿Incendiaria...?

Cómo podría negarlo, si me han sorprendido con las manos en la masa.

¿Atracadora...?

Resultaría estúpido intentar ocultar que he participado en una veintena de atracos. En cuanto la policía rebusque en sus archivos encontrará mi ficha bajo una u otra identidad. En estos últimos años he utilizado varias.

¿Prostituta?

Si aceptar dinero por irse a la cama con un hombre es ser prostituta, me temo que lo soy.

¿Lesbiana?

Si haber hecho el amor con otra mujer, aun sin interesarme especialmente, también lo soy.

¿Drogadicta?

Si meterse de tanto en tanto una raya de coca entre pecho y espalda es ser drogadicta, lo acepto.

¿Terrorista...?

Eso depende del punto de vista.

¿Asesina...?

¿Y qué es exactamente un asesino? ¿Alguien que mata por placer? ¿Alguien que mata por dinero? ¿Alguien que mata por venganza, o alguien que mata por necesidad? Incluso, ¿por qué no?, alguien que mata por obligación. En cuanto me lo aclaren, decidiré si me considero o no una asesina.

¿Lacra humana?

En eso sí que disiento. Yo no soy en absoluto una lacra humana, ni una escoria tal como se viene asegurando, sino más bien alguien a quien se le debe mucho,

¡tanto!, que dudo de que consigan pagarme por más que se esfuercen.

No. No estoy exagerando. Hace ya casi treinta años, desde el día mismo en que nací, que guardo silencio sobre todo cuanto he visto, y creo que ha llegado el momento de hablar.

Mi historia es larga. Dura, a menudo cruel, y demasiado larga.

Mi verdadero nombre, que ninguna policía de este mundo ha conseguido determinar hasta el presente, es María de las Mercedes Sánchez Rivera, que como se puede advertir es bastante vulgar y poco tiene que ver con los absurdos apodos de Sultana Roja o La Antorcha con que se me suele conocer.

Ni Sultana Roja, ni La Antorcha; sencillamente Merche Sánchez, nacida un 10 de marzo en un miserable poblacho andaluz de cuyo nombre no quiero acordarme.

Mis primeros años debieron ser los normales en una niña nacida de padres aceituneros, supongo que ni mejor ni peor, pero lo que sí sé es que al poco de nacer mi hermano pequeño, Rafael, murió mi padre, con lo que nos quedamos en la más pura miseria.

Mi madre hacía cuanto podía por sacarnos adelante, trabajando en el olivar y en las casas de los señoritos de sol a sol, pero eran cuatro las bocas que tenía que alimentar, cuatro los cuerpecitos que tenía que vestir y ocho los piececitos que tenía que calzar, y pese a que se dejaba la piel y la juventud en el intento, la mayor parte de las veces no conseguía ni alimentarnos, ni vestirnos, ni mucho menos calzarnos.

A tal punto llegaba nuestra necesidad, que algunas noches mi madre se escabullía en silencio cuando creía que dormíamos, y el día que decidí seguirla fue para descubrir que se encaminaba a La Jota de Corazones, uno de esos clubes de carretera en los que suelen detenerse los camioneros.

Yo no tendría entonces más de ocho años, pero en el pueblo era cosa sabida a qué se dedicaban las mujeres que frecuentaban aquel antro.

¿Qué podía hacer?

Cuando tienes hambre y tres hermanos a los que cuidar, la procedencia del dinero poco importa, siempre que alcance para pagar el alquiler y lo poco que podíamos llevarnos cada día a la boca.

No obstante, mi madre se moría de vergüenza y pese a que no la hubiera oído salir o regresar yo sabía muy bien cuándo había pasado una noche en La Jota de Corazones, puesto que al día siguiente ni siquiera se atrevía a mirarnos a la cara, y evitaba a toda costa tomar a Rafaelito en brazos.

Se sentía sucia. Sucia y despreciable.

Fueron años difíciles. ¡Muy, muy difíciles!

Amargos. ¡Muy, muy amargos!

Años de silenciosas lágrimas en los que me empeñaba en no demostrar que pasaba llorando las horas que mi madre estaba fuera, sobre todo cuando alguno de los pequeños se despertaba y preguntaba por ella.

Una de esas noches, Currito enfermó.

Comenzó a delirar, agitándose en la cama, y cuando acudí a su lado descubrí que ardía en fiebre.

¡Supe que se moría!

¡De veras lo supe!

Respiraba entrecortadamente, se lamentaba entre sueños, y a cada minuto que pasaba la fiebre iba en aumento.

Le puse unos paños fríos en la frente, pero no dieron resultado.

Yo temblaba.

Al fin eché a correr en mitad de la noche, a punto estuve de que un camión se me llevara por delante, pero me precipité en el interior de aquel lugar inmundo llamando a gritos a mi madre.

Recuerdo aquel instante con mayor nitidez que cuanto aconteció la otra noche, cuando le pegué fuego al teatro.

El incendio, con toda su aparatosidad, apenas tiene nada que ver con las miradas de rechazo de media docena de viejas putas y clientes borrachos.

Mi madre salió envuelta en una sucia sábana y pude leer en sus ojos el horror más profundo que niña alguna haya podido leer en los ojos de su madre.

¡Qué vergüenza sentía!

¡Qué asco de sí misma!

¡Curro se muere!

¡Se muere, madre! ¡Se muere!

Un hombre en calzoncillos emergió hecho una furia del cuartucho y la aferró por el brazo tratando de llevársela a la cama.

Le rompió una botella en la cabeza y corrió, descalza, carretera abajo.

Demasiado tarde.

Curro se nos murió en los brazos con el canto del gallo.

Mi madre envejeció diez años.

No volvió a salir por las noches, vagaba como un fantasma por los campos, y trabajaba dieciséis horas diarias sin descansar ni un solo día en todo el año.

Nadie la saludaba.

Nadie quería saber nada de nosotros y las mujeres se oponían a que sus hijos jugaran con los hijos de Rocío *la Puta*.

Ser paria entre los tuyos es mil veces peor que ser paria entre los extraños.

Lo sé por experiencia.

¡Maldita experiencia!

Mi vida no ha sido más que una pura experiencia. Cada una más amarga que la otra. Cada vez más terrible.

Pero en aquel momento, cuando el mundo se derrumbaba, o sería mejor decir que se deshacía como el hielo al sol, apareció Sebastián. Sebastián era la vida entre los muertos; la luz en las tinieblas; la paz en mitad de una batalla; la alegría que derrota sin esfuerzo a la tristeza; el ser humano entre los hombres; el padre de todos los huérfanos del mundo y la última esperanza de todos los desesperados del planeta.

Era alto, fuerte, trabajador, animoso, divertido y tan rebosante de bondad que su sola presencia tenía la virtud de alejar las penas como el viento aleja a los mosquitos en los atardeceres de verano.

Amó a mi madre como jamás mujer alguna se sintió amada.

Y nos quiso a nosotros con mayor intensidad de lo que hubiera podido querer a sus propios hijos, porque siempre decía que los hijos te los manda Dios, pero que a nosotros nos había elegido él mismo.

¡Qué tiempo tan feliz!

¡Qué cambio!

Nos sacó de aquel poblacho odioso y aquel cuartucho miserable y nos llevó a vivir al campo, con patos y gallinas; con dos enormes perros y una vaca a la que me encargaba de ordeñar cada mañana.

Aún tengo metido en el cerebro el olor de aquel establo.

Ningún perfume, ni el más caro que me haya podido regalar jamás el más rendido enamorado, se puede comparar con la tibia dulzura de aquel aroma inimitable.

Lucero, se llamaba la vaca.

Yo la ordeñaba, ya lo he dicho. Luego Rafael la sacaba a pastar al prado. Manolín jugaba a torearla y ella le dejaba hacer hasta que le aburría tanto agite de capote y se lo quitaba de encima con un golpe de rabo.

Echaba de menos a Curro, pero su recuerdo se iba perdiendo en mi memoria poco a poco, quizá porque en el fondo su recuerdo se encontraba unido a los más tristes recuerdos.

Mi madre resurgió de sus cenizas. Amaba a Sebastián tanto como ella a él, lo cual es ya decir suficiente. Cantaba, y resulta difícil explicar lo que significa oír a tu madre cantar, si con anterioridad no la has oído más que llorar noche tras noche.

Tenía una hermosa voz, llena de sentimiento.

¡De amor!

Por su hombre y sus hijos.

Mi madre y Sebastián nunca pudieron casarse.

Más bien no quisieron.

Sebastián estaba casado, pero como su mujer llevaba más de cinco años en el hospital y los doctores siempre le aseguraban que no duraría un invierno más, prefería no amargarle sus últimos momentos pidiéndole el divorcio.

¡Hasta en eso era bueno!

Mi madre lo entendía.

Y se esforzó para que nosotros también lo entendiéramos.

Al fin y al cabo, para unos niños estar casado o no por la ley poco importaba.

¿Qué nos importaban a nosotros los papeles?

Muy pronto cumpliré treinta años, y de todo ese tiempo, tan solo aquellos cinco merecen la pena ser tenidos en cuenta.

¡Cinco años escasos que valen, sin embargo, por cincuenta!

Cada vez que Sebastián se marchaba de viaje, contábamos las horas que faltaban para su regreso.

Siempre volvía. Y siempre cargado de regalos.

Pero eso no importaba. El mejor regalo era siempre su presencia, la alegría con que nos alzaba en brazos, los cuentos que nos contaba, el mimo con que permitía que Rafael se le durmiera en las rodillas, la forma en que acariciaba el cabello de Manolín, o las largas miradas de complicidad que dedicaba a mi madre cuando recogía la mesa.

Ella se sonrojaba.

Y a mí me gustaba ese sonrojo.

Y me gustaba permanecer despierta para comprobar una vez más que se estaban amando y murmuraban cosas que no lograba entender, pero cuya entonación bastaba para permitir que al fin me durmiera convencida de que nuestro pequeño mundo no corría peligro.

Al amanecer, *Lucero* mugía en el establo. Los perros me seguían a todas partes. Las gallinas habían puesto sus huevos.

Mi madre cantaba. Y Manolín, Rafaelito y yo nos íbamos a la escuela.

Los domingos bajábamos al olivar, a pasar el día entre los árboles, comer, jugar y bañarnos en el arroyo hasta que se secaba a mediados de agosto.

Así día tras día. Año tras año. ¡Cinco!

Me hice mujer y Sebastián me regaló un vestido de flores, me dio un beso en la frente y me recordó que a partir de aquel momento tenía una responsabilidad mayor frente a los míos.

—Convertirse en mujer significa algo más que manchar las bragas cada mes —me dijo—. Convertirse en mujer significa convertirse en la depositaria del respeto de aquellos que te quieren. No traiciones jamás ese respeto.

Esa noche, mientras escuchaba los dulces suspiros de mi madre, me juré a mí misma que me mantendría virgen hasta el día en que un hombre como Sebastián se cruzara en mi camino.

Nadie como Sebastián se cruzó jamás en mi camino.

Pero en el suyo sí que se cruzó alguien.

Un día le llamaron del hospital.

Su esposa agonizaba.

Bajó a Córdoba, y el destino, ¡maldito destino!, colocó a su paso una bomba destinada a un camión de militares.

La alegría saltó hecha pedazos. La eterna sonrisa se heló en sus labios. Las manos que con tanto amor acariciaban, colgaron de los árboles. El corazón que por tantos latía, cesó de latir.

¡Ni enterrarle pudimos! Aquellos ensangrentados despojos ni siquiera encontraron el eterno descanso. ¡Los quemaron!

Alguien trajo una mañana un jarroncito verde en el que aseguraron que se escondía todo cuanto quedaba de un hombre sobre el que García Lorca hubiera escrito un precioso poema.

«Romancero de Sebastián Miranda, un hombre bueno», lo habría titulado.

«Romancero de Sebastián Miranda, un hombre alegre.»

«Romancero de Sebastián Miranda, un hombre amado.»

¿Por qué vuelvo a llorar después de tantos años?

¿Qué derecho tengo a llorar, yo que tantas lágrimas he obligado a derramar en este mundo? Las lágrimas son el reflejo de los débiles, y se supone que yo soy una terrorista fría y calculadora a quien nada conmueve.

¡Le quería tanto!

¡Le debía tanto!

Y todo cuanto quedaba de él no eran más que cenizas.

Mi alma se convirtió a su vez en cenizas.

¿Y qué puede crecer en un campo de cenizas?

El odio.

El odio siempre es malo, pero cuando ese odio anida en el corazón de una adolescente en el momento en que está a punto de abrirse a la vida con todas sus maravillosas esperanzas, pasa —de ser un simple sentimiento— a convertirse en una abominable razón de la existencia.

La muerte de Sebastián fue para mí como una helada tardía cuando comienza a recogerse la cosecha, y el campesino descubre, desolado, que aquel fruto dulce, jugoso y maduro que tantas alegrías estaba a punto de proporcionar, no sirve ya más que como alimento de marranos.

Los cerdos devoraron mis más tempranas ilusiones.

Mis sueños de juventud.

Mis ansias de mujer que empieza a ser mujer.

Una semana más tarde, ¡justo una semana!, y tras cinco años de empañar nuestra felicidad con su interminable agonía, la esposa de Sebastián pasó a mejor vida —y en este triste caso sí que la frase resulta ciertamente apropiada—, lo cual trajo aparejado que casi de inmediato sus parientes se precipitaran sobre nosotros como los buitres sobre una mula muerta.

Nos quitaron la casa, la vaca y hasta los perros, pero lo peor de todo fue que nos quitaron de igual modo la dignidad.

Nos trataron peor que a quinquis o leprosos.

Lo único que pudimos llevarnos fue una muda de ropa y el jarroncito con las cenizas de Sebastián.

¿Alguien tiene una idea de lo que significa encontrarse en una destartalada estación de tren, con una madre alelada, dos hermanos hambrientos y un jarrón de cenizas, a media tarde de un bochornoso verano andaluz?

¡Ni maleta teníamos!

Lo más parecido a una maleta era mi madre, que se dejaba llevar y traer sin pronunciar palabra, y se quedaba allí donde la dejábamos con la única ventaja de saber que nadie iba a robárnosla.

Yo acababa de cumplir, si no recuerdo mal, dieciséis años.

Manolín tendría por aquel tiempo doce.

Rafaelito, nueve... Mi madre, mil.

Me vi en la obligación de convertirme, contra mi voluntad, en cabeza de familia.

Dejé a mi madre en un banco de la estación, y me fui con los niños a pedir limosna por las calles.

Así como suena... Limosna.

Yo era ya toda una mujer para mi edad, muy alta, con largas piernas y grandes pechos que destacaban bajo el vestido de flores que me había regalado Sebastián, por lo que cuando alargaba la mano solicitando unas monedas los hombres me miraban de arriba abajo sin acabar de creérselo.

—¡Pídeme lo que quieras, niña! —me decían.

Todo, menos limosna.

Pero lo único que yo necesitaba en esos momentos eran unas monedas con las que dar de comer a mi familia y pagar cuatro pasajes hasta Sevilla.

Tres días tardé en conseguir ese dinero.

Tres días de dormir en los bancos de la estación gracias a que el encargado era un buen hombre acostumbrado a la miseria de un pueblo nacido y criado en la miseria, y por las noches nos encerraba allí, pese a que las ordenanzas lo prohibían.

¡Sevilla!

Una vez vi una película en la que se cantaba algo así como que la lluvia en Sevilla es una maravilla.

El hijo de la gran puta que escribió esa canción no tiene ni la menor idea de lo que significa vagar por las calles de Sevilla calada hasta los huesos aunque se trate de finales de agosto.

Yo tenía por aquel entonces una figura demasiado provocativa, ya lo he dicho, y con un vestidito empapado que me marcaba el culo y casi podría asegurar que el coño, no era el mejor ejemplo de mendigo al que dejen entrar en un bar a solicitar humildemente unas monedas.

Por suerte, ¿fue suerte?, a las pocas semanas entré a servir en casa de un torero ya retirado y metido a ganadero.

Suena a típico, torero y en Sevilla, pero así ocurrió y así debo contarlo. Me había apostado en la puerta de un restaurante —La Albahaca creo que se llamaba— en plena plaza de Santa Cruz, y en esos momentos salió la pareja más postinera que hubiera visto nunca.

Me miraron y leí el asombro en sus ojos.

—¿Por qué pides limosna? —inquirió ella, y sin aguardar respuesta me ofreció trabajo cuidando a sus hijos. Siempre he tenido muy buena mano con los niños, no en vano me vi obligada a criar a tres, y aquel par de mocosos eran, debo reconocerlo, un encanto de críos.

Durante un par de meses, todo se me antojó perfecto.

Encontré una linda habitación para mi madre y mis hermanos y me pagaban lo suficiente como para poder sacarlos adelante.

El señor, algo brusco porque era un pobre campuruso sin educación que había tenido que abrirse paso a cornadas, me trataba con respeto y una tímida admiración que jamás llegó a ofenderme. Su mujer, doña Adela, de familia de tronío jerezana, hablaba cuatro idiomas, lo cual, a mí, por aquel tiempo, me dejaba alelada.

Era culta, fina, simpática y a sus fabulosas fiestas acudían ministros, e incluso obispos y cardenales. Yo ayudaba a servir la mesa y me encantaba.

Una tarde en que el señor y los niños se habían ido a pasar el día en la finca, doña Adela me pidió que me probara alguno de sus vestidos, pues no sabía cuál elegir para su fiesta de cumpleaños.

Tendida en la cama, me miró largamente y de pronto musitó:

—Con semejante cuerpo todos resultan perfectos.

Luego me tomó de la mano, me tumbó a su lado y comenzó a acariciarme dulcemente.

Fuimos amantes durante muchísimo tiempo. Demasiado.

Mirándolo bien, la palabra amante no es en este caso la más apropiada.

Doña Adela era mi amante. Yo la dejaba hacer.

Jamás participé activamente en el juego. Aún seguía siendo virgen.

Acudía a su habitación, permitía que me desnudara muy despacio advirtiendo cómo las manos le temblaban y me tumbaba en la cama para dejar que me besara todo el cuerpo y se pasara luego largas horas hociqueando y babeando entre mis piernas.

¡Cómo se excitaba!

Se corría una y otra vez lanzando mugidos más sonoros que los de la mismísima *Lucero*, y de pronto se quedaba muy quieta, arrodillada, mirándome a la cara y jurándome que yo era su dueña y ella mi esclava. A mí todo aquello me sonaba a milonga.

No es que yo sea de piedra, ¡ni por lo más remoto!, es que a decir verdad me daba risa ver a una señora tan fina y elegante, toda una universitaria que hablaba cuatro idiomas, levantando de tanto en tanto la cara para quitarse un pelo de la lengua y volver de inmediato a la carga.

Ni tan siquiera una vez consiguió que me excitara.

Aprendí, eso sí, a cerrar los ojos y lanzar suaves lamentos de placer mientras le clavaba las uñas en el cuero cabelludo. Debí dejarle la cabeza como un mapa.

¡Y qué regalos me hacía!

Anillos y pulseras que cogían de inmediato el camino de la casa de empeños, de tal forma que pronto pude alquilar un pequeño apartamento en el que mi madre disponía de su propio dormitorio.

Los niños iban al colegio.

Y les compré zapatos. Zapatos de verdad; de los de piel y cuero.

Mientras tanto, el pobre señor ni se enteraba.

Está claro que, torero o ganadero, lo suyo siempre

fueron los cuernos, aunque imagino que no tan sofisticados.

Tomé mis precauciones.

Camuflé detrás de un florero la cámara de vídeo con la que solían grabar las tientas de vaquillas y escenas familiares, y, aunque debo admitir que no aspirarían a un Óscar, conseguí unas buenas tomas de doña Adela que poco tenían de escenas familiares.

No es que pretendiera hacer chantaje, no es mi estilo; es que deseaba tener las espaldas cubiertas por si algún día se les ocurría reclamarme tanta joya y tan inusuales regalos.

Sabido es que en estos tiempos —y en todos— la palabra de una señora vale siempre mucho más que la de una chica de servicio.

Y si se me ocurría intentar contar la verdad probablemente acabaría en la cárcel por calumnias.

Aquella cinta de vídeo, celosamente guardada, constituía por tanto un seguro al que no deseaba tener que recurrir.

La apasionada y loca historia de amor desesperada, en palabras de doña Adela, que a menudo resultaba un tanto rimbombante y redicha, continuó sin ningún tipo de apasionamiento, locura o desesperación por mi parte, hasta que una aciaga tarde en la que suponía que el señor se encontraba como siempre en la finca, la puerta del dormitorio se abrió y se quedó allí, clavado en el umbral, observando el conocido trasero de su esposa que, de tan atareada como se encontraba investigando en lo más profundo de mí, ni tan siquiera se percató de su presencia.

Nuestras miradas se cruzaron largamente y en silencio, y como siempre había demostrado ser un hombre acostumbrado a enfrentarse con absoluta impasibilidad a fieras de más de seiscientos kilos y cuernos como agujas, ni tan siquiera hizo el menor gesto, aunque en sus ojos pude leer una amargura tan solo comparable a la que descubría demasiado a menudo en los ojos de mi madre.

Se le debió quebrar el alma al sorprender en tan denigrante postura a la madre de sus hijos, aunque debo admitir que, curiosamente, no pareció encontrarse especialmente molesto conmigo, como si hubiese comprendido desde el primer momento que poco o nada tenía que ver con el hecho de que semejante escena estuviese ocurriendo.

Se limitó a permanecer junto al quicio de la puerta, sin mover un solo músculo, poco más de un minuto que se me antojó una eternidad, y tras hacerme un significativo gesto llevándose el dedo índice a los labios, cerró la puerta a sus espaldas tan silenciosamente como la había abierto.

Siempre he tenido la impresión de que el señor regresó imaginando que encontraría a doña Adela en la cama con alguien, pero que lo que jamás se le pasó por la cabeza es que ese alguien fuera la cuidadora de sus hijos.

Al día siguiente telefoneó para comunicar que se quedaría por lo menos otra semana en la finca, y comprendí de inmediato que me estaba dando tiempo para quitarme de en medio de la mejor manera posible.

Por mi parte me sentía incapaz de volver a mirarle a la cara.

Aún no me encontraba lo suficiente curtida como para enfrentarme a cierto tipo de situaciones.

Años más tarde hubiera sido diferente.

Y es que la experiencia enseña mucho.

Tal vez demasiado.

Pasé gran parte de la noche meditando, y al día siguiente decidí que había llegado el momento de montarle una escena de celos a doña Adela a base de hacerle creer que no soportaba la idea de compartirla con su marido. A mi modo de ver, si realmente me consideraba su único amor, lo que teníamos que hacer era proclamar a los cuatro vientos la auténtica naturaleza de nuestra relación.

¡Menudo susto!

Se le cayeron los palos del sombrajo.

—¿Es que te has vuelto loca? —me espetó.

—Loca por ti —fue mi romántica respuesta—. Loca por ser tuya a todas horas.

Evidentemente, semejante reacción no entraba en sus planes. Ni por lo más remoto.

Renunciar a su marido, sus hijos, sus amigos, sus casas y sus fincas significaba —y eso era algo que yo ya sabía de antemano— renunciar a demasiadas cosas.

Nadie vale tanto.

Pero aun así me eché a llorar.

Le rogué. Le supliqué tomando su rostro entre mis manos y mirándola a los ojos le hice un irresistible relato de lo felices que llegaríamos a ser viviendo juntas y amándonos noche tras noche sin que nadie nos molestara.

Jamás en mi vida me he mostrado tan seductora y

persuasiva, tal vez porque jamás tuve a ningún hombre tan loco por mí, y en honor a doña Adela debo admitir que si no conseguí convencerla fue por sus hijos.

Creo que hubiera sido capaz de renunciar a su marido e incluso al respeto de cuantos la conocían, pero la sola idea de que los niños pudieran echarle en cara algún día el que los hubiera abandonado resultaba superior a sus fuerzas.

Yo la conocía demasiado bien y contaba con ello.

En el fondo era una buena mujer cuyo principal error había sido dejarse deslumbrar siendo casi una niña por el torero más rumboso y más valiente del momento, sin caer en la cuenta de que los años pasan muy aprisa y lo único que le quedó fue un pobre hombre con el cuerpo y el alma cuajados de cicatrices.

Doña Adela se encontró de pronto con dos hijos y un ex torero remendado que pese a sus encomiables esfuerzos no había conseguido pulirse lo suficiente como para dejar de ser el eterno diamante en bruto que se va a la tumba sin haberse convertido en brillante.

A menudo me asaltaba la impresión de que doña Adela se sentía incapaz de traicionarle con otro hombre, y que en un principio me había elegido como mal menor con el fin de dar salida a sus más ocultas frustraciones.

Si quiero ser sincera, en aquel tiempo me hice muchas preguntas a las que nunca supe encontrar respuesta.

¿Resulta menos censurable engañar a un hombre con una mujer que con otro hombre?

¿Aceptan mejor los maridos tal engaño?

No lo entiendo.

Como mujer, la sola idea de imaginar al hombre al que amo metiéndose en la cama con un calvo, me rompe los esquemas.

Preferiría mil veces saber que se encama con otra mujer. Al menos eso puedo comprenderlo. Y combatirlo.

No obstante, he podido constatar que la mayoría de los hombres lo entienden de otra manera.

¿Por qué?

Quiero suponer que no me encuentro preparada para analizar a fondo un tema tan complejo, ni que este es el lugar ni el momento para hacerlo.

Lo que ahora mismo importa es el hecho de que conseguí que doña Adela me pagara una carrera en Madrid, adonde podría acudir a visitarme siempre que quisiera.

¡Exactamente! Una carrera... Derecho.

Cierto que no había tenido ocasión de concluir el bachillerato, pero es que en la universidad no me matriculé con mi verdadero nombre, sino con el de Rocío Fernández, una pobre muchacha de Coria del Río, que había muerto un año antes en un estúpido accidente de tráfico.

A partir del momento en que conseguí apoderarme del documento de identidad de una chica de mi edad, morena y de pelo largo, las cosas me resultaron increíblemente sencillas, puesto que he podido constatar que nadie se preocupa nunca por comprobar la coincidencia en las huellas dactilares, y las fotos del DNI suelen parecerse a todo el mundo, menos a quien tienen que parecerse.

Me fui a Madrid.

Mi madre prefirió quedarse en Sevilla donde los chicos habían rehecho su vida, y en mis planes no entraba tener cerca a una familia que pudiera complicarme la mía.

En aquel tiempo tenía muy claro qué era lo que andaba buscando.

Años después ya no lo tuve tan claro.

Por lo general, la mayoría de las personas tardan en madurar, e incluso muchas de ellas llegan a viejas sin haber conseguido averiguar qué le habían pedido a la vida.

Son seres que andan siempre como perdidos, confusos e insatisfechos, puesto que al no haberse planteado una meta, no tienen ni la menor idea de en qué punto del camino se encuentran ni hacia dónde se tienen que dirigir.

Otros, los más afortunados, se trazan un camino casi desde que tienen uso de razón, y lo siguen ciegamente hasta el fin de sus días. Si la suerte les acompaña, triunfan. Si les da la espalda, fracasan, pero al menos les queda el consuelo de que lucharon por aquello en lo que creían y valió la pena el esfuerzo.

Existe por último un tercer grupo, y en él me incluyo, que se marca ese rumbo con una fe ciega desde el primer momento; se apasiona, lucha e incluso está dispuesto a morir por aquello que anhela, pero que de improviso se descubre solo en mitad de una inmensa pradera, sin tener la más remota idea de hacia dónde se encamina ni de qué lugar proviene.

Yo, antes de cumplir los veinte años, me consideraba, ¡pobre de mí!, una mujer decidida, segura de sí misma y con la suficiente inteligencia y sangre fría como para conseguir cuanto me había propuesto sin ayuda de nadie.

Acceder a la universidad con documentación falsa no me preocupaba, por lo tanto, en absoluto, puesto que resultaba evidente que no tenía la más mínima intención de graduarme, obtener un título o ejercer como abogada.

Eso quedaba para quienes pretendían labrarse un futuro, y yo por aquel tiempo continuaba teniendo la sensación de que mi futuro se había truncado definitivamente el día en que me arrebataron a Sebastián.

Sé que suena estúpido, pero así es y así debo contarlo.

Lo queramos o no, son los golpes que nos asestan durante la pubertad los que nos marcan de una forma indeleble, y si a los quince años tienes la sensación de que te han arrancado para siempre la razón de tu vida, supongo que se debe tardar muchísimo tiempo en aceptar que existen otras razones para continuar viviendo.

Si es que existen.

Lo que esperaba encontrar en la universidad no lo encontré. Viejas películas, viejos libros y viejas historias de viejos luchadores, me habían llevado al convencimiento de que la universidad era el punto desde el que irradiaban todos los focos de inquietud de las nuevas generaciones; el lugar en el que nacían las teorías más avanzadas, y el caldo de cultivo en el que se desarrollaban las revoluciones.

Recuerdo haber visto, de muy niña, cómo los estudiantes se enfrentaban a pecho descubierto a los enormes caballos de la violenta policía de los últimos años de la dictadura, y recuerdo de igual modo cómo ya en plena democracia se lanzaban de continuo a la calle, demasiado a menudo, sin razón válida alguna. Ahora, sin embargo, aquella mítica universidad creadora de sueños más bien parecía dormida.

Había luchado durante cuarenta años por conseguir que nos convirtiéramos en un país demócrata y progresista, y cabría asegurar que a partir del momento en que lo consiguió se le acabaron las ideas o se olvidó de que debía seguir luchando por un mundo cada vez mejor y más justo.

En apenas seis años de gobierno, el socialismo, que tanto contribuyó tiempo atrás a que las voces de los universitarios se escucharan altas y fuertes, había conseguido silenciarlas.

Ahora, los únicos gritos de protesta se limitaban a solicitar rebajas en el precio de las matrículas. ¿Acaso consideraban que vivíamos en una sociedad tan perfecta que no cabía exigir más? ¿Acaso el estado de corrupción total que se había instalado en la mayor parte de los estamentos del país no merecía el esfuerzo de tomar de nuevo las calles?

Admito que me encontraba perpleja. No. Aquello no se parecía en nada a cuanto había imaginado. Todo se me antojaba demasiado tranquilo. Demasiado burgués.

Aunque para ejemplo de burguesía, me sobraba con doña Adela, que acudía a visitarme un par de veces al mes. En las escasas ocasiones en que conseguía que no tuviera las orejas tapadas por mis muslos, le hablaba de mis inquietudes y de la profunda decepción que sentía al descubrir que fuera de las aulas mis compañeros no pensaban más que en coches, música, drogas y sexo.

—¿Y qué esperabas? —solía ser su agria respuesta—. O mucho me equivoco, o debes ser la única virgen que frecuenta esa universidad, y cuando se tiene todo tan a mano, se olvidan muchas cosas. Quedaron atrás los tiempos en los que la juventud soñaba con solucionar los problemas de los más necesitados. Ahora en lo único que piensan es en una discoteca, una raya de coca y un buen polvo a ser posible con una desconocida.

—No es tan fácil.

—Así de fácil.

—Tiene que existir alguna otra razón más sutil y más profunda.

—¿Como qué? ¿Como una conspiración judeomasónica inspirada por las altas esferas del gobierno, encaminada a silenciar a los alumnos de todas las universidades del país? Lo dudo. Ni siquiera los socialistas conseguirían corromper a tanta gente. Lo que en verdad ocurre es que los ideales han muerto.

—No los míos.

—¿Y cuáles son, si puede saberse?

¿Qué respuesta había?

¿Qué respuesta podía darle a alguien que había comenzado a besarme una vez más los pezones y cuya lengua amenazaba con descender hacia mi ombligo?

¿Qué respuesta hubiera tenido aun en el caso de que me hubiera prestado una sincera atención?

En caso de haberle confesado que estaba buscando la razón por la que unos desconocidos habían hecho saltar en pedazos al hombre más maravilloso que nunca existió, me habría replicado, y con razón, que ningún catedrático ha tenido jamás respuesta a tal pregunta.

Ni ningún catedrático, ni ningún ser humano de este mundo.

Probablemente, ni siquiera quienes colocaron personalmente aquella bomba.

«Fue un error —me habrían respondido—. Un desgraciado accidente.»

Pero un coche bomba no es nunca un accidente.

Es, en todo caso, un accidente premeditado, y esa era una respuesta que no aceptaba.

Yo por aquel entonces necesitaba —y aún sigo necesitando— que alguien me ayudara a entender la auténtica razón por la que aquel coche bomba estaba aparcado aquel día en aquella calle de Córdoba.

La explicación de que estaba destinado a un furgón militar y se activó antes de tiempo no me bastaba.

Y continúa sin bastarme.

He pasado casi una década entre terroristas; he tratado de comprenderlos y pensar cómo piensan; he buceado en lo más profundo de sus personalidades, pero aún no tengo respuesta.

Nada de lo que puedan hacer, decir o pensar; ningún ideal vale lo que valía la vida de Sebastián Miranda.

Nada de lo que pudieran alcanzar en mil años de lucha proporcionaría a nadie la felicidad que Sebastián proporcionaba a cuantos le rodeaban cada vez que sonreía.

Ni el mayor océano de odio conseguiría ahogar una sola gota de su amor.

La ejecución —como ellos dicen— de un millón de culpables no justifica la muerte de un solo inocente, sobre todo si ese inocente es un hombre que transmite inocencia.

Mi padre —sé muy bien que no es mi padre, pero me siento feliz y relajada cuando lo llamo padre— llevaba en su corazón la semilla de la bondad y la iba dejando caer allí por donde pasaba.

Y germinaba. Crecía la bondad tras él, tal como crece el romero en los caminos, embelleciendo el campo y alegrando a las gentes, y aún recuerdo que cuando a la única hija de doña Aurora la aplastó un tractor, la pobre mujer no consiguió dormir en paz hasta que Sebastián acudió a su lado, le colocó la cabeza sobre su hombro, le acarició la frente y comenzó a murmurarle palabras de consuelo al oído.

Luego permaneció muy quieto durante horas, aferrándole con fuerza la mano y permitiendo así que aquel espíritu dolido y maltratado fuera volviendo poco a poco a la vida.

Yo le observaba.

De tanto en tanto atisbaba por un ventanuco y me daba la impresión de estar viendo como una extraña fuerza; un amor y un consuelo sin límites iba pasando a través de la mano de Sebastián hacia la mujer que dormía, como si se tratara de una desconcertante transfusión de sangre nueva y limpia que alejaba para siempre las sombras de la muerte; sombras de muerte que él recibía a su vez de buena gana, puesto que cargar con dolores ajenos parecía ser, con frecuencia, su destino marcado.

¿Quién agotó para siempre aquella fuente de consuelo?

¿Quién se arrogó el derecho de aplastar de una forma tan ciega la semilla del bien?

¿Quién podría responderme de un modo lógico y claro a tal pregunta?

Doña Adela no, de eso estaba segura.

Doña Adela lo único que hacía era darme dinero y conseguir que cada día me sintiera más sucia y asqueada.

Pero no me importaba.

¿Qué importancia tenía lo que pudiera pensar de aquella denigrante situación si confiaba en que el dinero me permitiera encontrar respuestas?

Ahora ya sé muy bien que no existían respuestas.

En aquel tiempo, no.

En aquel tiempo continuaba siendo una muchacha —a medias culpable, a medias inocente— que vivía convencida de que había elegido el camino correcto, pese a que dicho camino atravesara lugares tan escabrosos como la cama que me veía obligada a compartir de tanto en tanto con aquella babosa.

Su olor me perseguía más tarde durante todo un día.

Su perfume, denso y penetrante, aún me revuelve las tripas obligándome a aborrecer de inmediato a quien lo lleva, y el rojo de sus uñas me despierta a menudo en mitad de unas noches en las que las pesadillas me empujan a creer que aún conservo parte de su lengua en lo más profundo de mi sexo.

Fue así como me gané a pulso la fama de lesbiana.

Alguien de la universidad descubrió por azar la relación que me unía a doña Adela, y como jamás se me había visto coqueteando con un hombre, la deducción fue simple, y debo admitir que plenamente justificada.

Las moscas acudieron de inmediato al olor de la mierda.

Marión fue la primera.

Era pequeña, dulce y frágil, con enormes ojos color de miel y una belleza etérea y llamativa; tan asustada y tímida que más parecía una niña en busca de protección paterna que un marimacho ansioso por comerse una higa, pero en cuanto balbuceó a duras penas que podríamos estudiar juntas, comprendí de inmediato que lo que pretendía estudiar poco tenía que ver con el derecho romano.

—Yo cobro por eso —dije por decir algo.

—¿Cuánto?

Me sorprendió la rapidez y seguridad de su pregunta, pero casi de inmediato comprendí que la tenía preparada, como si hubiera asumido desde un principio que una mujer como yo jamás se iría a la cama con una mujer como ella si no era por dinero.

Consiguió confundirme.

Lo admito. Consiguió confundirme, puesto que era yo quien no tenía asumido que alguien como Marión estuviera dispuesta a pagar por irse conmigo a la cama.

—Tengo que pensarlo —fue todo lo que se me ocurrió en aquellos momentos.

Ha pasado mucho tiempo, pero aún me avergüenzo por haberle hecho concebir falsas esperanzas a un ser al que se advertía tan profundamente desgraciado.

¿Era aquello todo lo que yo había aprendido de las enseñanzas de Sebastián?

¿Era así como él se hubiera comportado en una situación semejante?

Dudo mucho de que ningún hombre se hubiera aproximado nunca a mi padre con el fin de hacerle una propuesta semejante, pero conociéndole como le conocía dudo mucho también de que aquella hubiera sido su respuesta.

Sebastián tenía recursos para todo, y quiero imaginar que también hubiera tenido la suficiente delicadeza como para hacer comprender a cualquier despistado lo absurdo de su pretensión sin llegar a ofenderle.

Pero es que, en mi caso particular, las pretensiones de Marión no tenían nada de descabelladas.

Era ya *vox populi* que una señorona muy elegante pagaba mi coqueto apartamento, y empezaba a preocuparme el hecho de que un día se descubriera quién era, en realidad, la tal señorona.

Doña Adela casi nunca me hablaba de su marido. Ni de los niños.

Pese a mis ocasionales preguntas sabía arreglárselas para eludir el tema, como si se esforzase por dejar puertas afuera su vida familiar, al igual que tampoco yo mencionaba jamás a mi madre y mis hermanos.

En aquella cama solo cabíamos dos, y en sus visitas raramente abandonábamos la cama.

A veces me asaltaba la impresión de que pretendía llevarse en unas horas todo el placer que necesitaba para las siguientes semanas.

—Por las noches, pienso en ti —solía decirme—. Y

si estoy sola aspiro el aroma de tu ropa interior y eso me excita.

Me costaba una fortuna en bragas.

En cada viaje se llevaba las que acababa de usar y las envolvía en papel de aluminio asegurando que de ese modo conservaban durante más tiempo mi olor.

En ocasiones, cuando paso por una obra y veo a un albañil devorando un bocadillo envuelto en papel de aluminio no puedo por menos que recordar a doña Adela, y me la imagino en los servicios del tren de regreso a Sevilla abriendo su paquetito y metiendo las narices en mis bragas.

¡Qué vida! ¡Qué gente!

No hace mucho me enteré de que su marido había muerto, y me pregunté qué clase de bragas andaría oliendo en esos momentos doña Adela.

Que yo recuerde ningún hombre se dedicó nunca a oler mis bragas.

Y desde luego jamás se me ha pasado por la mente la idea de hundir las narices en los calzoncillos de un hombre.

—He conseguido ahorrar sesenta mil pesetas...

Me quedé de piedra.

—¿Cómo has dicho?

—Que he conseguido ahorrar sesenta mil pesetas. ¿Es suficiente?

Allí estaba, tan menuda, tan frágil, con su vocecita casi inaudible y sus enormes ojos bajos asegurándome que en casi un mes había reunido un dinero con el que pretendía que le abriera mis piernas, y admito que dudé entre darle una bofetada o tomar su cara entre mis manos y plantarle un beso en la boca consiguiendo que se desmayase allí mismo.

Recordé a mi padre y me limité a tomar asiento en un banco cercano.

—Escucha —dije—. Perdóname si te he hecho abrigar ilusiones, pero en realidad a mí no me gustan las mujeres. No creo que tenga que darte explicaciones de por qué hago lo que hago, pero te aseguro que tengo mis razones. ¡Olvídate de mí!

—Pero es que yo te quiero —susurró casi sin aliento.

—No. No me quieres, ni creo que sepas lo que quieres. A mi modo de ver lo que ocurre es que te asustan los hombres, e imaginas que alguien como yo puede ayudarte. Pero no es así. Sería para ti peor que el peor de los hombres.

—Me repugnan los hombres.

—¿Cómo lo sabes?

—Lo he sabido desde que tengo uso de razón.

¿Qué podía responderle? Ni tengo madera de siquiatra, ni soy quién para aconsejar a nadie sobre inclinaciones sexuales. Quizás había nacido efectivamente homosexual, y quizá yo fuera, en efecto, su pareja soñada, pero no tenía la menor intención de volver a pasar por el trance de que alguien más se dedicara al sucio deporte de olerme las bragas, ni por compasión, ni mucho menos por dinero.

La dejé allí sentada, llorosa como una niña a la que acabaran de arrebatarle su muñeca preferida, aferrando con fuerza el diminuto bolso en que al parecer guardaba sus sesenta mil pesetas, y jamás volví a verla, porque jamás volvió a hacer acto de presencia.

A decir verdad no me siento culpable por haberme convertido en la causa de que exista un abogado menos en España. No me siento culpable por nada, aunque admito que a cualquier otra persona el peso de la conciencia le impediría levantarse de la cama cada mañana.

¿Significa eso que no tengo conciencia?

Es posible, aunque también es posible que cada conciencia sea diferente, del mismo modo que lo es cada ser humano. Si aceptamos que físicamente no existen dos seres humanos absolutamente idénticos, ¿por qué nos empeñamos en seguir insistiendo en que las normas de conducta deben ser iguales para todos? Siempre me he negado a que se me aplique el mismo código que a alguien que tuvo una infancia feliz y no se vio obligado a pasar por el trance de ver cómo desmembraban al ser que más amaba.

Mis reglas siempre fueron mis reglas, diferentes al resto de las reglas incluso a la hora de matar, y entre mis reglas no estaba desde luego contribuir al hundimiento de un pobre ser tan desgraciado como Marión.

Tenía en mente otros objetivos mucho más importantes.

Me llevó tiempo, casi medio año, dar a entender, muy sutilmente, que pese a mi fama de lesbiana y mi aspecto de mujer espectacular e inaccesible, en el fondo no era más que una muchacha rebelde, inmadura, radical y algo alocada que estaba necesitando desesperadamente que alguien con experiencia la encarrilara en la dirección correcta.

Sabía, o más bien presentía, que ese alguien que yo deseaba que me observara me estaba observando, pero que un solo paso en falso, cualquier intento de aproximación por mi parte espantaría a mi presa.

Eran ellos los que debían acudir a mí. No yo a ellos.

Cazar a los cazadores siempre ha sido mi deporte preferido. Y el que mejor practico. En Venezuela existe un refrán que me fascina: «Navegar con bandera de pendejo.» En su curioso argot viene a significar vivir haciéndose el estúpido en un mundo en el que la mayor parte de la gente se mueve intentando hacer creer a los demás que es mucho más lista de lo que en realidad es. Mucho antes de conocer tal refrán, yo ya navegaba con bandera de pendeja permitiendo que quienes me rodeaban menospreciaran cuanto no se refiriese a mi aspecto físico, que en justicia debo reconocer que por aquellos tiempos resultaba casi del todo imposible menospreciarlo.

Para la mayoría de mis compañeros de universidad yo no era más que una tía buena con una empanada mental de tres pares de cojones. Una presa fácil. Me encanta que me consideren una presa fácil.

¡Facilita tanto las cosas!

Se hicieron esperar, pero yo no tenía ninguna prisa y al fin comenzó a nacer la cosecha.

Una tarde, cuando iba de camino a casa, se me aproximó una joven pareja con la aparente intención de preguntarme por una dirección cercana.

Al darles mi respuesta, me llamaron por mi nombre, señalaron que sabían muy bien quién era y me invitaron de inmediato a tomar una copa en el bar de la esquina.

Tenían una proposición que hacerme.

Dudé, pero al fin me encogí de hombros aparentando indiferencia.

—Si es sobre lo que me imagino, perdéis el tiempo —les hice notar.

—No es nada de lo que te imaginas.

Pero yo sí que me lo imaginaba.

¡Ya lo creo que me lo imaginaba!

Comenzaron a hablarme de la vergüenza del mundo en que nos había tocado vivir, del océano de injusticias y corrupciones en que nos ahogaba una sociedad decadente y capitalista, y de la ineludible necesidad que existía de que aquellos que soñábamos con un futuro mejor nos uniéramos en un esfuerzo común.

Hablaron y hablaron en un tono tan apasionado y convincente que me quedé con la boca abierta y los ojos dilatados por el entusiasmo y la admiración.

¡Por fin! ¡Gente que me entendía!

Seres humanos que compartían mis más ocultos anhelos.

¡Camaradas!

¡Cielos, qué buena actriz perdió aquel día el séptimo arte!

Modestamente, claro.

Era ya noche cerrada cuando se despidieron prometiendo volver a ponerse en contacto conmigo, y los vi desaparecer bajo la lluvia con la emoción que debe experimentar una araña en el momento en que las vibraciones de la tela le indican que una presa ha caído al fin en su bien tejida trampa.

Había tardado en llegar tan maravilloso momento.

Pero valía la pena.

Al día siguiente ni siquiera fui a clase.

Necesitaba meditar.

Sabía que estaba a punto de dar un paso decisivo; de cruzar una línea tras la cual no existía posibilidad alguna de retorno, pero las escasas dudas que aún pudiera abrigar se disiparon en el momento en que me senté a contemplar la foto de la última Navidad que mereció tal nombre.

Allí estaba, sonriendo junto al precioso árbol que habíamos cortado y arrastrado juntos desde el bosque, tan ajeno a la muerte que le rondaba, que costaba admitir que aquellos labios jamás volverían a besarme, y aquella boca jamás volvería a decirme lo que tenía que hacer para convertirme en una auténtica mujer de la que pudiera sentirse orgulloso.

¡Cuánto le echaba de menos!

¡Cuánto le necesitaba, y cuán desvalida me sentía sin su dulce consuelo o sus sabios consejos!

¡Qué escasos alicientes ofrecía la vida si no estaba presente!

¡Sebastián!... ¡Siempre Sebastián!

Pero en su lugar quien apareció fue doña Adela, que venía personalmente a confesarme que tenía la impresión de que su marido empezaba a sospechar por sus frecuentes viajes a Madrid.

Temía que estuviera imaginando que se había buscado un amante.

Quizás hubiera valido la pena aclararle que el buen señor sabía más que de sobra que el tal amante se vestía por la cabeza, pero opté por guardar silencio.

Necesitaba tiempo. Tiempo y dinero.

Me había acostumbrado ya a los malos tragos que me hacía pasar doña Adela, y no me sentía con ánimos como para buscar un nuevo protector, tanto si se trataba de un hombre como de otra mujer.

Quienquiera que fuese, probablemente me exigiría una mayor participación, y por aquellos tiempos yo no me sentía con ánimos como para participar en nada que estuviese relacionado con una cama.

A fuerza de ser sincera, debo admitir que aún no tenía ni la más remota idea de lo que significaba un orgasmo. Doña Adela se la pasaba en un suspiro, gimiendo, sudando y poniendo una y otra vez los ojos en blanco, pero pese al tiempo transcurrido, para mí todo aquello continuaba antojándoseme una estúpida comedia, en nada diferente a las películas porno que los fines de semana podía ver en televisión.

Admito que en cierta ocasión una de tales películas estuvo a punto de excitarme. Cosa rara, estaba bien hecha, con actores que no tenían el clásico aspecto de putas de barrio y macarras baratos, y el corto argumento se centraba en las dudas y remilgos de una inocente muchachita que por primera vez se veía en el trance de practicarle una felación a su amante.

La gracia del tema se centraba en el hecho de que —más que a dudas y remilgos— a lo que la pobre chica se enfrentaba era a un auténtico problema irresoluble, puesto que lo que su amado le colocaba ante las narices alcanzaba unas proporciones tan monstruosas que no existía forma humana de abarcarlo. Casi se le desencajaban las mandíbulas. Me recordó un viejo documental amazónico en el que una anaconda luchaba, vencía y devoraba a otra casi tan grande como ella, pero resultaba evidente que las anacondas están físicamente preparadas para llevar a cabo tales hazañas, mientras que aquella desconcertada criatura no había sido dotada por la naturaleza con los necesarios atributos.

Por último, se veía en la necesidad de solicitar el concurso de la mucama de turno; una enorme mulata de boca de rana que daba muestras de sentirse más que agradecida por tener que cumplir a plena satisfacción tan difícil mandato. La muchacha no podía evitar masturbarse mientras observaba la escena, y por mi parte experimenté una extraña inquietud al tratar de imaginarme qué se podía sentir al tener algo como aquello en la boca.

Confieso que nunca, ¡nunca!, me tropecé con nada ni tan siquiera semejante. A veces prefiero creer que era de plástico.

Pasó el tiempo.

Resultaba evidente que la joven pareja me estaba poniendo a prueba.

Conservé la calma.

¡La calma!

Permitir que la sangre fluya muy despacio por mis venas, como si se hubiera convertido en jugo de tomate es, quizás, una de las cosas más importantes que he conseguido aprender en esta vida.

Aparentar nerviosismo, mostrarme a menudo como una débil mujer incapaz de dominar sus reacciones, pero saber contenerme en los momentos clave, es lo que me ha llevado hasta aquí, y aunque la cárcel no creo que sea considerada una meta envidiable, si me encuentro ahora en ella es porque así lo he querido, y hasta aquí supe siempre que habría de llegar pronto o tarde.

¿Sorprendente?

Sin duda.

Sorprendente para quien no sepa mirar dentro de mí, o no sepa que hubo un momento en el que tomé una decisión irrevocable que me propuse asumir con todas sus consecuencias.

Volvieron. Sabía que volverían y volvieron. Pero no me lancé en sus brazos, en parte porque estaba convencida de que no deseaban que lo hiciera.

Necesitaban convencerme.

Les fascinaba la idea de convencerme.

Amaban la impalpable sensación de suponer que estaban haciendo un trabajo perfecto a la hora de conseguir un prosélito al que nunca se le había pasado anteriormente por la mente la idea de atravesar la peligrosa barrera de la ley.

No buscaban delincuentes. A los delincuentes les gusta delinquir, y ese era un riesgo que no podían permitirse correr.

Buscaban gentes libres de toda sospecha; personas honradas pero que estuvieran dispuestas a seguirles ciegamente sin tomar jamás la iniciativa, y para ello lo mejor era reclutar ilusos no excesivamente inteligentes.

Y al parecer yo respondía a plena satisfacción a sus deseos.

Era —me había esforzado en serlo— el perfecto retrato robot de la muchacha entusiasta y de escasas luces, fácilmente moldeable para unos seres mucho más astutos, que sabían muy bien lo que tenían que hacer y que decir en todo momento.

Ellos tenían escuela, mientras que yo no era más que

una palurda recién llegada del pueblo por mucho que estuviera a punto de aprobar mi primer curso en la universidad. Mi bandera de pendejo ondeaba en la punta del mástil.

Discreta en apariencia, pero tan misteriosamente deslumbrante, que les impedía distinguir qué era lo que se ocultaba tras ella.

Yo les dejaba hablar y hablar mientras escuchaba con gesto embobado, al tiempo que me preguntaba si tal vez alguno de ellos habría tenido algo que ver con el coche bomba que destrozó mi vida.

Demasiado jóvenes. Y demasiado estúpidos, aunque debo admitir que hay que ser muy estúpido para colocar una bomba que mata inocentes cuando lo que se pretende es hacer volar por los aires un furgón del ejército.

No tardé en llegar a la conclusión de que en el fondo no eran más que pobres de espíritu que se habían dejado arrastrar por la misma vacua palabrería con que ahora pretendían deslumbrarme.

Aún los recuerdo con una cierta nostalgia. Diana y Emiliano, tan orgullosos de sus nombres de guerra que se diría que habían renunciado al suyo propio por amor a la causa.

¿Qué causa?

Aún hoy, tanto tiempo después, no lo tengo muy claro, puesto que en el fondo me importaban un rábano los motivos por los que se habían lanzado al oscuro sendero de la violencia y la clandestinidad.

Lo único que me importaba era poner el pie en ese sendero para conseguir transitarlo en busca de aquello que me había jurado encontrar.

Sus siglas me tenían sin cuidado, al igual que me lo tenía su pensamiento político o los ideales que aseguraban sostener. Ya por aquel tiempo presentía que cualquiera que sea su signo político, su nacionalidad o la religión que practiquen, la mayor parte de los violentos lo único que pretenden es mantenerse en una marginalidad fuera de la cual siguen siendo una masa igual de amorfa que el resto de nuestra especie.

Nunca he conocido a ningún marginal que parezca haber comprendido que el hecho de abandonar el redil tan solo conduce a penetrar en una apestosa cochiquera en la que rara vez se encuentra una salida que conduzca al aire libre y los espacios abiertos.

Es dejar de formar parte de una comunidad, para pasar a formar parte de otra comunidad más rígida y sombría. Buscar la libertad de los demás basándose en el principio de empezar por perder la propia, no deja de ser, a mi modo de ver, más que un monumental error.

Únicamente los seres que se encuentren libres de toda atadura ideológica son capaces de guiarnos por los senderos de la auténtica libertad, pero para mi desgracia jamás he conocido a nadie que —siendo libre— muestre el menor interés por convertirse en líder.

A los que se saben libres les basta con seguir siéndolo. Son los otros, los encadenados a rancias ideologías, viejas creencias o trasnochados nacionalismos que imaginan novedosos, los que se esfuerzan por empujarnos como a mansas ovejas a las que intentan disfrazar de sanguinarios lobos, pese a que cuando consiguen transformarlas en lobos pretenden que sigan obedeciéndoles tan ciegamente como obedecían cuando aún no eran más que ovejas.

Y yo no me consideraba, en absoluto, una oveja.

Me consideraba un lobo. Pero un lobo solitario dispuesto a devorar a toda oveja que se creyera lobo, y a todo lobo que fingiera haberse convertido en oveja.

Y es que guardaba en mi interior, muy hondo y muy callado, más odio y más rencor de lo que ninguno de ellos hubiera imaginado jamás.

Y, además, lucía un par de tetas que quitaban el sentido. A Emiliano le volvían loco mis tetas. Que yo recuerde jamás hizo la menor alusión a ellas, pero desde el primer momento supe que le interesaban incluso más que sus trasnochadas argumentaciones.

Tiran más dos tetas que dos carretas. Doy fe de ello.

Me considero una experta a la hora de saber sacarles provecho incluso sin tener que ponerlas en juego, e inútil sería negar que gran parte de los éxitos que me apunté en mi sinuoso caminar por los senderos de la marginalidad se debieron al hecho de que un par de kilos de carne bien colocados surtían con demasiada frecuencia más efecto que un kilo de masa cerebral poco aprovechada.

Asombra descubrir hasta qué punto un terrorista puede llegar a ser hombre antes que terrorista. Al mes Emiliano hacía lo que yo quisiera, sin siquiera sospecharlo. La vida me ha enseñado que, con frecuencia, se obtiene más de un hombre si no te acuestas con él. Es cuestión de saber mantener la distancia exacta.

Ni demasiado lejos, ni demasiado cerca.

Con Emiliano jugué como con un ratón, delante

mismo de las narices de Diana. ¡Señor, qué cara puso la noche en que se me ocurrió confesar, con fingida vergüenza, que era virgen!

Se le caía la baba. Supongo que en esos momentos hubiera renunciado de buen grado a todas sus convicciones, con tal de arrastrarme a una cama y enseñarme lo que podía hacer por mí un hombre de verdad.

Supongo, también, que imaginaba que a partir de ese momento se encarrilarían todas mis desviaciones sexuales.

A los dos días me comunicó que había llegado el momento de presentarme al misterioso Alejandro.

Para ellos Alejandro era como un dios. Un genio, un mesías, un maestro de inconmensurable sabiduría. Emiliano vino a buscarme al oscurecer en una furgoneta sin ventanas, me pidió que me acomodara sobre un viejo colchón tirado en el suelo, me encerró con llave y emprendió la marcha con rumbo desconocido.

En un determinado momento llegué a imaginar que el único Alejandro que conocería esa noche sería calvo y apenas mediría unos veinte centímetros.

Más que en una entrevista secreta con un temido terrorista, aquello tenía todo el aspecto de haberse convertido en una encerrona destinada a hacerme perder de una vez por todas mi poco apreciada virginidad.

No, ni por un solo momento sentí miedo, ya que tal vez considerara a Emiliano capaz de violarme, pero estaba convencida de que jamás se atrevería a asesinarme.

Diana no se lo perdonaría nunca.

Les había costado demasiado esfuerzo reclutarme.

Viajamos durante casi dos horas.

Abandonamos la ciudad e incluso las autopistas, y al poco traqueteábamos por silenciosos caminos vecinales, para detenernos al fin ante un oscuro caserón en apariencia abandonado.

Mi acompañante me condujo a través de una empinada escalera, golpeó muy suavemente una gruesa puerta y al poco esta se abrió para que hiciera su aparición en el umbral un hombrecillo escuálido y de rala barba descuidada que esgrimía en la mano izquierda una pistola casi tan larga como su antebrazo.

—¡Adelante! —dijo.

La estancia era inmensa, recargada, cubierta de libros del suelo al techo, con viejos muebles y raídas alfombras, pero lo que más me llamó la atención desde el primer momento no fue el lugar ni la decoración, sino el hecho de que su ocupante vestía la camisa más horrorosa que nadie haya sido capaz de imaginar.

Suena absurdo, lo sé, pero es que aquella camisa, entre violeta y anaranjada, con grandes cuadros amarillos, saltaba a la vista como si pretendiera arrancarte los ojos, y cualquier ser humano con el más mínimo sentido de la estética no podía evitar dar un paso atrás, como si temiera resultar contaminado.

Tiempo después Alejandro me confesó que era daltónico, y tan solo entonces acepté la sinrazón de una prenda de vestir por la que parecía sentir una especial predilección.

Quiero suponer, no obstante, que el hijo de la gran puta que diseñó aquella tela no tenía nada de daltónico, como tampoco lo tendría el canalla que confeccionó la camisa, ni el inconsciente que la colocó en un escaparate.

Pero la verdad del hecho estriba en que de alguna absurda forma había llegado hasta allí, de modo que cuando su dueño tomó asiento en un vetusto butacón, dejó sobre la mesa el arma y me observó con la molesta atención de quien contempla un caballo que acaba de comprar, mi mente se negaba a concentrarse en la evidencia de que me enfrentaba a un temido terrorista, puesto que continuaba emperrada en averiguar las razones por las que alguien era capaz de cubrir sus escasísimas carnes con una prenda semejante.

—¿Así que quieres entrar a formar parte de nuestro grupo? —inquirió tras un largo silencio—. Ser una de los nuestros.

—Lo estoy pensando —repliqué.

—Creí que ya lo tenías decidido —señaló evidentemente desconcertado.

Le respondí que no, que la decisión de unirme a quienes habían hecho de la lucha armada su bandera requería más tiempo y un mejor conocimiento de cuál era su meta y cuál mi papel a desempeñar en el intento.

Le gustó mi respuesta.

Me pidió que me acomodara en una butaca aún más mugrienta que la suya, se puso en pie y comenzó a recorrer la estancia, sin cesar de hablar ni para tomar aliento sobre la ineludible necesidad de obligar a abrir los ojos a una sociedad que se estaba encaminando directamente al abismo.

Para Alejandro, curas, fascistas, capitalistas y ahora también comunistas traidores —que demostraban ser mil veces más peligrosos que todos los anteriores juntos— se estaban confabulando para repartirse las riquezas del mundo a base de exprimir hasta la última sangre a las clases trabajadoras.

Aquello sonaba a discurso mil veces repetido.

Apasionado y en cierto modo bien construido, pero inútil cuando se dirigía a alguien que, como yo, llevaba años sorda a todo cuanto no estuviera dispuesta a escuchar.

Aparte de su camisa, lo único que me interesaba de aquel escuálido individuo era descubrir las posibilidades que ofrecía de haber sido el cerebro que maquinó el atentado que acabó con la vida de mi padre.

Le observaba yendo y viniendo, abriendo y cerrando las manos, alzando el dedo índice o interrumpiéndose de tanto en tanto con el fin de imprimir mayor énfasis a una manida frase que se le antojaba brillante, y no podía por menos que reconocer que como hombre era una caricatura, y como conferenciante resultaba patético cuando se le comparaba con la dulce cadencia de las palabras de Sebastián las noches en que nos hipnotizaba con sus fascinantes historias de lugares remotos.

Sebastián jamás se hubiera puesto aquella camisa.

Sebastián siempre lucía impecables camisas blancas que contrastaban con su oscura piel aceitunada resaltando el negro profundo de sus ojos.

Sebastián era alto, fuerte, sano y atlético, mientras que aquel insignificante personajillo podría confundirse muy bien con uno más de los apolillados libros de tapas de piel amarillenta que se amontonaban por doquier.

Pero la mayor diferencia estribaba en el hecho indiscutible de que aquel remedo de hombre pertenecía al gremio de los verdugos, mientras que a mi padre le habían obligado a pertenecer al grupo de las víctimas.

—Admito que la violencia a menudo resulta demasiado cruel —llegó a decir en determinado momento—. Pero también debemos admitir que, en ocasiones, es justa y necesaria.

Fue entonces cuando decidí que algún día le mataría.

No por la frase en sí, sino porque me molestó el hecho de verle allí, vivo y gesticulante, mientras que de Sebastián no quedaba ya más que un viejo jarrón repleto de cenizas.

Fuera o no fuera culpable directo de la muerte de mi padre, habían sido sin duda hombres de su misma ralea; fanáticos que no dudaban a la hora de justificar lo injustificable de la violencia estéril, los que habían colocado aquel coche bomba en una tranquila calle cordobesa, y por lo tanto mi obligación era aniquilarlos dondequiera que se encontrasen, para que no volvieran a existir niñas que, como yo, aún se despertaban por la noche llorando sin consuelo.

«La venganza es mi fe, y mi fe me guía.» Nunca supe quién pronunció tan descarnada frase tan falta de esperanzas, pero fuera de quien fuera había decidido apropiármela teniendo, no obstante, muy en cuenta que la fe debe ser ciega, pero la venganza se ve obligada a andar siempre con los ojos muy abiertos si no quiere arriesgarse a morir joven.

Me incliné con la aparente intención de recoger del

suelo un poco de ceniza y le permití descubrir el nacimiento de mis senos.

El tono de su voz cambió de un modo apenas perceptible.

Pero yo conocía muy bien aquellos cambios de tono. Tenía el oído muy educado a ello.

Sus ojos brillaron apenas un instante.

Pero yo había aprendido a captar tales fulgores. Los descubrí mientras pedía limosna en Sevilla.

Sus manos parecieron pretender apresar el aire.

Pero supe muy bien lo que buscaban.

Me buscaban a mí, y a mis entrevistos pezones.

Cuando pareció necesitar tomar aliento para iniciar una nueva frase, abrigué el convencimiento de que mis pechos sería lo primero que su mente evocara en el momento de cerrar los ojos esa noche.

¡Ya era mío!

Algunas mujeres, no muchas, por desgracia, me entenderán muy bien, pues son aquellas que siempre han sabido hasta qué punto consiguen dominar a un hombre mucho antes de que él mismo sospeche que ha sido dominado.

La llama tarda en prender y hacer visible el humo, pero aquella lejana noche, en aquel preciso instante, tuve la certeza de que la brasa oculta, la que se niega a mostrarse pero ha nacido ya en lo más profundo del deseo, se había instalado en el corazón de un mentecato que se esforzaba por continuar deslumbrándome con su hueca palabrería, pese a que lo único que en verdad le importaba era que volviera a inclinarme a recoger un poco de ceniza.

¡Qué incalculable poder nos confiere en ocasiones esa certeza de haber sabido quebrar las defensas del macho!

¡Qué arma tan temible cuando se aprende a utilizarla!

¡Qué seguridad nos otorga en los peores momentos!

En cuestión de segundos y con un simple gesto en apariencia inocuo había conseguido cambiar el sentido de la escena, y en lugar de por un inaccesible terrorista que había aceptado descender de su pedestal para dignarse recibir los halagos de una rendida discípula, la polvorienta estancia se encontraba ahora ocupada por un balbuceante enano que parecía ir disminuyendo de tamaño a medida que en su imaginación aumentaba la exuberancia de mis pechos.

La experiencia me ha enseñado que ese oscuro objeto de deseo es capaz de transformar a un héroe en un payaso, a un sabio en un tonto, y a un genio en veinte centímetros de carne faltos de voluntad.

¡Qué triste!

¡Qué triste incluso para mí, que tanto provecho supe obtener con el paso del tiempo de algo tan absolutamente carente de importancia!

Alejandro no era —de eso doy fe— ni un héroe, ni un sabio, ni mucho menos un genio, y por lo tanto el esfuerzo que me exigió transformarle en tonto o en payaso fue tan pequeño, que incluso me apena recordarlo.

Vergonzosa victoria si nos atenemos a la realidad de los hechos, pero victoria al fin y al cabo, y lo que yo había ido a buscar a aquel lejano caserón ya lo había encontrado.

Aquel que confiaba en catequizarme, convirtiéndome en fiel seguidora de su brillante intelecto, había pasado a convertirse, como por arte de magia, en rendido adorador de un vulgar par de tetas.

Si incluso el ínclito general Bonaparte se arriesgaba a perder batallas por culpa del nauseabundo hedor de la entrepierna de la promiscua Josefina, ¿qué tiene de extraño que aquel esmirriado cretino perdiera el aliento por mis puntiagudos pezones?

Yo ya sabía que él sabía que al parecer yo era lesbiana. Y sin duda ese pequeño detalle contribuía a excitarle.

¿He dicho ya que era un cretino?

¿Cuántas veces?

Escasas me parecen.

¡Lesbiana y virgen... demasiado!

Al igual que había ocurrido con Emiliano, y al igual que sucedería con excesiva frecuencia más adelante, la calenturienta imaginación de quien aspiraba a ser un líder ya se había disparado sin remisión posible.

A la hora de despedirnos me tendió una mano sudorosa cuya fuerza pretendía transmitirme toda la irresistible masculinidad que a su modo de ver se desprendía de su interior, deseándome suerte...

—Me voy impresionada —musité con voz transida de la emoción—. Muy impresionada. —Y no mentía. Aquella horrenda camisa me había impactado como pocas cosas habían conseguido impactarme en esta vida, pero estoy bien segura de que el ego oculto que con tanta frecuencia nos traiciona le convenció en el acto de que lo que, en realidad, me había impresionado era su irresistible personalidad.

Al fin y al cabo, la forma de vestir forma parte de dicha personalidad. ¿O no?

Emiliano, que apenas había osado abrir la boca en presencia de su ídolo, se mostraba exultante, aunque imagino que hasta cierto punto ligeramente amoscado, ya que no le había pasado en absoluto desapercibido el tipo de interés que de forma tan evidente despertaba en el carismático líder.

—¿Qué te ha parecido? —quiso saber, ya de nuevo en Madrid a altas horas de la madrugada.

—Fascinante.

—¿En qué sentido?

—En todos —repliqué con fingido entusiasmo—. Supongo que si me interesaran los hombres podría acabar enamorándome de él.

Incluso para un experimentado terrorista curado ya de espanto semejante aseveración debía resultar en cierto modo chocante, sobre todo al provenir de una muchacha que no lucía una corta melena ni se comportaba como un marimacho.

—Demasiado mayor para ti, ¿no te parece? —masculló al fin.

—En mi caso la edad carece de importancia —repliqué en un tono deliberadamente indiferente—. Lo que en verdad importa es que es hombre.

Si alguna vez me decido a mantener relaciones con alguno, no creo que me importen ni sus años, ni su aspecto físico.

—¿Y nunca lo has pensado?

—Lo pensaré cuando llegue el momento.

Lo dejé allí, dándole vueltas a la idea de que le gustaría estar presente cuando llegara ese momento, y me metí en la cama convencida de que esa noche había conseguido sembrar la semilla que pretendía sembrar. La inquietud.

La inquietud que germina en el alma de tu enemigo es la mejor arma con la que combatirle llegado el momento.

Emiliano y Alejandro ya eran rivales.

Ellos aún no lo sabían, pero yo sí. El juego no había hecho más que empezar; me constaba que podía llegar a convertirse en un juego muy peligroso, pero eran ellos quienes debían participar, mientras que yo me limitaría a ser juez, árbitro y presunto trofeo.

Y sería yo quien dictara las reglas. ¡Reglas muy duras!

¡Menuda hija de puta!

Yo misma me asombraba.

Y es que era joven. Tal vez demasiado.

No es que a estas alturas no siga considerándome en cierto modo, y con todos los respetos hacia mi madre, una tremenda hija de la gran puta —por lo que tengo entendido es una apreciación ampliamente compartida por la mayoría de cuantos me conocen—, es que en la actualidad lo soy de forma natural, mientras que por aquel entonces me esforzaba a conciencia.

Pasó el tiempo. Un par de meses quizá.

No tardé en llegar a la conclusión de que fingían haberme arrinconado, pero que, en realidad, me mantenía bajo el punto de mira de alguien que debía encontrarse muy cerca; tal vez compartiendo aula en la universidad.

Puede que no fueran demasiado listos, pero resultaba evidente que sí eran excesivamente cautos.

Una tarde, en el autobús que me devolvía a casa, una desconocida se sentó a mi lado, y observando a través de la ventanilla señaló los caballos del Arco de Triunfo para comentar en tono de estudiada indiferencia:

—Emiliano quiere verte. Apéate en Moncloa, baja por Marqués de Urquijo y siéntate en una terraza de Rosales.

Obedecí sin rechistar pese a que todo aquello se me antojaba más propio de una película de cine de barrio que de la vida real.

Empezaba su juego.

Y yo debía ingeniármelas para que fuera el mío.

Me acomodé bajo el tibio sol de media tarde de finales de mayo y aguardé.

Quince minutos después, un nervioso Emiliano tomó asiento a mi lado para comunicarme casi de sopetón que habían decidido ponerme a prueba.

—¿Qué clase de prueba?

Bajó mucho el tono de voz, como si se tratara de un conjurado, y comenzó a hablar con tanto entusiasmo que casi podría asegurarse que le iba la vida en ello.

Mi misión consistía en seguirle los pasos a un conocido banquero, hacer un detallado informe sobre los lugares donde solía cenar y averiguar si tenía algún tipo de aventura amorosa extramatrimonial.

—Es un chulo y un ladrón —concluyó—. Un maldito especulador que se ha forrado jodiendo a todo el mundo. Pagará un buen rescate.

—¿Y cómo le sigo?

—Discretamente.

—Eso ya lo imagino. Pero ¿cómo...? No sé conducir.

Se quedó boquiabierto. Si le hubiera asegurado que un ovni acababa de aterrizar a sus espaldas no hubiera podido asombrarse más, y se diría que por unos instantes todo su mundo de conjeturas y terrorismo se venía abajo como un castillo de naipes.

—¿Que no sabes conducir? —repitió como entre sueños.

—Ni pajolera idea.

Maldijo por lo bajo, y estoy convencida de que no me maldijo a mí por mi ignorancia, sino que se maldijo a sí mismo por ser tan absurdamente chapucero como para hacer planes sin tener en cuenta algo tan evidente como el hecho de que una pobre estudiante que vivía gracias a la magnanimidad de una millonaria pervertida no tenía por qué haber aprendido a conducir un coche. Sobre todo cuando sabía sobradamente que nunca había tenido coche.

—¡Mierda! —exclamó—. Alejandro se va a disgustar. Tenía mucho interés en que fueras tú quien llevara a cabo este trabajo.

—También a mí me hubiera gustado —admití seriamente. Y no mentía.

Quedamos en que lo primero que tenía que hacer era tomar clases con vistas a sacar el carnet de conducir. Luego ya veríamos.

Cuando se alejó, cabizbajo, no pude por menos que sonreír para mis adentros, puesto que aquella situación se me antojaba sinceramente divertida.

No obstante, al propio tiempo me apenaba comprender que eran situaciones como aquella las que habían propiciado que un día, en una lejana y tranquila ciudad que nada tenía que ver con absurdos problemas políticos, un coche bomba explotara antes de tiempo segando una vida inocente.

La ineptitud siempre se me ha antojado el defecto más profundamente despreciable, y una lacra muy propia de nuestra mentalidad y nuestra forma de ver el mundo. Pero cuando esa ineptitud pone en peligro la vida de seres humanos se convierte a mi modo de ver en un crimen doblemente punible.

Nos ha tocado nacer en un país en el que incluso aquellos que tienen la obligación de perseguir y aniquilar a los terroristas demuestran ser inconcebiblemente chapuceros, y no es de extrañar, por tanto, que si preclaros cerebros que cuentan, además, con todos los medios que les otorga el poder actúan de una forma tan mediocre, aquella impresentable pandilla de iluminados cometiera errores tan garrafales.

Me inscribí en una autoescuela.

¿Qué otra cosa podía hacer?

Si mi futura carrera de terrorista dependía de un carnet, mi obligación era obtenerlo, y me apliqué a ello con toda la intensidad con que soy capaz de hacer aquello que me importa.

Mi siguiente misión fue vigilar un banco.

Los bancos no se mueven de sitio.

Abrí una cuenta corriente y me dediqué a acudir a ingresar o sacar dinero un par de veces por semana, estudiando a conciencia las idas y venidas de los empleados y las medidas de seguridad con que contaba.

Pensaban cometer un atraco.

—¿Sabes manejar un arma?

¿Cómo esperaban que supiera manejar un arma si no sabía manejar un coche? La gente no va por ahí pegando tiros, y era de suponer que aún seguía siendo una timorata e inofensiva provinciana.

Emiliano me comunicó que Alejandro había apuntado que sería conveniente que pasara el próximo fin de semana en el caserón, donde tendría ocasión de aprender a disparar.

Supongo que tal vez abrigaba la secreta esperanza de enseñarme algo más íntimo, pero llegué a la conclusión de que no era momento de poner trabas ni hacerse la remilgada. Más bien, por el contrario, me interesaba reencontrarme con Alejandro.

El mismo viaje nocturno, las mismas vueltas y revueltas y, ¡bendito sea Dios!, la misma camisa a cuadros amarillos.

¿Qué respeto —o qué interés— aspiraba a infundir alguien que parecía amar semejante prenda de vestir más que a sí mismo?

No obstante, en esta ocasión se le advertía recién bañado y afeitado, con el pelo muy limpio y oliendo a Ëgoïste, de Chanel.

Sonreía de oreja a oreja, y lo primero que hizo fue lanzar una esquiva ojeada a mi escote, como si estuviese tratando de calcular qué posibilidades ofrecía de dejar a la vista parte de mis senos.

¡Muchas!... Hacía un calor bochornoso y me había puesto un vestido rosa y blanco de ancha falda con amplio vuelo y un más que generoso escote que dejaba al aire incluso los hombros.

Si no recuerdo mal, debía parecerme más a la inocente colegiala de *Esplendor en la hierba* que una feroz aspirante a terrorista. Y es que en esta ocasión mi bandera de pendejo lucía colores suaves: rosa y blanco.

Todo transcurrió de forma armoniosa y encantadora, con un simpático desayuno en el porche, charla intrascendente, algunas bromas de doble sentido y un ambiente sorprendentemente relajado, hasta mediada la mañana.

En ese momento ocurrió algo que en cierto modo siempre he estado convencida de que debió influir de modo harto importante en mi vida.

Me condujeron al patio posterior de la casa, una amplia explanada rodeada por un alto muro de ladrillos, colocaron en el fondo la foto, a tamaño natural, de un hombre fumando un cigarrillo y que al parecer habían recortado del anuncio de una valla publicitaria, y me colocaron un revólver en la mano.

—Lo único que tienes que hacer es levantar el percutor, apuntar por aquí y apretar el gatillo —me dijeron.

Era un arma grande, pesada, compacta, con un extraño olor mezcla de grasa y pólvora, y finas estrías en la madera de la culata que le conferían un curioso tacto, áspero para evitar que resbalara, y en cierto modo mórbido, como si más que de una herramienta de matar, se tratase de un ser vivo y dotado de personalidad propia.

Lo observé fascinada.

Había visto muchos, en el cine o en fotografías, pero era desde luego la primera vez que sentía su tacto y me llegaba, a través de la palma de la mano, la evidencia de su terrible poder destructivo.

Era negro, opaco y hoscamente amenazador pese a que resultase evidente que se trataba de un objeto inanimado que ningún daño conseguiría causar por sí solo. El agujero de su cañón era de igual modo negro y profundo; más negro y más profundo que el de la más lejana de las galaxias, puesto que a decir verdad conducía a idéntico lugar: la muerte y el infinito. Me hipnotizaba.

—¡Dispara!

Obedecí como entre sueños, alzando el percutor y apuntando al centro mismo de la cabeza del atractivo modelo que fumaba un Camel con gesto displicente.

Apreté muy despacio el gatillo y la sonrisa desapareció dejando paso a una mancha oscura.

Experimenté lo más parecido a un orgasmo que había experimentado nunca. Tenía en mis manos el poder. La fuerza.

La fuerza y el poder que siempre me habían faltado, y comprendí, de inmediato, casi como una revelación, que aquel era mi mundo o mi camino.

Disparé de nuevo, esta vez al entrecejo y clavé la bala justo en la diminuta arruga que hasta un segundo antes se dibujaba entre los ojos.

—¡Caray! ¿Estás segura de que nunca habías manejado un arma?

Negué en silencio.

—¡Pues yo jamás he conseguido un blanco semejante!

Se diría que Dios, o el Destino, me habían dotado de una gracia especial a la hora de empuñar un revólver, y que este se sentía tan cómodo en mi mano como yo a la hora de blandirlo.

¡Y era aquella, aquella precisamente, el arma que yo quería! Fue un amor a primera vista, y desde aquella mañana apenas nos hemos separado hasta la trágica noche en que le prendí fuego a la gasolinera.

La echo de menos.

Sin ella vuelvo a ser débil y me siento vulnerable.

Sé que soy —¿quién lo duda?— una mujer de difícil carácter, cruel a veces e inaccesible siempre, y son muchos los que me temen y respetan, pero sé también que mi fortaleza interior se resiente de forma harto notable si me falta la fuerza externa que me proporciona un arma.

Cuerpo a cuerpo —físicamente— cualquier besugo sin dos dedos de frente me tiene en sus manos, pero el simple hecho de saber que puedo contar de una forma incondicional con una bala del calibre treinta y ocho que soy capaz de colocar allí donde me lo proponga, me confiere una fuerza suplementaria que el más lerdo percibe de inmediato.

Y esa esencia de muerte que transpiraba mi cuerpo sin yo pretenderlo, me hacía temible. Hay seres humanos que se transforman al volante de un vehículo.

Durante casi una década yo me he transformado al saber que tenía un arma a mi alcance.

¡Estúpido!

Tal vez, pero quien no haya experimentado tan agridulce sensación no tiene derecho a hablar de ello, porque lo que en verdad importa no es el hecho de tener un revólver en las manos, sino saber que estás decidida a utilizarlo.

¡Y yo lo estaba!

Y no una vez.

Docenas de veces; siempre que lo considerara necesario. A menudo, incluso sin ser absolutamente necesario. Es posible que se trate —como algunos psiquiatras aseguran— de un caso patológico digno de un estudio más profundo y detenido.

¿Por qué no? ¿Por qué algún cerebro analítico no dedica su tiempo a estudiar el dañino efecto de las armas de fuego sobre la psiquis de los seres humanos?

Probablemente sus conclusiones resultarían altamente aclaratorias sobre el origen y las razones de la epidemia de violencia que nos invade amenazando con destruir a nuestra sociedad.

Yo soy un ejemplo de ello.

¡Un magnífico ejemplo!

Hasta aquella inolvidable mañana, mi relación con la violencia era algo meramente circunstancial, casi un juego de adolescentes, pero a partir de aquel día entré a formar parte de una fauna temible cuyas normas de comportamiento resultan imprevisibles.

El ser humano deja de ser individuo cuando se convierte en masa.

La experiencia me dicta que el individuo deja de comportarse como ser humano desde el mismo instante en que forma masa con un arma de fuego.

Alejandro y Emiliano parecieron captar de inmediato la radical transformación que se había efectuado en mí, mirándome con más respeto al comprobar la firmeza con que sabía abrirle un boquete en la cabeza a una persona, aunque se tratase hasta ese momento de una persona de papel.

Ya no era únicamente un par de tetas. Me había transformado en cuestión de minutos en una criatura potencialmente peligrosa. Y útil.

Tras comprobar —casi hasta la saciedad— que mis dos primeros disparos no habían respondido a una simple cuestión de azar, sino que, efectivamente, era muy capaz de clavar una bala con monótona precisión allí donde quería, decidieron que había llegado el momento de actuar, puesto que estaba claro que ahora contaban con la tan necesaria cobertura.

—Te quedarás fuera, al otro lado de la calle —dijeron—. Nosotros haremos el trabajo peligroso.

—¿Cuándo?

—El martes al mediodía.

Regresé a casa con el revólver en el bolso, tomé asiento en el salón, lo coloqué sobre la mesa y me pasé largo tiempo observándolo.

El martes al mediodía.

Me sentía extraña.

¡Muy extraña!

Dentro de apenas cuarenta y ocho horas, mi negro amigo y yo iniciaríamos una sinuosa andadura que sabía muy bien que no debía llevarnos a las puertas del cielo, sino más bien a las antesalas del infierno.

Pero a él no parecía importarle.

Había nacido para eso.

La ira que emergía de sus entrañas, la muerte que surgía implacable de las tinieblas de su alma no eran caprichosas ni fortuitas, ni respondían a otra razón que la razón primera por la que había sido creado.

Su obligación era matar, no importaba a quién, ni a

qué lado de la ley se encontrara. Nunca tuvo elección. Obedecía a su dueño, al igual que el perro fiel obedece al ciego al que ayuda a cruzar la calle, o al sicario que persigue tenazmente a un fugitivo.

Pero mi caso era distinto.

Se suponía que yo sí tenía elección; sí era dueña de mis actos; de mi libre albedrío, pero aun así me encontraba anímicamente dispuesta a iniciar un camino sin retorno al final del cual quería suponer que se encontraban aquellos que años atrás habían colocado un horrendo artefacto en una calle tranquila.

Contemplé por enésima vez aquella foto inolvidable; regresé a un momento mágico de mi vida, que alguien me arrebató sin razón aparente, besé con más amor que nunca aquel rostro tan amado, acaricié por un instante el firme tacto del arma, y llegué a la conclusión de que no me habían dejado elección posible.

El martes al mediodía.

Allí estaría.

SEGUNDA PARTE

LA LLAMA

Mediodía del martes. Faltaban diez minutos y me encontraba sentada ya en un duro banco de madera de un minúsculo parque al otro lado de la calle en la que abría sus puertas la sucursal del banco que había estado espiando durante casi un mes.

Con una corta peluca rubia y grandes gafas, fingía estar enfrascada en la lectura de una revista del corazón, y semioculta tras un seto dominaba a plena satisfacción la gran puerta de entrada sin que los empleados pudieran verme desde dentro.

La recién remodelada plazuela aparecía semidesierta, con un par de viejos tomando el sol en los bancos más alejados y esporádicas amas de casa que cruzaban la explanada sorteando excrementos de perro y arrastrando carritos de la compra rumbo a sus casas.

La mañana invitaba a disfrutar de la paz y el silencio de aquel rincón de escaso tráfico en una ciudad por lo general demasiado bulliciosa, pero a pesar de esa calma y ese silencio, tenía muy presente que estaba a punto de cometer mi primer delito.

Mi primer atraco a mano armada.

Tan solo unos minutos me separaban de la frontera que me situaría en el país de los fuera de la ley, pero opté por dejarlos transcurrir con la misma indiferencia con que solía dejar transcurrir el tiempo en espera de acudir a clase un día cualquiera.

Al poco, rocé apenas la culata del pesado revólver que ocultaba en lo más profundo de mi ancho bolso de cuero amarillento, y no pude evitar preguntarme por enésima vez si me encontraba decidida a dispararlo en caso de que fuera absolutamente necesario.

Lo estaba. Sabía que lo estaba.

—Pero a las piernas... Procura disparar siempre a las piernas.

La recomendación de Alejandro, repetida machaconamente, se había instalado como grabada a fuego en lo más profundo de mi inconsciente, y debido a ello me había pasado la tarde anterior practicando para que el ángulo del arma apuntase siempre hacia abajo.

Alejandro prefería no tener que matar a nadie.

Tampoco yo lo deseaba. No aquel día.

Aún no me encontraba anímicamente preparada para arrebatarle la vida a una persona, ni encontraba razón válida por la que acabar con alguien que intentaba impedir un atraco. No eran aquellos mis objetivos. Ni la forma de alcanzarlos.

Lo único que tenía que hacer era demostrar que sabía encarar situaciones comprometidas con el fin de ir ganando puntos en mi tortuosa carrera de presunta terrorista.

Aún hoy me suena extraño. ¿Cómo es posible que

fuera tan inconsciente? Tan solo encuentro una explicación lógica: apenas tenía veinte años. ¡Mala edad!

¿O es que acaso existe alguna buena cuando no encuentras a nadie que sepa dirigir tus pasos?

Mi madre era una pobre mujer de escasísima cultura que bastante tenía con haberse roto la espalda tratando de sacarnos adelante. Mis hermanos seguían siendo unos mocosos que no pensaban más que en el fútbol. Y a doña Adela, la única persona verdaderamente preparada con la que había mantenido alguna relación estable, no parecía importarle más que el sabor de mi entrepierna o el olor de mis bragas. A lo más alto que llegaba de mí era a los pezones. Aunque alguna que otra vez intentaba meterme la lengua en la boca. Me repugnaba su lengua. Sentía ganas de vomitar al recordar en qué sucio lugar acababa de introducirla —por más que fuera mío— y notar luego su sabor en mi paladar.

Pero no quiero disculparme. Aborrezco a la gente que siempre encuentra disculpas para todo y suele pasar la mitad de su vida alegando razones por las que hicieron o dejaron de hacer esto o aquello. Prefiero mil veces a quienes asumen abiertamente sus errores por graves que estos sean. Errar es humano; rectificar, de sabios. Con frecuencia no es posible demostrar sabiduría, puesto que resulta demasiado tarde para rectificar, pero siempre se está a tiempo de demostrar valor admitiendo la equivocación.

Yo aquel día, sentada en aquel banco de aquella tranquila plaza, sabía muy bien que me estaba equivocando, pero aun así carecía del carácter y el valor necesarios como para reconocerlo.

Apenas tenía veinte años. Mala edad, repito. La peor para ser testigo de cómo un pequeño utilitario aparcaba en la esquina, y de él descendían Emiliano y un hombretón desconocido mientras Diana permanecía al volante y con el motor en marcha.

Los dos primeros observaron con estudiado detenimiento a los escasos transeúntes, Emiliano me dirigió una larga mirada con la que parecía pretender convencerse de que podía confiar en la protección que le brindase, y se encaminaron directamente a la entrada de la sucursal del banco, portando cada uno de ellos una llamativa bolsa de deportes.

Al atravesar la gruesa puerta de cristales les perdí de vista. La violenta luz del mediodía cayendo a plomo sobre la plaza me impedía hacerme tan siquiera una idea de qué era lo que estaba ocurriendo en el interior de aquellas desangeladas oficinas, y esa ceguera y el correspondiente desconocimiento me preocupaba más que el hecho de haber sido testigo de cómo empuñaban pesadas escopetas de cañones recortados.

Me volví a mirar a Diana, que me miró a su vez. En sus ojos pude leer el mismo desconcierto, o tal vez miedo, pues sospecho que aquella era también su primera misión.

Ni un ruido que no fueran los acostumbrados ruidos de la calle. Ni un movimiento extraño. Ni tan siquiera un grito.

Un anciano se alzó del banco más lejano y comenzó a cruzar la calzada en dirección al bar que abría sus puertas en la esquina.

Rugió una moto.

Dejé a un lado la revista, alcé el percutor del arma sin sacarla del bolso y aguardé.

Nada ocurría. Tres, cuatro, cinco minutos... Tal vez más.

¿Tanto tiempo se necesita para desvalijar un banco?

Volví a mirar a Diana. La descubrí lívida y desencajada, con las manos tan fuertemente aferradas al volante que parecía pretender partirlo en dos.

Fue en ese instante cuando caí en la cuenta de que me encontraba tan ausente como si estuviera contemplando una vieja película de gánsteres.

En la pantalla, las cosas solían ocurrir más aprisa. Ni el peor director se hubiera recreado tanto en una escena.

¿Fue aquella realmente la sensación que experimenté: que la secuencia del atraco estaba pésimamente rodada?

Es posible. Ha pasado mucho tiempo, pero admito que tal idea me pasó por la mente, e incluso creo recordar que en un determinado momento se me ocurrió pasar la página de la revista tal vez con la intención de acabar el artículo que había dejado a medias, a la espera de que los actores de aquel soporífero guion se dignasen hacer acto de presencia.

Al fin, ¡un siglo después!, salieron.

Y lo hicieron con la misma calma e idéntica naturalidad con la que habían entrado, para dirigirse al coche e indicarle con un gesto a Diana que dejase de temblar y arrancara sin prisas.

Me maravilló su sangre fría.

Y me avergoncé de mí misma por haber dudado de ellos.

Fuera lo que fuese y por estúpido que se me antojase aquello en lo que creían, me habían dado una indiscutible lección de entereza comportándose como auténticos profesionales.

Al alejarse Emiliano, se volvió para guiñarme un ojo y sonreír. ¡No podía creérmelo! Había sonreído como si acabara de salir de un bar en el que hubiera estado dedicado a la inocente tarea de tomarse unas copas.

Desamartillé el arma, aguardé a que el utilitario doblase la esquina y fingí enfrascarme de nuevo en la lectura a la espera de los acontecimientos.

¡Acontecimientos!

¿Qué acontecimientos?

Allí no aconteció nada.

Transcurrió el tiempo y nadie surgió del banco gritando y gesticulando con intención de dar la alarma.

Ahora sí que empecé a ponerme nerviosa.

¿Los habrían matado a todos?

¿Acaso habían utilizado silenciadores y ni un solo rumor había cruzado las gruesas puertas de cristal?

Un desagradable sudor frío me descendió por la espalda y las fotografías de la revista bailaron ante mis ojos.

¡Señor, Señor! ¿Entraba en lo posible que me hubiera convertido en cómplice de un asesinato múltiple?

Tuve que hacer un gran esfuerzo para no cruzar la calle y penetrar en las oficinas consciente de que me enfrentaría a un macabro espectáculo.

Continué sentada y al cabo de unos minutos un amable jovenzuelo, sudoroso y regordete, me evitó el mal trago. Cruzó la puerta, permaneció unos minutos en el interior y reapareció guardándose unos billetes en el bolsillo de la camisa.

Únicamente entonces comprendí lo ocurrido.

Me habían puesto a prueba. Literalmente a prueba.

Aquellos malnacidos, hijos de la gran puta, cerdos impresentables, se habían limitado a entrar en el banco, cambiar algún dinero, perder su tiempo miserablemente y volver a salir con una cínica sonrisa en los labios.

Probablemente imaginaban que había puesto pies en polvorosa, cagada de miedo. O quizá sospechaban que podía denunciarles y en el momento en que la policía les detuviese se encontrarían con que la bolsa de deportes, en lugar de una escopeta de cañones recortados, escondía un par de patines.

¡Cabrones!

¡Jodidos cabrones!

Creo recordar que di un salto, lancé la revista al centro de la plazoleta y comencé a patalear como una niña malcriada.

Me habían tomado el pelo. Y la peluca.

Regresé a casa abatida por el peso de una de las sensaciones que más aborrezco en esta vida: la del ridículo.

No me importó en un tiempo que me tacharan de lesbiana, ni que años más tarde me acusaran de incendiaria y de cuanto se puede acusar a un ser humano en este mundo, pero ¡siempre, siempre!, desde que tengo uso de razón he sentido un injustificado temor ante la posibilidad de hacer el ridículo.

¿Exceso de amor propio?

Es muy posible.

Creo que resulta evidente que no me tengo demasiada estima personal ni me considero ni por lo más remoto un dechado de virtudes; más bien todo lo contrario, pero me saca de mis casillas el hecho de que alguien se pueda reír de mí, y resultaba evidente que, en este caso particular, lo habían hecho a conciencia.

Allí estaba yo, jugando a impasible delincuente con mi arma en la mano dispuesta a disparar sobre cuanto se moviese, mientras aquel par de hijos de la gran puta me observaban desde el interior del banco descojonándose de risa.

Si se llegan a cruzar en esos momentos en mi camino, les vuelo la cabeza. Peluca rubia, falsas gafas y aire de conspiradora mientras Emiliano se limitaba a cambiar unos cuantos billetes dándole amablemente las gracias a la cajera.

¡Mierda!

Observé largo rato la foto de Sebastián y de improviso descubrí que me dedicaba una irónica sonrisa, como si durante todos aquellos años la hubiese estado guardando allí, a la espera de que llegara un día semejante. Me estaba diciendo, desde dondequiera que se encontrase, que aceptar las cosas con buen humor y tal como venían, era la única forma lógica y sensata de enfrentarse a las contrariedades.

Aquella había sido al menos su filosofía, y aquel era el ejemplo que debería seguir, porque por años que pasaran Sebastián tendría que continuar siendo mi guía y mi norte en esta vida.

¡Lástima que resultara a la postre tan pésima discípula!

¡Lástima que no supiera imitarle!

¡Lástima que perdiera el rumbo que tanto esfuerzo puso en marcarme!

Cuando pienso en él siento pena y vergüenza de mí misma y me pregunto qué opinaría de mí, consciente como estoy de cuán desilusionado se sentiría al ver en lo que me he convertido, pero en tales momentos lo único que me consuela es saber a ciencia cierta que si Sebastián viviera para verme, jamás habría hecho nada de cuanto hice.

Un gesto suyo me bastaba. Y es que un gesto suyo ponía el mundo en marcha o lo detenía.

¿Dónde estaban ahora aquellos gestos?

¿Qué había quedado de aquella irónica sonrisa?

Cenizas en un jarrón, eso era cuanto de él se conservaba. Y mi memoria. Una memoria viva y fiel, consagrada a evocar cada minuto que pasé a su lado, y a repetir, como las letanías de un rosario, cada palabra que escuché de sus labios.

¡Sebastián, Sebastián!

Si alguien fue en alguna ocasión fanático de una creencia religiosa muy íntima y privada, esa fui yo, que sin haber llevado su sangre en mis venas ni sus genes en mi cuerpo, le amé más de lo que se ama a un padre, a un hijo o a un hermano, y le adoré, con más pasión que al más apasionado de los amantes.

Y me enorgullece ese amor, puesto que en lo más profundo de mí misma sé, aunque nadie más lo crea, que jamás, bajo ninguna circunstancia, lo ensució la más leve mota de polvo, el más mínimo pensamiento innoble, ni el más remoto atisbo de miseria.

—Está bien —le dije al fin—. Lo aceptaré deportivamente, pero admitirás que ha sido una tremenda hijoputada.

Durante mi siguiente visita al caserón, Alejandro reconoció que le había impresionado mi sangre fría, puesto que me había estado observando de lejos.

Y se mostró cómicamente orgulloso por el hecho de que había permanecido todo el tiempo sentado en un banco de la plaza sin que ni por asomo me percatara de que era el viejo mendigo de larga barba y chaqueta de pana.

Cuando al fin me cansé de tan manifiesta fatuidad, le observé de abajo arriba con el mayor desprecio que soy capaz de expresar para espetarle sin el menor reparo:

—¿Y cómo pretendías que te reconociese, si era la primera vez que te veía sin esa horrenda camisa?

Saltó como si le hubiera picado una avispa.

—¿Qué tiene de malo mi camisa? —quiso saber.

—Que está hecha de la tela que se usa en África cuando se pretende advertir que en una aldea se ha declarado el cólera.

Se quedó de piedra.

Pero se lo creyó.

Tiempo atrás había descubierto que cuanto más disparatada sea la mentira que se cuenta, más posibilidades existen de que la gente la acepte sin pestañear, y esta fue una de esas muchas ocasiones en las que mi teoría se cumplió al pie de la letra.

Algo tan increíble, dicho no obstante con absoluta seriedad, deja perplejo al interlocutor —en este caso el insigne Alejandro—, y quiero creer que en el fondo de su alma algo parecido debía opinar de aquel trapajo, porque a decir verdad no era de recibo que se diseñara tal engendro a no ser que estuviese destinado a un fin muy concreto.

La absurda charla tuvo al menos la virtud de conseguir que a partir de aquella misma tarde dejara de martirizarnos la vista con la contemplación de tamaño desaguisado, puesto que se limitó a cubrir sus flácidos pellejos con una especie de descolorida ruana, recuerdo de sus gloriosos tiempos de militancia activa en las asilvestradas guerrillas colombianas.

Con el paso del tiempo averigüé que en su ya lejana juventud, Alejandro había sido cura rural y más tarde misionero. De ahí pasó a convertirse en maestro en un perdido villorrio de la selva, agitador social, comandante de las Fuerzas de Liberación de media docena de países, y por último *alma mater* de nuestro pintoresco grupúsculo de desarraigados.

Todo un personaje de aquella extraña farándula de ideales confusos y esfuerzos pésimamente encarrilados, en el que cada personaje creía llevar en su interior al salvador de una sociedad que se resistía con uñas y dientes a ser salvada.

Todo un carismático líder o un mesías que buscaba ansiosamente doce discípulos que le aupasen al pedestal de la gloria.

¿Aspiraba yo a convertirme en el Judas de dicha congregación?

En absoluto; el concepto de judas siempre ha sido el de un traidor a sus ideales, y por aquellos tiempos mis ideales no eran otros que los de destruir, desde dentro, a cuantos pudieran haber tenido cualquier tipo de relación con la muerte de mi padre.

Yo sabía, o creía saber, qué era lo que en realidad buscaba.

Buscaba infiltrarme, y, si para conseguirlo me veía en la obligación de pasar sobre los cadáveres de unos cuantos ilusos, no dudaría en hacerlo aceptando cualquier tipo de sacrificio.

Un mes más tarde llegó la verdadera prueba. La misma sucursal, la misma plaza, el mismo banco y casi la misma revista sobre el regazo mientras empuñaba con fuerza el arma. E idéntica calma a la hora de observar cómo Alejandro y Emiliano descendían del coche, cruzaban la calle, atravesaban la puerta de cristales y desaparecían de mi vista.

Pero en esta ocasión no era Diana la que conducía, y ese simple detalle me llevó al convencimiento de que el asunto iba en serio. Era el otro; el grandullón que solía venir desde Orense para echar una mano, y que demostró su experiencia por la habilidad con que arrancó en el momento justo, abrió la puerta trasera con el fin de que sus compañeros se lanzaran de cabeza sobre el asiento, y se perdió de vista en la siguiente esquina sin que ni el más avispado testigo hubiese tenido la oportunidad de darse cuenta de que algo extraño había sucedido.

Cuando el gerente de la sucursal —al que conocía de sobra— salió dando alaridos y pidiendo socorro, la plazoleta aparecía tan tranquila y semidesierta como siempre.

Regresé a casa con una inexplicable sensación de vacío. Vacío, no por el hecho de haber tomado parte

—de un modo absolutamente tangencial— en un delito, sino más bien por el hecho de que tal delito no había conseguido despertar en mi ánimo la más mínima impresión. Ver salir a dos hombres por una puerta para lanzarse de cabeza al asiento posterior de un coche no es como para tirar cohetes, ni para que se te dispare la adrenalina.

Es, bien mirado, una soberana tontería. Sobre todo cuando al día siguiente te enteras de que el botín ha ascendido a cuatrocientas mil cochinas pesetas.

¿Tanto esfuerzo y minuciosa preparación para eso?

Cada noche me acostaba mascullando que me había asociado a una partida de cantamañanas, y me levantaba convencida de que formaba parte de una cuadrilla de impresentables chapuceros.

¿Era aquel el camino correcto?

¿Me llevaría a algún lugar que no fuera un refugio para retrasados mentales?

¿Qué batallas pensaban librar con cuatrocientas mil pesetas?

Al menos sirvieron para que Alejandro se comprara un par de camisas decentes.

¿Resulta lógico acompañar a un supuestamente peligroso terrorista a El Corte Inglés con el fin de que se compre camisas con el fruto de un atraco a un banco?

A mi modo de ver, no.

¡En absoluto!

A mi modo de ver, aquel planteamiento estaba errado en origen, y si aspiraba a que algún día se me temiese y respetase dentro del mundo de la marginalidad, debía tomar algún tipo de iniciativa.

Lo insinué durante la siguiente reunión y me miraron como si estuviese proponiendo una impensable herejía.

—¿A qué te refieres? —inquirió un más que molesto Emiliano—. ¿Qué significa ese... con esto no basta?

—A que si entre cinco necesitamos dos meses para planear un atraco que tan solo produce cuatrocientas mil pesetas, tocamos a menos del salario mínimo interprofesional, o comoquiera que se llame eso. La próxima vez no nos quedará dinero ni para hacer una llamada a los periódicos reclamando la autoría del hecho. ¡Yo quiero luchar, pero quiero luchar de verdad!

—Todo lleva su tiempo —arguyó Alejandro con una cierta timidez que no pasaba en absoluto desapercibida.

—Tú tienes tiempo —repliqué—. Yo tengo tiempo. Pero quienes sufren y pasan hambre no tienen tiempo. Están esperando que hagamos algo por ellos hoy mismo. ¡Ahora mismo!

Me consta que les obligué a pensar.

Quizá por primera vez en mucho tiempo cayeron en la cuenta de que no eran más que un puñado de niñatos jugando a un estúpido juego en exceso peligroso.

La prensa ni siquiera se había dignado aclarar que el atraco no había sido perpetrado por una mísera pareja de delincuentes habituales —tal vez drogatas—, sino por un heroico grupo de luchadores por la libertad, y resultaba evidente que el día en que nos atrapasen no seríamos considerados presos políticos, sino simples chorizos injertados de lelos.

Curiosamente fue la siempre silenciosa Diana la primera que acabó por darme la razón. También ella estaba hasta el moño de tanta arenga política y tanta ardorosa soflama que a nada conducía.

—Esos dos piensan más en llevarnos a la cama que en salvar al mundo —concluyó—. Sobre todo a ti.

Traté de protestar, pero resultó inútil. Como activista era un verdadero desastre, pero como mujer no era tonta, y hacía semanas que se había dado cuenta de que su Emiliano dedicaba más tiempo a intentar desvirgarme que a la lucha política.

A los pocos meses se volvió a su pueblo.

Hace un par de años me la tropecé en un supermercado y me contó que se había casado y tenía tres niños.

Estaba hecha una auténtica maruja: gorda, fondona y resignada ante la idea de que la vida ya no le ofrecería inesperados alicientes ni excitantes aventuras, pero en el momento de mostrarme las fotos de sus hijos se le iluminaron los ojos, por lo que me reafirmé en mi convencimiento de que aquel había sido siempre su destino, y todos los esfuerzos que hiciera en un tiempo por cambiarlo estaban condenados al fracaso.

Fue una suerte para ella. De otro modo quizá ya estaría muerta, y probablemente hubiera sido yo quien la hubiera matado. Cuando me preguntó por Alejandro y Emiliano no me vi obligada a mentir al señalar que hacía mucho tiempo que no mantenía contacto con ellos.

No soy de las que acuden a sesiones de espiritismo, y si lo hiciera dudo que ningún velador bastara para acoger a los fantasmas de todos aquellos a los que convertí en lo que ahora son.

Saber olvidar a tiempo los locos ideales de juventud en un mundo tan materializado como el que nos ha tocado vivir es, a mi modo de ver, una de las mejores cosas que le pueden ocurrir a una muchacha tan sencilla como Diana, y la prueba está en el hecho de que en estos momentos debe estar paseando por algún tranquilo parque asturiano en compañía de sus hijos, mientras que sus compañeros de aventura están ya bajo tierra o, a lo sumo, observando un pedazo de cielo gris a través de un ventanuco mientras redactan sus memorias.

A veces intento imaginarme a mí misma casada y con hijos; preocupada tan solo por el hecho de no engordar demasiado, o procurar que mi marido no me ponga los cuernos más de la cuenta. Me cuesta un enorme esfuerzo conseguirlo.

¡Los recuerdos son tan amargos!

¿Con qué cara podría mirar a un niño que hubiera surgido del lugar que doña Adela lamió y relamió tantísimas veces?

A menudo siento una invencible repugnancia ante mi propio cuerpo. No puedo evitar despreciarlo aun a sabiendas de que no tiene culpa alguna, y a quien debiera despreciar y quien debiera repugnarme es más bien mi espíritu. El cuerpo se lava con agua y jabón. Los restos de saliva se desprenden tras un largo baño.

Pero no se ha inventado aún el jabón que limpie la mente, ni la ducha que sea capaz de penetrar en las mil circunvalaciones del cerebro. La memoria ha sido siempre la parte más indomable de nuestra anatomía. Y la más traidora. Es la única capaz de actuar siempre a su criterio; aparecer y desaparecer cuando le viene en gana; marcharse de puntillas llevándose con ella nuestros más dulces recuerdos, o regresar de pronto cargada de reproches. La memoria nos esclaviza y martiriza y de ella depende el que en un momento dado podamos o no ser completamente felices.

Recuerdo la primera vez que permití que un hombre me besara íntimamente. Yo le amaba. Le amaba hasta dolerme el corazón y deseaba más que nada en este mundo que aquel momento fuera el más hermoso que hubiera vivido nunca; el más tierno y el más apasionado, pero en el instante de lanzar el primer gemido de placer y alargar las manos para tomar su rostro y hundirlo aún más profundamente entre mis muslos, me vino a la mente la imagen de doña Adela desencajada y babeante, y algo se bloqueó en mi interior impidiéndome alcanzar el orgasmo que con tanta fuerza ansiaba.

La memoria nos juega malas pasadas. Y cuando se alía con su amiga de siempre, la conciencia, nos devuelve a un pasado que hubiéramos querido borrar definitivamente, pero que está siempre ahí, oculto en algún rincón del que ni el mejor cirujano ha sido nunca capaz de extirpar con ningún instrumento.

Mi memoria es hoy por hoy mi peor enemiga, y es tal vez por ello por lo que ahora me esfuerzo en trasladar a un viejo cuaderno todo cuanto recuerdo, confiando en que tal vez así se quede para siempre en un pedazo de papel y no regrese a machacarme una y otra vez con su monótona cantinela.

Es la memoria la que refleja en los espejos los rostros de aquellos a los que asesiné. La que imita en mujeres desconocidas el tono de voz de doña Adela. La que me obliga a percibir su perfume en una chica que pasa. La que me despierta a media noche porque me ha parecido sentir una lengua que chapotea en mi interior.

Aunque es también, cada vez menos, la que me permite sentir la mano de Sebastián acariciándome el cabello. La que me trae su olor en un hombre que pasa. La que imita su voz en un señor desconocido. Y la que refleja su risa en un espejo.

¿Qué sería de nosotros sin esa memoria?

¿En qué nos diferenciaríamos de los animales o las piedras?

¿Para qué viviríamos si no pudiéramos alimentar nuestros sueños con hermosos recuerdos?

¡Sebastián, Sebastián! Tú que todo lo podías en vida, ¿por qué no puedes convertirte ahora en el único inquilino de mi memoria? ¿Por qué cedes tu sitio a tantos a los que odié? En ocasiones me asalta la impresión de que me traicionas. De que me dejas sola y te has cansado de protegerme.

¿Acaso imaginas que he crecido demasiado?

Hacerme mujer no significó que dejara de necesitarte. Por el contrario, hacerme mujer me volvió más débil y vulnerable, puesto que no siempre el tamaño del cuerpo está en justa consonancia con el tamaño de su fuerza interior.

Yo fui una niña fuerte que se creía débil y una mujer débil que se creyó demasiado fuerte. Por eso hice todo lo que hice. Por eso jugué a ser lo que no quiero ser. Ahora, a ratos, lo entiendo. Entonces no lo entendía. Tenía la osadía del tímido y la loca desvergüenza del vergonzoso. Hice cuanto estaba en contra de mis verdaderos deseos y eso me confundió hasta acabar por convertirme en carne de presidio.

Me lo gané a pulso y no tengo a quien culpar por ello. Fui yo quien presionó a Alejandro para que dejara de comportarse como una vieja gloria del inconformismo y empezara a actuar como un auténtico revolucionario. Le piqué en su amor propio dándole a entender que una recién llegada al mundo de la violencia, una advenediza demostraba tener más cojones de los que él hubiera demostrado tener en toda su vida.

¡Dios, qué inconsciencia!

—¿Qué pretendes que hagamos? —quiso saber.

—¡Actuar! —fue mi respuesta—. Actuar en serio. Nada de niñerías de colegial. Un furgón blindado no puede considerarse en absoluto una niñería de colegial.

Un furgón blindado, amarillo, compacto, amenazante, es algo que impresiona al primer golpe de vista, y hay que estar muy loco para imaginar que se lo puede atacar sin salir malparado. Pero cada atardecer abandonaba el aparcamiento de un hipermercado de las afueras con tanto dinero dentro, que constituía una auténtica tentación para quien soñara con iniciar una revolución seria.

¡Cuatro millones! Tal vez cinco.

Yo ya sabía conducir. Me había aplicado en cuerpo y alma a la tarea de obtener mi carnet, y a ello contribuyó en parte el hecho de aceptar tomar una copa con el instructor que debía examinarme, y que durante todas las maniobras permaneció más atento a mis muslos y a lo que conseguía entrever cada vez que presionaba el freno o el embrague que a los salvajes atentados que pudiera estar cometiendo contra el código de la circulación.

Una falda excesivamente corta suele facilitar a menudo las cosas. Tanto como un escote demasiado atrevido. Tras la copa fuimos al cine, permití que me sobara el pecho, le masturbé a conciencia pese a que era la primera vez que lo hacía, y regresé a mi casa segura de haber pasado el examen.

No se me antojó un precio excesivo por aprobar a la primera. Luego, con un pequeño coche alquilado, me dediqué a acudir tarde sí y tarde no al hipermercado, para grabar una y otra vez cada movimiento de la pareja que acudía a retirar el dinero de la caja.

A través de las grabaciones pudimos darnos cuenta de que cada vez que la puerta se abría de golpe, una ráfaga de viento alzaba las faldas de quienes estaban a punto de entrar.

La tentación vive arriba. La inolvidable escena de la Monroe mostrando las bragas o de la mujer de rojo permitiendo que el viento le acariciara los muslos me dio la idea sobre la forma en que teníamos que actuar para conseguir que los guardias de seguridad se distrajeran unos instantes. Salió perfecto, aunque nadie lo mencionó a la hora de relatar los hechos.

En el momento justo, me coloqué ante la puerta luciendo mi falda rosa de amplio vuelo, permití que se me subiera hasta la cara fingiendo sentirme desconcertada, mostré a cuantos estaban cerca las bragas más provocativas del mercado, y conseguí que los guardas jurados que se disponían a cargar las pesadas bolsas de dinero en el furgón se quedaran como embobados mirándome el culo.

Si a alguno de ellos se le pasó por la mente un mal pensamiento, se le debió olvidar en el acto, puesto que antes de que tuviera tiempo de reaccionar sintió en la boca del estómago el duro contacto de un arma que le obligaba a volver a la realidad.

¡Fue visto y no visto!

Penetré en el hipermercado, lo abandoné por una puerta lateral, subí a mi coche y regresé a Madrid en pos de la furgoneta de Emiliano, en la que se ocultaba ya el dinero. En sus declaraciones a la televisión los guardas hicieron un notable hincapié sobre la violencia del imprevisible ataque, pero como parece lógico suponer no mencionaron para nada ni mi culo, ni mis bragas.

Aquel incruento asalto al furgón blindado fue a mi modo de ver una obra de arte, como tal debería haber sido reconocido en un mundo en el que prevalece la ciega violencia sin la menor imaginación, y a punto estuve de dirigir una carta a los periódicos aclarando la verdad de los hechos y reclamando un poco de justicia para el talento ajeno, aunque se tratara de un talento puesto al servicio del crimen.

No obstante, y por desgracia, aquella fue también mi última acción romántica; el auténtico punto de inflexión de mi vida futura; la frontera entre la despreocupada adolescencia y la más que preocupante madurez.

La mayoría de los triunfadores saben bien que el éxito no siempre suele venir en buena compañía. Los perdedores ni siquiera pueden saberlo. Para una gran parte de los perdedores habituales el éxito viene a significar la fuente de luz que brilla en la distancia y que ilumina para siempre los caminos futuros, pero muchos de los que han permitido que esa luz les deslumbre, han descubierto demasiado tarde que, en realidad, se trataba de los focos de un enorme camión que les pasó por encima.

A nuestro diminuto grupúsculo, el éxito del furgón blindado le arrolló como si realmente se hubiese tratado de una apisonadora. ¡Casi cinco millones de pesetas! Una pequeña fortuna en aquellos tiempos. Y un respeto. Alguien que realiza un trabajo tan singular merece un reconocimiento por parte de los restantes miembros del gremio, y fue debido a ello por lo que a las pocas semanas Hazihabdulatif Al-Thani, más conocido en nuestro particular ambiente por el apodo de Cimitarra, se puso en contacto telefónico con Alejandro con el fin de solicitar su colaboración en un delicado asunto.

Al parecer un antiguo miembro de su organización de nombre Yusuff había huido de Estambul llevándose una considerable suma de dinero, y se tenían fundadas sospechas de que se encontraba en Madrid.

Nuestra misión era la de localizarle y conseguir que Al-Thani pudiera entrevistarse con él en terreno neutral. Al poco nos enviaron una fotografía del fugitivo y algunos datos personales entre los que destacaba el hecho de que le gustaban los restaurantes italianos, las prostitutas de lujo y el flamenco.

Evidentemente en Madrid abundan más los restaurantes italianos y las prostitutas de lujo que los tablaos flamencos, por lo que decidimos que lo mejor sería concentrar nuestra atención en estos últimos. Fue por ello por lo que me vi obligada a soportar más zapateados, más olés, más quejidos y más «mi *arma*» de los que espero tener que sufrir en todo el resto de mi vida, ya que noche sí y noche no Emiliano y yo solíamos hacer la ronda de la mayor parte de los espectáculos folclóricos de la ciudad.

Pero dio resultado.

Al mes conocíamos la mayor parte de los restaurantes predilectos del turco, los bares de la Castellana que solía frecuentar en busca de jovencitas de vida fácil y la frecuencia con que acostumbraba a acudir a los espectáculos nocturnos, pese a lo cual nos resultó del todo imposible averiguar dónde vivía.

Le seguimos en cuatro o cinco ocasiones hasta la urbanización La Florida, en la carretera de La Coruña, pero una vez en ella su enorme Mercedes gris oscuro comenzaba a dar vueltas y más vueltas, introduciéndose por callejuelas solitarias, lo que nos obligaba a desistir de su persecución si no queríamos correr el riesgo de alertarle haciéndole comprender que le vigilábamos, con lo cual lo más probable hubiera sido que optara por abandonar la ciudad.

No obstante, cada noche, poco antes de las diez, el imponente automóvil hacía de nuevo su aparición en la autopista, rumbo a Madrid, con el fin de que su propietario reiniciase su acostumbrada ronda nocturna.

Con el tiempo llegamos a la conclusión de que cada viernes solía acudir a la misma hora al mismo tablao, ya que esa era la noche en que tradicionalmente actuaban en él las más destacadas figuras del cante y el baile que han dado en considerarse típicamente españoles.

Cimitarra llegó por carretera.

Le habíamos acondicionado un cómodo refugio en un pequeño chalet de la sierra, cerca de San Rafael, y me desconcertó comprobar que uno de los hombres más temidos y respetados de la profesión ofreciera, no obstante, el aspecto más inofensivo, afable y casi podría asegurar que candoroso que quepa imaginar.

Era dulce en el trato, exquisito en cada uno de sus gestos, educado hasta unos extremos que obligaba a pensar en caballeros de tiempos muy lejanos, y tan servicial sin mostrarse nunca servil que llegó un momento en que me asaltó la impresión de que su verdadero oficio era el de maestro de ceremonias de algún califa exótico.

¡Me encantaba!

Sabía de todo. Era como una enciclopedia andante capaz de expresarse correctamente en seis idiomas, pero de lo que más sabía, ¡más de lo que haya sabido nunca nadie!, era de cine. No había película medianamente conocida de la que no fuera capaz de recitar de carrerilla los nombres de los actores, del director, del guionista e incluso del director de fotografía, y recordaba cada escena y en ocasiones hasta cada diálogo como si acabara de verla una hora antes.

¡Me asombraba!

Luego, de pronto, cerraba los ojos y comenzaba a tararear la música y a cantar las canciones con una voz profunda y melodiosa.

¡Me fascinaba!

Fueron días inolvidables, en los que no tuvo más

que palabras amables, gestos afectuosos y detalles encantadores, sin que ni una sola vez me obligara a sentirme incómoda o tuviera que soportar la más mínima insinuación molesta o una leve mirada indiscreta.

Jugábamos largas partidas de *backgammon* pese a que era un auténtico maestro y jamás conseguí ganarle ni una sola vez por pura casualidad, y dábamos largos paseos por el campo hablando de todo lo humano y lo divino.

Ni tan siquiera hizo una leve alusión de las razones por las que nos encontrábamos allí, ni los motivos personales que pudieran habernos conducido hacia el resbaladizo terreno de la violencia, como si diese por sentado que aquel era el camino lógico que toda persona insatisfecha con el mundo que le rodea se veía obligado a tomar según los dictados de su propia conciencia.

—Mi pueblo lleva años sufriendo —fue cuanto dijo en cierta ocasión—. Sufriendo demasiado, y no puedo permitir que hombres como Yusuff se gasten en prostitutas un dinero que pertenece a los más necesitados.

Juro por mi vida que en aquellos momentos ni siquiera se me pasó por la cabeza la idea de que tal dinero pudiera tener su origen en la heroína. Nada más lejos de mi mente que el hecho de que la organización de Hazihabdulatif Al-Thani se estuviese financiando con fondos provenientes del tráfico de drogas.

Para Cimitarra, el fin justificaba los medios.

¿Quién era yo, de haberlo sabido, para llevarle la contraria?

Las cosas fueron de otro modo meses más tarde, pero durante aquel largo fin de semana Al-Thani me devolvió en cierto modo a los felices tiempos de Sebastián, cuando me comportaba como una niña deslumbrada por la personalidad de un hombre mucho mayor y más preparado que yo, pero que sabía tratarme como a una igual.

El lunes regresé a Madrid.

El martes acudía a tomar una copa a un pub en el que me habían asegurado que se ligaba con facilidad.

El miércoles cené en un restaurante sofisticado y discreto con un ejecutivo de mediana edad, atractivo pero más bien pedante, que se pasó la noche dándome la tabarra sobre las diferentes marcas de vinos de la Ribera del Duero, sus mejores años y sus más famosas cosechas, como si el hecho de haberse aprendido de memoria un folleto o haberse leído media docena de artículos en los suplementos dominicales de un periódico le convirtiesen en un auténtico *gourmet* y un deslumbrante hombre de mundo.

Su perfil respondía, no obstante, al tipo de acompañante que andaba buscando, por lo que me las arreglé, sin grandes problemas, para que al siguiente viernes me invitara a cenar al tablao al que siempre acudía Yusuff. El plan trazado por el propio Cimitarra era muy simple y muy preciso.

Emiliano y Diana ocuparían una mesa cerca de la pista. El inocente ejecutivo y yo, otra, más alejada, pero que cubriera la salida. Alejandro se quedaría esperando en el coche.

Si Yusuff se comportaba con la lógica que cabía esperar en un hombre de su experiencia, se avendría a razones y aceptaría una negociación civilizada.

Sabiéndose descubierto, emprender una nueva huida constituiría sin lugar a dudas un esfuerzo inútil, por lo que entraba dentro de lo plausible que se aviniera a un acuerdo económico ventajoso para ambas partes.

En eso confiábamos, pero las armas debían permanecer al alcance de la mano.

Mi acompañante —Hugo creo recordar que se llamaba, aunque no estoy muy segura— pasó a recogerme por el hotel en que me había hospedado bajo una falsa identidad, y apareció hecho un pincel, radiante de felicidad imaginando, sin duda, que aquella sería una gran noche en la que sus conocimientos de vinos y del cante jondo acabarían por vencer mi débil resistencia.

Una mujer medianamente inteligente puede hacer creer que promete mucho sin estar prometiendo absolutamente nada. En eso siempre fui una experta. Lo que los castizos suelen llamar una calientapollas.

Pero ¿que me importaban a mí la polla del tal Hugo —o comoquiera que se llamase— o la de todos los Hugos de este mundo?

Son tipos que se imaginan que por invitarnos a cenar un par de veces y llenarnos la cabeza con cuatro majaderías tenemos la ineludible obligación de abrirnos de piernas, aunque en honor a la verdad debo admitir que si esa clase de cretinos proliferan se debe en gran parte a que también son muchas las imbéciles que se abren de piernas por una simple cena y unas cuantas majaderías.

Y es que hay gente que jamás ha aprendido el auténtico valor de la soledad. Conozco mujeres —doña Adela era una de ellas— para las que un día de soledad equivale a un día de derrota en el que se sienten acomplejadas y hasta casi humilladas, puesto que dicha soledad les obliga a abrigar la sensación de que nadie desea su compañía y han sido en cierto modo repudiadas. Y el ancestral temor a ser repudiada es a mi modo de ver algo que duerme en lo más profundo del subconsciente de un tipo de mujeres que, como las españolas, tan ligadas hemos estado durante siglos a la cultura árabe.

Al-Thani me aseguró en cierta ocasión que en algunas remotas aldeas de su país eran las propias mujeres las que se resistían a las leyes que trataban de abolir la poligamia, puesto que en el fondo se sentían mucho más seguras de la solidez y consistencia de su familia si compartían a un hombre con tres esposas que si lo tenían para ellas solas.

Según contaba, dichas mujeres habían llegado a la conclusión de que por cada cien maridos que abandonaban a su mujer y sus hijos, tan solo un par de ellos se decidían a abandonar un pequeño harén.

Y al fin y al cabo, una vez que han quedado atrás los primeros tiempos de euforia amorosa, lo que una mujer espera de su esposo es afecto, protección y un cierto respeto, cosas que, por lo que el propio Cimitarra aseguraba, es algo que se consigue mucho más fácilmente cuando se cuenta con la desinteresada colaboración de tres compañeras.

Según las estadísticas, en nuestra superavanzada civilización cristiana abundan cada día más los casos de esposas tan brutalmente maltratadas que se ven obligadas a huir de sus hogares y buscar la protección de la justicia, pero, no obstante, los casos de auténtica violencia doméstica apenas se dan entre los pueblos que practican la poligamia, ya que cuando se dan, el que realmente suele acabar malparado es el hombre.

A mi entender, y no es más que una opinión totalmente profana, el hombre violento no suele ser más que un frustrado que necesita culpar a alguien de sus limitaciones. En los malos momentos su subconsciente achaca a una determinada persona —por lo general la esposa— las causas por las que las cosas no resultan tal como hubiera deseado, por lo que esta acaba siendo la víctima de su furia.

Sin embargo, resulta mucho más difícil —por no decir imposible— que un subconsciente, por burro que sea, culpe a cuatro mujeres por una limitación que en la mayor parte de los casos acostumbra a tener un componente sexual. Simplificando mucho, cabría asegurar que el marido que un día no consigue tener una erección, descarga las culpas sobre la inapetencia o inoperancia de su compañera de cama, pero si le dan la oportunidad de elegir entre cuatro compañeras de cama y ninguna le excita lo suficiente, se verá obligado —lo quiera o no— a asumir sus propias responsabilidades.

En ese caso, la cura de humildad es para los hombres, no para unas mujeres que en nuestra cultura acaban demasiado a menudo considerándose un trasto inútil puesto que sus ajados encantos no consiguen despertar la libido de sus aburridos esposos.

Si fracasas en una cama acuéstate en otra. Si fracasas en cuatro, acuéstate en el suelo. Y cuatro mujeres, aunque se disputen el afecto de un solo hombre, se sepan rivales e incluso se odien, nunca se sentirán solas.

En un harén no existe la soledad, a menos que se busque. Existe una vieja oración beduina hermosamente orientativa:

«¡No me otorgues riquezas, oh, señor! No me otorgues poder. Y si no quieres, no me otorgues tampoco sabiduría. Pero otórgame el supremo bien de la sincera amistad entre mis esposas, para que de ese modo mi hogar resulte siempre armonioso y mi vida sea plena y feliz.»

Me hubiera gustado tener una auténtica amiga. Adoro la soledad, pero a menudo me asalta la sensación de que tener alguien de mi sexo en quien confiar me habría evitado incontables problemas.

Pero ¿dónde encuentras a alguien a quien contarle que la tarde anterior en lugar de irte de compras o tener una discreta aventura amorosa, te has dedicado a asesinar gente?

—Hola, bonita... ¿Qué has hecho este fin de semana?

—Nada especial, querida...: le reventé los sesos a dos hijos de puta y a un tercero lo postré en una silla de ruedas para los restos. —Suena raro.

Cierto es que tampoco puedes contárselo al hombre que amas. Por mucho que le ames y él te corresponda. Lo sé por experiencia. ¡Una muy dolorosa experiencia!

Pero eso ocurrió años más tarde.

La noche en que acudí al tablao yo aún no había matado a nadie, y lo único que de momento me inquietaba era que la mano del tal Hugo —creo que, en realidad, no se llamaba Hugo, pero no consigo aclararlo— dejara de acariciarme los muslos bajo la mesa, no por pudor o vergüenza, sino por el hecho de que me estaba temiendo que en un descuido palpara el bolso que mantenía sobre las rodillas topándose con la desagradable sorpresa de un pesado revólver calibre treinta y ocho.

—¡Luego...! —acabé por susurrarle al oído.

¡Eso luego...!

Para cierto tipo de hombres, y aquel era uno de ellos, esas dos simples palabras constituyen una especie de salvoconducto o tique de entrada que imaginan que podrán canjear en la feria cuando llegue el momento, como si por el simple hecho de haberte toqueteado los muslos hubieran conseguido encender de un modo definitivo las mechas de la pasión más desenfrenada.

Pero conseguí que se quedara tranquilo.

Muy pronto comenzó a acompañar a los cantaores con un leve palmeo que pretendía seguir el ritmo de la música, al tiempo que erguía el cuerpo estirando el cuello y ladeando apenas la cabeza con el aire del entendido que, con los ojos levemente entornados, se está impregnando de la esencia de un cante y un baile que llega flotando a lo más profundo de sus raíces.

Desde aquella maldita noche aborrezco el flamenco.

En realidad, aborrezco todo tipo de música. Y soy de las pocas personas que conozco capaz de admitirlo. La mayoría de la gente opina que el hecho de que no te guste la música es una especie de herejía y te relega al submundo de las bestias o los homínidos más primitivos. Pero está comprobado que a los pueblos primitivos, y a la mayoría de las bestias, les encanta la música. A mí no.

Me distrae y me impide escuchar mis propios pensamientos. Mi soledad interior no admite más sonido que los latidos de mi corazón. E incluso a ellos, con frecuencia, les ordeno que guarden silencio.

Hugo palmeaba. Un ronco cantaba. Un par de mujeres chillaban algo que pretendía ser alegre o armonioso mientras mi mente se mantenía muy lejos de allí, aguardando el momento en que Yusuff hiciera su aparición como todos los viernes.

Su mesa habitual se encontraba vacía, aunque lucía un pequeño cartelito que advertía que estaba reservada. Unos siete metros me separaban de ella. Siete metros y media docena de turistas japoneses.

El tiempo se me hacía infinitamente largo, y en un par de ocasiones intercambié una corta mirada con Emiliano y Diana, que se esforzaban por pasar lo más desapercibidos posible en su mesa de la esquina.

Yusuff no daba señales de vida.

De pronto se plantó ante mis narices un fotógrafo ambulante, nos enfocó con su cámara y tuve que girar rápidamente la cabeza para evitar la instantánea.

—¡Pídele que se marche! —casi le grité a mi acompañante—. No quiero fotos.

Cuando el pobre hombre se alejó un tanto ofendido, Hugo me miró con una expresión distinta en los ojos.

—¿Qué ocurre? —quiso saber—. ¿Es que estás casada?

—Más o menos.

La respuesta pareció animarle. Más o menos es una situación que ayuda mucho a la hora de una aventura fácil.

Volvió a su palmeo, más animado que antes, y a los

pocos minutos hizo su aparición Yusuff, que empujaba suavemente ante sí a un bamboleante putón verbenero embutido en un ceñidísimo bodi de leopardo.

Se acomodaron con el aire de los soberanos que toman posesión de sus dominios, y de inmediato camareros, cantantes y bailarines le dedicaron toda su atención, puesto que resultaba evidente que el recién llegado tenía todo el aspecto de omnipotente jeque árabe visto lo generosas que solían ser sus propinas.

¡Los olés subieron de tono!

Los tacones repiquetearon con más fuerza. Amplias faldas multicolores giraron mostrando la tersura de jóvenes muslos. Rasgaron las guitarras. Echaron humo las palmas.

¡Empezaba la auténtica juerga!

¡A... aaaayyyyyyyyy...!

Yusuff dejó caer el brazo sobre los hombros del putón oxigenado, la atrajo hacia sí como para dejar bien sentado que le pertenecía, y sonrió con aire satisfecho.

Diez minutos más tarde Hazihabdulatif Al-Thani, alias *Cimitarra*, surgió como una sombra en la puerta de entrada y se encaminó directamente hacia el turco, que no se percató de su presencia hasta que le colocó muy suavemente la mano sobre el hombro para rodear muy despacio la mesa y tomar asiento a su izquierda, justo frente a mí.

Yusuff se demudó.

Las manos que aplaudían se inmovilizaron en el aire como si se hubieran convertido en piedra, y el aceitunado rostro palideció hasta el punto de semejar una trémula máscara de yeso. Al-Thani se inclinó para murmurarle algo al oído, el otro asintió como ausente, y volviéndose a la dueña del bodi le hizo un leve gesto para que se marchara.

La rubia teñida pareció desconcertarse, giró la vista a su alrededor buscando ayuda, reparó en la puertecilla que conducía a los servicios, y poniéndose en pie se encaminó directamente a ellos.

Fue, tal vez, la mejor idea —quizá la única— que debió tener en su vida.

Apenas se hubo alejado, Cimitarra colocó su mano sobre el antebrazo derecho del turco, en apariencia golpeándoselo afectuosamente como si le estuviera explicando algo no demasiado intrascendente —pero en realidad para mantenerlo en cierto modo controlado— e, inclinándose hacia delante, comenzó a hablarle con evidente sosiego.

Su interlocutor escuchaba atentamente, pero desde donde me encontraba pude constatar que su mente estaba en otra parte. Buscaba una salida. Lo que ya no podía imaginar era qué clase de salida rondaba por su mente.

Pasaron cuatro o cinco minutos.

Sobre el escenario un hombre comenzó a taconear sin ningún tipo de acompañamiento, y el repiqueteo de sus zapatos sobre la madera era cuanto llenaba una sala en la que podría creerse que hasta el último japonés recién llegado de Osaka había decidido mantener un religioso silencio, como si aquel machacón dale que te dale se hubiese convertido en verbo divino.

Yo soy cordobesa y ya en la cuna escuchaba aquel repiqueteo. No recuerdo si de niña me gustaba o no, pero allí rodeada de turistas embobados, tan profunda devoción se me antojaba una blasfemia.

De pronto alguien disparó su cámara en dirección al bailarín.

El flash deslumbró por una décima de segundo a Hazihabdulatif Al-Thani, y fue ese el momento elegido por el turco para ponerse en pie de un salto y volcarle encima la mesa empuñándole contra la pared y obligándole a rodar por el suelo entre sillas, copas, botellas y manteles.

Casi de inmediato en su mano izquierda hizo su aparición una pequeña automática con la que disparó varias veces sobre el caído. Se escuchó un grito de dolor, Cimitarra giró sobre sí mismo buscando la protección de la parte baja del pequeño escenario, pero Yusuff apartó dos mesas arrojando al suelo a sus ocupantes y apuntando de nuevo al herido que trataba de escabullirse.

Le reventé la cabeza.

La bala le debió penetrar por el maxilar izquierdo, en ángulo ascendente y estoy convencida de que no tuvo tiempo de llegar a la conclusión de que estaba muerto, ni mucho menos de adivinar quién de entre los espectadores le había enviado tan directamente al otro mundo.

Con el arma aún empuñada me puse en pie de un salto y le grité a Emiliano que sacaran de allí al herido al tiempo que les abría espacio manteniendo al resto de los clientes a raya.

Aún recuerdo la expresión de Hugo. Parecía alelado. Me miraba como si fuera la primera vez que me veía o como si por su mente estuviera circulando la idea de que todo aquello formaba parte del espectáculo.

Alguien gritaba.

Cantantes y bailarines se habían esfumado tras las cortinas, mientras el grupo de japoneses había desaparecido también bajo las mesas.

No obstante, a no más de tres metros de distancia, una mujer de mediana edad y oscuras ojeras me observaba con absoluta naturalidad mientras inclinaba la cabeza una y otra vez como si quisiera indicar que aprobaba plenamente mi acción o me felicitara por mi excelente puntería.

Curiosamente, al cabo de los años el recuerdo que con mayor nitidez me ha quedado en la memoria de cuanto aconteció en aquella aciaga noche ha sido el de la complaciente expresión de una señora sentada completamente sola en una mesa, ya que el resto de sus acompañantes andaban arrastrándose por los suelos.

No puedo evitar comparar la escena con la fotografía de Adolfo Suárez impasible en su banco del Congreso mientras el resto de sus señorías se escabullían tras los asientos en el momento en que una impresentable pandilla de guardias civiles indignos de tal nombre agujereaban el techo del hemiciclo.

Me hubiera gustado saber quién era.

Y por qué me miraba de aquella forma.

Y me hubiera gustado averiguar por qué extraña razón el terror que nos atenazaba a todos —incluso a mí, que era quien empuñaba el arma— no parecía afectarla en absoluto.

Su expresión era de absoluta serenidad. Ni frialdad, ni indiferencia; únicamente serenidad.

En ocasiones he llegado a preguntarme si entra dentro de lo posible que gran parte de mi vida la haya dedicado a intentar aprender a mantener el mismo elegante distanciamiento ante la sensación de peligro, puesto que para aquella mujer —quienquiera que fuese— el hecho de ser testigo neutral de cuanto estaba sucediendo a su alrededor parecía tener mucho más valor que su propia vida.

No era curiosidad malsana, ni amor al riesgo: era que en tan difíciles circunstancias le había correspondido estar allí, y allí seguiría pasara lo que pasase.

Siempre la he admirado.

Siempre he deseado parecerme a ella.

La vi solo un minuto mientras intentaba sacar del atestado local a un hombre malherido, pero pese a la confusión y el lógico desconcierto, su imagen permanece grabada en mi cerebro y quiero suponer que morirá conmigo.

Al-Thani estaba jodido. Bastante jodido.

Con tres balas en el cuerpo, desangrado, medio muerto y avergonzado por el hecho de haberse dejado sorprender por alguien cuyas mañas conocía sobradamente.

—¡Olvidé que era zurdo! —fue lo primero que dijo en uno de los escasos instantes en que recuperó el conocimiento—. ¡Estúpido de mí, olvidé que era zurdo!

Me consta que la evidencia de tal error le martirizó hasta el día de su muerte, ya que la bala que se alojó junto a su columna vertebral, y que a menudo le producía terribles dolores, se encargaba de recordárselo.

También le martirizaba la evidencia de no haber

conseguido recuperar el dinero, puesto que a su modo de ver la simple desaparición física de Yusuff no solucionaba los problemas económicos y logísticos de su organización.

Muerto el perro se acabó la rabia.

Muerto el turco se esfumó el dinero.

Cuando pretendo evocar lo que ocurrió en los días que siguieron, los recuerdos acuden a mi mente como rodeados de una nebulosa grisácea. Las imágenes entran y salen de mi cabeza al igual que los personajes de una película de Antonioni, o la enervante cantinela de *El año pasado en Marienbad*, como si en lugar de seres de carne y hueso, cuantos nos movíamos por una casa a la que la muerte había puesto cerco fuéramos silenciosos fantasmas.

Al-Thani agonizaba.

¿Se puede emplear el término agonizar refiriéndose a alguien que tiene ya un pie al otro lado de la raya, pero que al final decide quedarse en este mundo?

Nunca he sabido a ciencia cierta si se llega a agonizar sin acabar muriendo.

¿Es la agonía el preludio de la muerte sin remedio, o permite conservar una brizna de esperanza?

¿Qué diablos me importa?

¿Y a qué viene perder el tiempo con cuestiones tan estúpidas?

Lo cierto es que Al-Thani estaba jodido, Emiliano asustado, Alejandro perplejo, Diana en Oviedo, y yo en la nebulosa.

Debería haber empleado el término moribundo, no agonizante. Es más preciso, aunque jodido también se me antoja bastante preciso. Teníamos que conseguir a un cirujano y Emiliano lo consiguió.

¡Santo cielo, qué cirujano! En realidad era un yonqui más colgado que un jamón, que admitió no haber pisado un quirófano durante los últimos ocho años.

Las manos le temblaban de tal forma que, cuando acabó de extraer la primera bala, cabría asegurar que al pobre Cimitarra le habían disparado con una Magnum en lugar de con una casi inoperante automática del veintidós.

Aborrezco la visión de la sangre. Admito que tengo justa fama de sanguinaria, pero el hecho de haber matado a mucha gente no significa que me guste verla muerta.

Casi siempre que he matado he procurado hacerlo con la exclusiva finalidad de darle una solución concreta a un difícil problema. Todo lo demás, por error, pero nunca por la satisfacción o el morbo de matar. No me produjo la más mínima satisfacción acabar con el turco.

Estaba allí frente a mí, a punto de freír a quemarropa a alguien a quien apreciaba y quiero creer que mi reacción fue hasta cierto punto lógica. Y no me arrepentí por haberlo hecho. Al menos, no por aquel entonces.

Si no recuerdo mal, el haberle volado media cara no me privó ni de una sola hora de sueño. La inquietud provenía únicamente de la evidencia de que un querido compañero se nos iba de las manos, y teníamos la absoluta seguridad de que la policía andaba buscándonos. La idea de pasarse media vida en la cárcel cae de pronto como una losa sobre la nuca.

Ya no eran niñerías. Ya no se trataba de un pequeño atraco, o de un ingenioso asalto a un furgón blindado. Ahora existía un cadáver. Y docenas de testigos que podían señalarme con el dedo. Admito que me sentía como la muchachita que se ha ido por primera vez a la cama con un hombre y se pasa casi un mes convencida de que se ha quedado embarazada.

Tenía la impresión de que llevaba escrita en la frente la palabra asesino y todo el mundo conocía mi secreto. Incluso Emiliano y Alejandro me miraban de un modo diferente. El primero jamás había matado a nadie. Sospecho que el segundo tampoco.

Y allí estaba yo, la joven inocente, soñadora e inexperta; su oscuro objeto de deseo, convertido como por arte de magia en un ser mucho más peligroso de lo que ellos soñaran serlo nunca.

Supongo que les desconcertaba mi sangre fría. Y la indiferencia con que parecía enfrentarme al hecho de que había enviado al turco al otro barrio.

¿Me cogieron miedo?

No lo sé. Quizá miedo no sea la palabra idónea, pero lo que sí es cierto es que a partir de aquella noche empezó a nacer la leyenda de la Sultana Roja.

¡Qué estupidez!

Los seres que se convierten en leyenda, y admito que lo soy contra mi voluntad, no lo consiguen a base de proponérselo. Es algo que viene dado por sí mismo; que nace y crece a su alrededor como un inexplicable don o como una mala hierba porque ese era su destino y así estaba escrito desde antes incluso de nacer.

La mejor prueba está en la evidencia de que la noche

que llegué al tablao ni siquiera sospechaba que fuera a convertirme en líder de nada. Ni siquiera sé aún qué era lo que andaba buscando.

Pero apenas unos minutos más tarde tenía ya un muerto sobre mi conciencia y un montón de testigos capaces de jurar que ni tan siquiera había pestañeado a la hora de cargarme a un maldito hijo de puta que empuñaba un arma.

Desde el primer momento resultó evidente que era buena en mi oficio, y lo único de lo que estoy completamente segura a estas alturas es de que el mundo está plagado de ineptos. Ineptos y chapuceros incluso a la hora de matar.

He visto a un cretino que se consideraba profesional, apuntarle a un gordinflón a menos de tres metros de distancia para pegarle el tiro a un cuadro de la pared, y he visto volatilizarse a un experto en explosivos porque le tembló el pulso a la hora de cortar un simple cable.

Alejandro era ya una reliquia pintoresca.

Emiliano, un aprendiz de brujo.

Diana, una maruja travestida de terrorista, y Vicente, un pobre aprendiz de relojero que lo único que hacía bien era conducir un coche y recibir órdenes.

Pero a mi modo de ver resultaba sin lugar a dudas el más valioso de los cuatro, ya que saber aceptar órdenes e interpretarlas correctamente no es tarea fácil. Por desgracia, quienes son buenos a la hora de obedecer no suelen ser buenos a la hora de ordenar.

El mejor soldado es aquel que está íntimamente convencido de que jamás conseguiría ser un buen general. No piensa, no cuestiona, no discute. Obedece y punto. El conocimiento de nuestras propias limitaciones sirve a menudo para proyectarnos por encima de dichas limitaciones.

La ignorancia sobre nuestras auténticas fronteras nos impide a menudo aproximarnos a ellas.

¿Dónde estaban por aquel tiempo mis fronteras?

Mucho más allá de lo que yo misma imaginaba, puesto que abundan las mujeres de apariencia fría y distante que resultan ser profundamente apasionadas y, por lo tanto, vulnerables, mientras que mi aspecto exterior era el de hembra fogosa y podría añadir que incluso volcánica, cuando lo cierto es que había demostrado sobradamente mi capacidad de controlarme bajo cualquier circunstancia.

Corría con ventaja, aunque creo recordar que paseando una de aquellas tardes por el campo llegué a la conclusión de que si lograba salir con bien de semejante embrollo y no me veía obligada a enterrar a Cimitarra, enterraría a mi vez el hacha de guerra, olvidaría tanta locura, y me volvería a Sevilla, a cuidar de mi madre y ver crecer a mis hermanos.

Sebastián lo comprendería.

Desde dondequiera que estuviese aplaudiría mi decisión, consciente de que aquella venganza que aún no tenía —ni tendría nunca— un rostro determinado, se había convertido en una carga demasiado pesada para una sola persona, puesto que hiciera lo que hiciese y por mucho que me esforzara, aquella era una absurda empresa condenada de antemano al fracaso.

Aparte de que Sebastián jamás demostró ser un hombre vengativo. Ni de su propia muerte. Su bondad era tanta que hubiera sido incluso capaz de perdonar a sus asesinos con tal de que a mi vez yo fuera capaz de encontrar la paz de espíritu.

Sé que no hubiera aprobado la muerte de Yusuff.

¿Por qué tenía que mezclarse su pequeña en un asunto tan sucio?

Me acomodé sobre una roca, observé cómo los últimos rayos del sol enrojecían las nubes que revoloteaban sobre la sierra de Guadarrama y por primera vez en mucho tiempo me sentí en paz conmigo misma por el simple hecho de comprender que estaba a punto de tomar una acertada decisión.

Me avergüenza reconocer que aquella fue quizá la última vez en que pasé al menos una hora en paz conmigo misma. La última vez que fui —por muy corto espacio de tiempo— Merche Sánchez Rivera.

La última vez que me sentí hasta cierto punto joven. Esa misma noche, y en el momento mismo de encender la televisión, me golpearon como un mazazo en el rostro las imágenes de una treintena de seres inocentes destrozados por culpa de una bomba que alguien —más tarde se supo que había sido un comando itinerante de ETA— acababa de colocar en el aparcamiento subterráneo de un hipermercado de Barcelona.

Aquellos cuerpos desmembrados, aquellos rostros abrasados y aquellos gritos de dolor, me devolvieron a un pasado del que acababa de intentar liberarme como quien se libera de unas viejas botas, haciéndome comprender que mientras continuaran existiendo alimañas capaces de causar tanto daño, tenían que seguir existiendo cazadores de alimañas como yo.

Supongo que fue ese día cuando, en realidad, comenzó a tomar cuerpo la temible bestia que llevaba dentro. El día de mi confirmación. El día en que la ira más negra y abismal se instaló en mis entrañas, ocupando todos y cada uno de sus espacios, hasta el punto de que llegó un momento en que cabría asegurar que rebosaba de mi interior como un sudor helado que impregnaba mis ropas.

En cada cadáver me parecía distinguir los rasgos de Sebastián. En cada quemadura, su dolor. En cada llanto, mis mil noches de llanto. Me acosté con el odio; me revolqué con él sobre las sábanas; permití que me penetrara con un gigantesco pene hecho de hierro y fuego que dejó en mi interior su semilla maldita, y es ese un hijo que jamás verá la luz pese a que han pasado ya diez largos años, y que a cada instante se revuelve y me golpea las tripas para que no le olvide.

Aún sigue ahí y me consta que jamás abandonará a su madre.

Supo vencer al amor y destruirlo cuando el amor me visitó en un tiempo, y ha vencido también a la compasión que en raras ocasiones me rondó muy de cerca.

Sigue siendo mi amante, y sigue siendo mi dueño.

¿Quién asegura que no estoy loca?

Únicamente yo.

Locos están los que contemplaron aquellas imágenes y pudieron seguir viviendo como si nada hubiera pasado.

Locos están los que escucharon cómo un hombre clamaba porque en un instante le habían arrebatado a su esposa y sus hijas y no reaccionaron.

Locos están los que aquella terrible noche no se acostaron con odio en las entrañas.

Yo soy la única cuerda.

La que busca venganza.

La que está dispuesta a ser más violenta que los violentos y más cruel que los crueles.

La que carga la cruz del dolor ajeno.

La que grita hacia dentro.

¡Ay de vosotros, los que me arrebatasteis todas mis alegrías!

Sebastián era mi padre, pero era también mi esposo y mi hijo, y el hijo de mis hijos y mil generaciones de mi sangre.

Dondequiera que estéis, temblad.

Os espera el infierno, lo sé, pero en ese infierno también estaré yo para conseguir que el mismísimo Satanás se os antoje un inepto.

¡Para ya...! No te revuelvas más, ni continúes golpeándome las tripas.

Siento cómo las gotas de sudor me empapan y sé muy bien lo que eso significa. Estás despierto. El recuerdo de aquella noche te ha devuelto a la vida y cada vez que tú resucitas yo muero un poco. Quiero dejar de escribir, pero no puedo.

Si no lo hago acabaré por golpearme la cabeza contra el muro.

Gritaré. Gritaré hacia dentro y sé por experiencia que esos gritos me desgarrarán el corazón y el alma. Debo pensar en otra cosa.

¿Dónde estaba?

¡Al-Thani!

Debo volver con Al-Thani y olvidarme del resto.

Cimitarra agonizaba.

¿O acaso no es correcta esa palabra?

No. Creo que ya he decidido que no era esa la definición exacta de lo que le estaba sucediendo. Por suerte tenía el mismo tipo de sangre que Diana.

¡Pobre Diana! La obligamos a regresar de Oviedo, a ella que la simple visión de una aguja penetrándole en las venas la ponía al borde de un ataque de nervios.

Era como una madre amamantando a su hijo a base de sangre fresca día sí y día no, y cada vez que lo hacía se quedaba blanca como el papel y fría como el cristal de una ventana.

A veces pienso que fue aquella experiencia la que le impulsó a abandonar el terrorismo activo.

¿Quién puede tomarse en serio a una terrorista a la que le aterrorizan las jeringuillas?

Pero conseguimos lo que nos proponíamos: mantener con vida a un hombre que parecía haberse convertido en una sombra de lo que fue en otro tiempo.

Cuando al fin comenzó a regresar de entre los muertos, se acomodó en el porche a contemplar durante horas las nubes que corrían sobre la sierra.

Permaneció mudo, y como ido, durante diez largos días. A menudo me asalta la impresión de que hubiera preferido quedarse para siempre al otro lado de la raya.

Hay hombres, y Al-Thani era uno de ellos, a los que el fracaso destruye más fácilmente que las balas. Que una bala te alcance depende de tu enemigo y de la suerte. Que te alcance el fracaso tan solo depende de ti mismo.

Debe resultar hartamente frustrante llegar desde Estambul en pos de alguien que a las primeras de cambio te fríe a tiros. Sobre todo si has necesitado toda una vida para ganarte justa fama de profesional altamente cualificado. Es como si me hubiese chamuscado el cabello la noche en que le prendí fuego al Teatro Real...

A menudo tomaba asiento a su lado y me pasaba largas horas contándole la última película que había visto, confiando en que de ese modo conseguiría obligarle a volver a la realidad.

No parecía interesarle. Nada le interesó hasta el atardecer en que se me ocurrió comentar que había decidido impedir que doña Adela volviera a lambrucearme.

—¡No la soporto! —dije—. Cada vez que me toca me entran ganas de vomitar e imagino que si he sido capaz de matar a un hombre, seré capaz de ganarme la vida sin tener que depender de semejante guarra.

Me miró como si acabara de despertar de un largo sueño, e imagino que en ese mismo instante debió cruzar por su mente la idea de que existían problemas que poco tenían que ver con sus errores.

Quizá tomó conciencia de que el mundo seguía girando a pesar de que le hubieran metido tres balas en el cuerpo.

—Perdona —musitó al fin.

—¿Qué quieres que te perdone? —inquirí feliz al descubrir que al menos había conseguido que abriera la boca.

—Mi egoísmo —susurró con apenas una leve sonrisa amarga—. Olvidé que no puedo aspirar a convertirme en el centro del universo.

Era un gran tipo, y en ocasiones aún me pregunto por qué tuve que ser yo quien le matara.

Pero si se dan tantos casos de parejas que no pueden vivir el uno sin el otro para acabar odiándose a muerte, ¿qué tiene de extraño que fuera yo quien arrebatara una vida que tanto esfuerzo me había costado conservar?

Lo triste hubiera sido que lo matara Diana a costa de derramar su propia sangre. Pero Diana se fue a su pueblo y a los pocos meses se casó.

¿Lo he dicho ya?

Sí, creo que ya lo he dicho: se casó y tuvo tres hijos.

¡Afortunada ella!

Por lo que a mí respecta, las cosas comenzaron a precipitarse a partir del momento en que nos llegó el rumor de que Vicente había sido detenido en Orense, y aunque no teníamos ni la menor idea de qué tipo de acusaciones pesaban sobre él, la evidencia de que estaba en condiciones de implicarnos en muchas de sus acciones nos metió el miedo en el cuerpo.

Vicente lo sabía casi todo sobre Alejandro y Emiliano y bastante sobre Diana y sobre mí, ya que conocía perfectamente el caserón de la carretera de Toledo que había acabado por convertirse en una especie de cuartel general de la organización, e incluso el emplazamiento aproximado del chalet en el que ocultábamos al herido.

Si admitía su relación con el grupo, era de suponer que pasáramos el resto de nuestras vidas en la cárcel, ya que podrían acusarnos de atraco, asalto, estragos, terrorismo y asociación con banda armada... Y en mi caso particular, de asesinato.

Me gustaría poder asegurar que nos reunimos a estudiar serenamente un plan de retirada, pero lo cierto fue que se trató más bien de una precipitada despedida minutos antes de iniciar, cada cual por su cuenta, una enloquecida desbandada.

¡Sálvese quien pueda!

Al oscurecer ya todos se habían ido, por lo que me aseguré de que no quedaba ningún documento comprometedor en la casa, introduje a Al-Thani en el coche y puse rumbo a Madrid.

Me vi obligada a esperar hasta casi las dos de la mañana con el fin de que ningún vecino se percatara de nuestra presencia, antes de introducir casi a rastras en el portal a un Cimitarra que en aquellos momentos más bien parecía una gumía, y subirlo a mi apartamento.

Lo acosté en mi cama y pasé el resto de la noche en vela, tumbada en el sofá, agobiada por la desapacible sensación de estarme comportando como una estúpida araña que fuera tejiendo muy lentamente una espesa tela a su alrededor sin tener en cuenta que ella era la única víctima atrapada.

Yo misma me iba empantanando irremediablemente día tras día.

A la semana o poco más, hizo su aparición doña Adela, que no pareció mostrarse en absoluto sorprendida por el hecho de que no le permitiera penetrar en el dormitorio.

—Supongo que pronto o tarde tenía que ocurrir —señaló con notable tranquilidad—. ¿Quién es? ¿Un compañero de universidad? ¿O tal vez una compañera?

—Ni una cosa ni otra —repliqué—. Se trata de un amigo que necesita ayuda.

—¿Qué clase de ayuda?

—Nada que te concierna —le hice notar—. Lo nuestro se acabó.

Tomó asiento, me observó largamente y por último hizo un levísimo ademán de asentimiento con la cabeza.

—¡De acuerdo! —admitió—. Lo que dura dura mientras dura, y me da la impresión de que tienes problemas. ¿Me equivoco? —Ante mi negativa insistió—. ¿Qué clase de problemas?

—Graves problemas —le hice notar—. Y lo mejor que podría ocurrirte sería que nadie te relacionase nunca conmigo. Si quieres un buen consejo, olvida que me has conocido.

—Eso me va a resultar difícil —replicó con un leve temblor en la voz—. ¡Muy muy difícil!

Abrió el bolso, extendió un más que generoso cheque y lo dejó sobre la mesa.

—Espero que contribuya a solucionar tus problemas —musitó casi con un susurro. Salió cerrando muy suavemente la puerta a sus espaldas, y cuando atisbé por la ventana la vi cruzar la calle como si hubiera envejecido cien años.

En la esquina se detuvo, alzó el rostro, me miró, se apoyó unos instantes en un poste de la luz y, por último, reinició su camino y se perdió de vista saliendo de mi vida para siempre.

Ya no siento por ella ni asco, ni odio, ni rencor.

Jamás me forzó a nada, nada le di, y por su parte tan solo me dio lo único que tenía: dinero.

Cambié el cheque, entregué mi viejo coche como parte del pago de una minúscula camioneta de segunda mano y le pregunté a Hazihabdulatif si creía encontrarse en condiciones de emprender un viaje.

—¿Qué clase de viaje? —quiso saber.

—No tengo ni idea —reconocí—. Pero debe ser uno que nos lleve muy lejos. Vicente no sabe dónde vivo, pero los otros sí. Si atrapan a cualquiera de ellos caeremos todos.

Cerró los ojos, meditó un largo rato y por último hizo un leve gesto de asentimiento.

—¡De acuerdo! —dijo—. Nos iremos a Marruecos. Tengo amigos allí.

Cambiar de aires, y que esos aires fueran marroquíes se me antojó una excelente idea, por lo que al día siguiente empaqueté mis escasas pertenencias y, sobre las tres de la mañana de un bochornoso sábado, cargué con el aún debilitado Al-Thani para acostarlo en la parte posterior de la camioneta.

Una extraña sensación de angustia se adueñó de mi ánimo en el momento de comenzar a circular por las tranquilas calles de una ciudad que no hacía mucho imaginaba que se convertiría en mi lugar de residencia definitiva. De haber elegido un camino más cómodo, probablemente hubiera encontrado en Madrid a un hombre con el que formar un hogar, tener hijos y aspirar a un futuro tranquilo y feliz, tal como debería corresponder a una muchacha de mi edad.

No obstante, allí me encontraba ahora, iniciando un primer exilio y en el umbral de lo que habría de convertirse en una interminable huida en compañía de un extraño que en cualquier momento podía quedarse muerto o paralítico por culpa de la insidiosa bala que continuaba alojada junto a su columna vertebral.

Visto desde una cierta perspectiva, debo reconocer que nunca deberían haberme llamado Sultana Roja, o Antorcha, sino más bien la Enterradora, dado que me esforcé como nadie se ha esforzado jamás que yo recuerde, a la hora de ir cavando, día a día y a conciencia, su propia fosa.

Si alguien se sepultó a sí misma palada tras palada, para acabar colocando una pesada lápida sobre su tumba, esa fui yo, que si bien en un tiempo llegué a considerarme superior al resto de los mortales, a la larga me vi obligada a reconocer que di un auténtico recital de estupidez sin paliativos.

Siempre se ha dicho que la venganza es un plato que debe comerse frío, pero nadie ha añadido que cuando al fin consigues comértelo está ya tan putrefacto que te envenena el alma.

Se puede dedicar toda una vida a intentar construir algo. Se consigue o no se consigue; depende del esfuerzo y de la suerte. Pero no se debe dedicar toda una vida a intentar destruir algo. Se consiga o no, lo único que perdura es la desolación.

Yo soy el mejor ejemplo; sacrifiqué mi existencia a la persecución de un ideal de signo negativo, y el resultado no pudo ser más indigno y miserable. ¡Tanto esfuerzo para llegar a esto!

Aún no había cumplido veintiún años, me consideraba casi una niña, y ya Madrid me despedía suplicándome que no volviera nunca.

Aún no había cumplido veintiún años, ni siquiera sabía lo que era el amor, y ya conducía un coche cargado de odio.

Aún no había cumplido veintiún años, ni siquiera había empezado a labrarme un futuro, y ya arrastraba tras de mí un sangriento pasado.

Aún no había cumplido veintiún años, y ya me parecía haber cumplido cien.

Pero no conseguía evitar ser como era. Tenía plena conciencia de la magnitud de mis errores, pero una invencible fuerza interior me impulsaba a cometerlos.

Me comportaba como el alcohólico que busca una y otra vez la botella, o el drogadicto fascinado por la aguja hipodérmica.

Algo no regía bien en lo más recóndito de mi cerebro y lo sabía, pero me dejaba arrastrar por mis peores impulsos sin oponer resistencia. No, en el juicio no intentaré alegar locura.

Dudo que nadie haya estado nunca tan consciente como yo del alcance y la magnitud de sus actos. Y dudo que alguien haya tenido más claro que yo dónde está exactamente la frontera que separa el bien del mal.

Cada vez que la crucé, y la crucé un millón de veces, me arrepentí de antemano pero seguí adelante. No obstante, y que yo recuerde, aquella noche fue, quizás, una de las contadas ocasiones en las que conseguí sobreponerme y me detuve a tiempo de provocar una catástrofe de incalculables proporciones.

Llevaba casi media hora callejeando sin lograr orientarme en busca de la mejor forma de acceder a la carretera que habría de conducirme a Andalucía y Marruecos, cuando advertí que el piloto que anunciaba que me estaba quedando sin gasolina llevaba un buen rato encendido.

El furgón era recién comprado y de segunda mano, creo que ya lo he dicho, por lo que no tenía ni la más mínima idea de cuánto tiempo duraría la reserva, y eso hizo que comenzara a inquietarme ante la posibilidad de quedarme tirada en plena calle en compañía de un herido de bala.

Me estrujé el cerebro tratando de recordar a qué gasolinera podría encaminarme a aquellas horas de la noche, pero por más que me esforcé no me vino ninguna a la memoria. Era como si la mente se me hubiera quedado en blanco a ese respecto, o como si Madrid se hubiera convertido en una capital en la que por las noches no circulara ni un solo automóvil.

Di vueltas y más vueltas hasta que al fin apareció ante mí como un oasis en mitad del desierto. No era una estación de gasolina propiamente dicha, sino tan solo un surtidor solitario y sin vigilancia, pero en cuyo letrero luminoso podía leerse que expendía gasolina súper automáticamente.

Jamás me había percatado con anterioridad de su existencia. Jamás se me ocurrió siquiera que pudiera funcionar a base de insertar billetes con los que obtener el carburante que estuviera necesitando.

En un primer momento se me antojó una magnífica idea; una solución perfecta para quienes se encontraban como yo en un apuro, pero en el momento en que concluí de llenar el depósito caí en la cuenta de que me bastaba con seguir introduciendo billetes en el cajero, para que aquella máquina, sin el menor sentido de la responsabilidad, continuara vomitando gasolina sin detenerse a meditar sobre el buen uso que se iba a hacer de ella.

Años más tarde, cuando el Gran Martell alzó la mano pidiendo la palabra, se puso en pie y comunicó a la veintena de asistentes que había encontrado la forma de castigar duramente a la retrógrada civilización capitalista, no pude por menos que admitir que aquella apocalíptica idea me había cruzado por la mente la noche que abandoné Madrid.

—Tenemos un arma terrible al alcance de la mano —comenzó—. Un arma que ellos mismos, con su ambición sin límites, han puesto a nuestro servicio. La mayor parte de las capitales europeas cuentan con pequeños surtidores de gasolina que, sin vigilancia alguna, parecen haber sido instalados con el exclusivo fin de proporcionarnos los explosivos que necesitamos, a bajo precio, y sin peligro alguno de manipulación por nuestra parte...

Recuerdo bien que un sordo rumor se extendió por la sala y que la mayoría de los presentes se consultaron con la mirada asintiendo ante una realidad en la que hasta ese día ni siquiera habían reparado.

—Combustible en abundancia, de buena calidad, y a un magnífico precio, puesto que resulta muchísimo más barato que el amonal. Y lo han colocado justo donde lo necesitamos: en el corazón de las ciudades que pretendemos destruir; a tiro de piedra de los cuarteles, las comisarías, los hoteles de lujo y los palacios.

Martell se complació en mirarnos a los ojos uno por uno, haciendo una larga pausa con la que pretendía permitir que su diabólico plan se fuera abriendo paso hacia nuestros corazones, y al fin añadió golpeando levemente la mesa tras la que se sentaba.

—¡Si una noche, una única noche!, la misma y a la misma hora todos nosotros y cuantos aquí representamos, nos ponemos de acuerdo permitiendo que la gasolina de esos surtidores inunde las ciudades para prenderle fuego al unísono, yo, Martell, os garantizo que habremos asestado un golpe mortal a nuestros enemigos.

¿Cómo es que tardaron tanto tiempo en darse cuenta?

¿Cómo es que un superdotado como Martell o cuantos le rodeaban necesitaron años para descubrir algo que yo comprendí al primer golpe de vista en cuanto concluí de llenar el depósito de mi coche?

¿Cómo es que tantas policías y servicios de seguridad de tantas capitales importantes no han reparado en el hecho de que han puesto en manos de terroristas, locos o simples gamberros la vida de millones de seres inocentes?

¿Y cómo es que yo misma, que me percaté de tal peligro años atrás, permití que una idea tan terrible quedara archivada en algún perdido rincón de mi cerebro sin caer en la cuenta de que lo que se me acababa de ocurrir podría ocurrírsele algún día a un ser tan peligroso como Martell?

Admito mi culpa. ¡Tantas culpas estoy admitiendo ya, y con tanta razón la mayor parte de las veces!

Si aquella lejana y bochornosa noche de verano no me hubiera encontrado egoístamente preocupada por mí misma, ni me hubiera esforzado de aquel modo por eludir las consecuencias de mis actos, tal vez hubiera reparado en el hecho de que mi primera obligación como ser humano era la de advertir que miles de vidas de seres inocentes corrían el riesgo de perecer cruelmente inmoladas por semejante derroche de desidia, incoherencia y avaricia.

¿Quién había sido el canalla o el estúpido que instaló tales artefactos?

¿Quién, el corrupto o el inconsciente que los autorizó?

¿Quién, el loco o el miope que permitía que continuaran allí como amenazantes soldados enemigos infiltrados en nuestra retaguardia?

Y peor aún... ¿Quién soy yo para acusar a nadie, si resulta evidente que tomé conciencia de ello y no moví un solo dedo para poner remedio?

Canalla, estúpida, corrupta, inconsciente, loca y miope... ¡esa soy yo!, o al menos eso he sido todo este tiempo, puesto que pensé en mí misma y en mi salvación antes que en nadie, y apenas desemboqué en la autopista de Andalucía toda mi atención se concentró en el hecho de que transportaba un herido, y que si por cualquier circunstancia la policía me detenía acabaría entre rejas para siempre.

Es largo el camino cuando el miedo es tu copiloto. Largo cuando son negros tus pensamientos. Largo cuando divisas a lo lejos las blancas motos y los verdes uniformes. Largo cuando atisbas por el espejo retrovisor temiendo que en ese instante el hombre del casco trepe a su máquina y se lance en tu persecución. Largo y angustioso cuando un bache inoportuno obliga a tu pasajero a lanzar un incontenible gemido de dolor. Y largo y sofocante cuando el sol de la Mancha comienza a caer a plomo sobre un viejo cacharro recalentado y se hace imprescindible concentrarse al máximo porque docenas de trastos semejantes —e incluso peores— avanzan dando tumbos en la misma dirección.

Y es que aquella era la época elegida por los magrebíes para pasar las vacaciones de verano en sus casas, y miles de ellos llegaban desde todos los puntos de Europa, rumbo al Estrecho.

Durante las peores horas de calor busqué refugio en un bosquecillo que se alzaba a poco menos de un kilómetro de la carretera, y dejando a Al-Thani instalado a la sombra me encaminé a la gasolinera más cercana con el fin de repostar nuevamente y conseguir algo de comer y un bidón de agua con la que asearme un poco.

Al verme regresar, Al-Thani me observó con una sonrisa que era más bien una mueca.

—Si me muero limítate a enterrarme envuelto en una sábana —dijo—. A los mahometanos no nos gustan los ataúdes.

Al poco se durmió otra vez, y mientras caía la tarde y me ensordecía el canto de las chicharras le observé al tiempo que me preguntaba qué diablos hacía yo en mitad de la meseta castellana en compañía de un moro moribundo.

A decir verdad, me he pasado gran parte de la vida preguntándome qué hacía yo allí en una determinada circunstancia.

Siempre me las he ingeniado para estar donde no debería estar y en el momento más inoportuno, como si una extraña maldición me persiguiese. Aunque la maldición soy yo, que me persigo a mí misma a todas horas. Y el gran problema estriba en que jamás consigo ni escapar, ni alcanzarme. Voy tras de mí como una sombra que incluso en la oscuridad se aferra a mis talones, tan solo duerme cuando ya me he dormido y se despierta justo cuando estoy a punto de despertar.

Es una sombra que a menudo me nubla la mirada hasta el punto de que en esos momentos ni siquiera sé quién soy ni de dónde provengo, puesto que me marca el camino, oscurece mis huellas, y sospecho que cuando baje a la tumba se abrazará a mi pecho.

Durante todos estos años no he sido capaz de encontrar peor enemigo que aquel que llevo dentro, y al que me consta que jamás conseguiré vencer por mucho que lo intente. Los demás no me espantan.

¿O quizás ahora sí?

El calor aumentaba. La lejana carretera se había convertido en una especie de negra cinta solitaria y temblorosa a causa de la reverberación, y el monótono canto de las chicharras invitaba a cerrar los ojos y permitir que la fatiga del largo viaje cobrara su precio.

Me vinieron a la mente los lejanos días en que bajábamos a bañarnos al río y Sebastián se tumbaba a dormitar a la sombra de su olivo predilecto con la cabeza apoyada en el regazo de mamá.

Yo la observaba mientras se mantenía alerta con el fin de espantarle las moscas al hombre que dormía, y su levísimo y casi automático gesto de la mano era como una constante declaración de amor de alguien que vencía su propio sueño con tal de conseguir que su pareja descansara a gusto.

En aquel tiempo imaginaba que algún día también yo me sentaría a la sombra de aquel olivo para que un hombre durmiera en mi regazo. Le espantaría las moscas y le acariciaría muy suavemente la oscura barba que —al igual que Sebastián— jamás se afeitaría los domingos.

Me gustaba la incipiente barba de Sebastián. Limpio y elegante siempre, los domingos se mostraba, no obstante, informal y casi descuidado; más masculino aún, como si al pie de un olivo hubiese regresado a sus auténticas raíces; a aquel sufrido campo andaluz del que provenía y del que nunca quiso renegar.

Sebastián era un hombre de carrera que no pretendía ocultar sus humildes orígenes, y que sin hacer alarde del duro camino que había tenido que recorrer, se enorgullecía por el hecho de que el día en que llegó a Sevilla para ingresar en la universidad aún calzaba alpargatas.

Y los domingos, cuando bajábamos al río, siempre llevaba sus alpargatas pese a que en el armario guardase dos pares de magníficos botos fabricados expresamente a su medida por el mejor zapatero de Valverde del Camino.

—Las botas son para montar —solía decir—. La tierra hay que pisarla con alpargatas, o no se siente.

Sebastián amaba la tierra. Incluso cuando el sol la machacaba como en aquellos momentos. A decir verdad, Sebastián amaba la tierra, las bestias, las plantas, el aire y el agua. Pero sobre todo amaba a los seres humanos.

Lo único que Sebastián aborrecía era la injusticia y la violencia. Tal vez por ello lo mataron injustamente y de un modo tan violento.

Me sosegó, como siempre, pensar en él, pero a punto ya de quedarme dormida, algo brilló a lo lejos.

Cerré los ojos.

Pero a los pocos momentos volví a abrirlos.

Ignoro la razón. Fue como un sexto sentido, o como si el miedo me obligase a estar atenta a cuanto ocurriera a mi alrededor. Allí estaba de nuevo, y no era brillo, sino el reflejo de los inclementes rayos del sol contra el espejo retrovisor de un coche que se aproximaba dando tumbos a través de la llanura.

Presté atención. Se trataba de un todoterreno verde que avanzaba sin prisas, pero tan en línea recta que cabría asegurar que sus ocupantes nos habían visto desde muy lejos pese a encontrarnos semiocultos entre los árboles.

El corazón me dio un vuelco. Me esforcé por desechar la idea, pero al poco llegué a la conclusión de que se trataba, en efecto, de un vehículo de la Guardia Civil. Tenía tantísimo calor y me encontraba tan agotada, que deseché la idea de intentar escapar.

¿Adónde iría en compañía de un herido?

Observé a Al-Thani, tan pálido y tan rígido, que al primer golpe de vista se advertía que algo grave le ocurría.

El todoterreno continuaba aproximándose y no existía escapatoria alguna, por lo que opté por ocultar mi revólver entre unos arbustos y aguardar.

Eran dos hombres... ¡Solo dos!

¡Dios de los santos! Jamás me había planteado el hecho de que algún día pudiera verme en la necesidad de disparar contra una pareja de la Guardia Civil... ¡Eran tantas las cosas que jamás me había planteado!

La minúscula bola de nieve que tan insensatamente lanzara al aire se había convertido en un alud dispuesto a sepultarme. La brasa que me empeñé en soplar prendió en temblorosa llama. La llama, en hoguera. Y la hoguera, en fuego incontrolable. El final del camino tan solo podría ser un infierno hacia el que me precipitaba sin remedio.

TERCERA PARTE

EL FUEGO

Uno era muy joven, casi un niño. El otro, el sargento, grande y musculoso, tenía la cara abotargada, enrojecida por un bochornoso calor que hacía que su verde camisa apareciese empapada de sudor.

Habían detenido el vehículo en la entrada del bosquecillo y los espié mientras avanzaban por entre la maleza, preguntándome sobre cuál de ellos debería disparar en primer lugar si me veía obligada a hacerlo.

El joven parecía más ágil y por lo tanto tal vez más peligroso, pero el sargento ofrecía todo el aspecto del hombre baqueteado en incontables enfrentamientos con toda clase de delincuentes, y ducho por consiguiente a la hora de resolver situaciones difíciles.

Recé para que mi plan diese resultado. No deseaba tener que matar a nadie. Tampoco deseaba morir. Pero mucho menos deseaba tener que pasarme años en la cárcel. Por aquel tiempo la cárcel no se me antojaba, como ahora, una especie de liberación.

¿O más bien debería decir refugio cuando consideras que ya no queda ningún otro lugar en que esconderte?

¿Cuántos deberán estar buscándome en estos momentos para matarme?

¿Cuántos habrán puesto precio a mi cabeza?

¿Y cuál será ese precio?

Alto, sin duda. Mucho más alto de lo que nunca supuse, puesto que jamás llegué a imaginar que consiguiera causar tanto daño a tanta gente.

¿Me alcanzará en esta escondida celda la venganza?

¡Ojalá no lo haga antes de que termine lo que estoy escribiendo!

Si no lo termino, si no dejo constancia de por qué hice lo que hice, habré perdido mi vida estúpidamente. Y serán muchos los que habrán muerto para nada.

Seguían avanzando.

Me oculté, y cuando llegué a la conclusión de que se encontraban a menos de diez metros de distancia, comencé a canturrear. Era una cantinela monótona, absurda y sin sentido; lo primero que me vino a la cabeza, pero surtió su efecto, puesto que los dos hombres se detuvieron unos instantes y al poco cambiaron de rumbo para acabar por aproximarse a donde me encontraba.

En el momento justo me volví a mirarles. No di muestras de temor, y ni tan siquiera de sorpresa. Con los pechos al aire, una diminuta toalla anudada a la cintura y el cabello empapado permitiendo que el agua me cayera libremente por los hombros, los observé con toda la impasibilidad que fui capaz de demostrar, consciente de que eran ellos los que en verdad se habían sorprendido. Y casi atemorizado.

—¡La madre que me parió! —exclamó el más joven—. ¡Qué tía!

—¡Calla, coño!

—Pero ¿está usted viendo eso?

—¿Acaso estoy ciego? —Intentó elevar los ojos y mirarme a la cara—. ¿Quién eres? —inquirió trabucándose.

Ondeé en lo alto del palo mayor mi bandera de pendeja, puse cara de estúpida y acabé por pronunciar una frase que me hizo famosa:

—¿Ahhhh?

—¿Que quién eres y qué haces aquí?

—¿Ahhhh?

—¿Qué te pasa? ¿Es que no me entiendes?

—¿Ahhhh?

—Debe ser mora.

—¡Pues joder con la mora! Si todas son así, entiendo por qué se tapan tanto.

—Pues lo que es esta no se corta un pelo. ¿Usted cree que está buscando guerra...?

—Pero ¡qué dices, imbécil! ¿Cómo se te ocurre?

—Es que yo no he visto una tía tan buena en mi vida, mi sargento. A lo mejor quiere dinero.

—¡Calla o te meto un paquete de no te menees! ¡Vámonos de aquí!

—Pero ¡mi sargento!

—¡He dicho que nos vamos!

Y se fueron.

Si alguna vez llega a leer lo que he escrito, aquel grandullón puede sentirse orgulloso de su hombría. Y feliz, porque de no haber sido tan estricto tal vez estaría muerto.

Ha pasado mucho tiempo, pero si mal no recuerdo quiero creer que no me encontraba excesivamente dispuesta a perder mi virginidad a manos de una pareja de la Guardia Civil. No es que tuviera nada contra ellos, ni un especial apego a mi virginidad, pero es que estoy convencida de que si la cosa hubiera ido a más habrían acabado por descubrir mi burda superchería. Y en ese caso me temo que no hubiera dudado a la hora de disparar.

¡Disparar!

Resulta tan sencillo.

Un simple movimiento del dedo y el arma obedece ciegamente sin importarle un comino quién se ha colocado ante su negra boca.

Lo malo viene después, cuando te detienes a meditar sobre lo que has hecho y te preguntas si el muerto merecía tal destino. Creo que la mayor parte de los que me he llevado por delante se lo merecían, pero aquella pareja no.

Aquella pareja se limitaba a cumplir con su deber pese al tórrido calor de un mediodía de verano manchego, cuando lo lógico hubiera sido que a aquellas horas se limitasen a sestear a la sombra, o a jugar al dominó en cualquier posada del camino.

Se alejaron por donde habían venido, sin que el sargento le permitiera a su subordinado volver ni una sola vez la cabeza, y sin ni reparar en el hecho de que a corta distancia un hombre se desangraba respirando cada vez más trabajosamente.

Al-Thani ni siquiera se enteró de lo que había pasado.

Tampoco se lo conté nunca. ¿Para qué?

Aguardé a que cayera la tarde, lo acomodé de nuevo en la trasera de la desvencijada camioneta y reemprendí una vez más el largo camino, rumbo al sur.

Creo recordar que durante aquella interminable noche deseé con toda mi alma que muriese. Si lo hacía me limitaría a enterrarle tal como me había pedido, bien envuelto en una sábana, para encaminarme luego a algún lugar perdido y olvidar para siempre mis ansias de venganza.

Sabría encontrar un hombre que me devolviera la esperanza. Alguien que, aunque fuera remotamente, se pareciese a Sebastián, y a quien pudiera darle cuanto sabía que llevaba en mi interior sin que le hubiera dado la oportunidad de surgir hasta el momento.

Me empeñaría en hacerle feliz a cambio de que me permitiera dejar atrás mi pasado. ¡Qué estupidez!

¿Se puede hablar de pasado cuando aún no se han cumplido veintiún años?

Supongo que sí desde el momento que has dejado un muerto y dos atracos a tus espaldas. Y desde el momento en que estás pensando seriamente en cómo te las arreglarás a la hora de cavar una tumba en mitad de la noche.

De tanto en tanto me detenía para volverme a observar a quien días atrás me fascinaba hablándome de cine.

¡Olía a demonios! Hedía a perro muerto, sudor, orines, vómitos y excrementos. Dios me perdone, pero continuamente tenía que luchar contra el impulso de adentrarme por algún oscuro caminillo, sacarlo de la furgoneta por los pies y abandonarlo, allí, tumbado cara al cielo dejándole morir en paz o concediéndole la oportunidad que alguien lo recogiera y se lo llevara a un hospital al día siguiente.

¿Era valor o miedo lo que me impulsaba a seguir adelante?

Tantos años después aún me lo pregunto, y a fuerza de ser sincera debo admitir que nunca he tenido una respuesta convincente.

¡Un kilómetro más! ¡Solo uno! Hasta el pueblo siguiente.

Pero avanzaba un nuevo kilómetro, cruzaba frente a un pueblo en penumbras y nunca me decidía a detenerme.

Por fortuna las gasolineras que encontraba en mi camino eran en su mayor parte de autoservicio. Me detenía lo más lejos posible del adormilado guardián que se mantenía en el interior del edificio, llenaba el depósito, me aproximaba a pagar y comprar agua, refrescos y chucherías con las que engañar el hambre, y continuaba carretera adelante sin que el buen hombre se percatara del lamentable estado de mi pútrido pasajero.

Por fin, cerca ya del amanecer, un motel salvador hizo su aparición en el horizonte.

Más que motel propiamente dicho se trataba de una especie de casa de citas de carretera, ya que se podía guardar el coche en un pequeño garaje desde el que se ascendía directamente a un cochambroso dormitorio en el que apenas cabía más que una enorme cama de maloliente colchón.

Pero no hacían preguntas.

Y tenía bañera.

Llamarle bañera constituía a todas luces una exageración, pero me permitió introducir a Hazihabdulatif en el agua para intentar liberarle de la mugre acumulada durante aquel espantoso día.

¿Había hecho todo aquello para convertirme en enfermera?

Supongo que no, pero Al-Thani abrió unos instantes los ojos y pude leer tal gratitud en su mirada que me bastó con ello.

Si alguien me hubiera asegurado en aquellos momentos que sería yo quien le matara, le consideraría un demente.

Estoy segura de que ni su propia madre hizo tanto por conservarle una vida que pretendía escapársele.

¡Qué absurdo puede llegar a ser el destino de los seres humanos!

Qué absurdo y qué caprichoso. Me tendí a su lado, los dos desnudos y empapados en un vano intento por luchar contra el insoportable calor que se apoderaba desde mediada la mañana de aquel infecto cubículo, y dormimos así, el uno junto al otro durante dos largos días con sus correspondientes noches.

No se escuchaba más rumor que el de los camiones que cruzaban por la cercana carretera, y la encargada del local, una vieja gruñona y sarmentosa, debió suponer que estábamos viviendo una apasionada y agotadora historia de amor.

Aún me pregunto cómo se las arregló Hazihabdulatif para sobrevivir.

Pero lo hizo y al oscurecer del tercer día se irguió en la cama para señalar con voz ronca y pastosa:

—¡Vámonos!

—¡Estás demasiado débil!

—Peor estaré si nos atrapan. Llevamos aquí demasiado tiempo y eso siempre acaba por despertar sospechas. ¡Vámonos!

La vieja dormía cuando le ayudé a acomodarse en la furgoneta y abandonamos aquel espantoso lugar de pesadilla como una oscura sombra tragada por las sombras de la noche.

Al amanecer me encontraba en mi tierra.

¡Andalucía!

Fue un impulso absurdo e infantil, lo reconozco, pero cuando mediada la tarde cruzamos cerca del único lugar en el que he sido realmente feliz, no pude resistir la tentación y abandoné la autopista para atravesar campos y pueblos y acabar por detenerme frente al blanco caserío que ocultaba en cada rincón y cada patio mis más preciados recuerdos.

Lucero pastaba en el campo.

Uno de los perros, *Canijo*, me reconoció en el acto y corrió a olisquearme las piernas. El otro, *Bandido*, probablemente había muerto de viejo. Salí del coche y avancé unos metros acariciando al chucho y recorriendo con la vista objetos y lugares que me devolvían a un tiempo que no hubiera querido abandonar nunca.

El árbol del columpio; la mesa en que nos sentábamos a cenar las noches de verano; el pozo del que los niños sacaban el agua cada tarde, y el porche bajo el que Sebastián extendía su multicolor hamaca caribeña.

¡Y las macetas!

Docenas de macetas repletas de claveles y geranios

que mi madre había ido colocando aquí y allá día tras día y año tras año, y aún me parecía estarla viendo mientras daba unos pasos hacia atrás para cerciorarse de que ocupaba el lugar exacto para el que estaba destinada.

Al-Thani dormitaba amodorrado.

Yo soñaba despierta, puesto que durante años había soñado igualmente despierta con la posibilidad de regresar a aquella casa y aspirar de nuevo el olor del establo, de la hierba recién segada, del fuego de leña y de la albahaca plantada junto a la puerta para alejar a los mosquitos. ¡Mi hogar! El único que tuve nunca.

El que Sebastián nos dio. El que escuchó nuestras risas. El que fuera mudo testigo de tantas noches de amor inimitable.

—¡Largo de aquí!

—Tan solo estoy mirando.

—No tienes nada que mirar. Esto es propiedad privada. ¡Largo, he dicho!

Lo recordaba muy bien. Era el hermano mayor de la mujer de Sebastián; aquel que un día nos echó de la casa sin permitirnos llevar más que lo puesto.

Pero no experimenté rencor alguno, puedo jurarlo.

Tenía más que sobradas razones para aborrecer a un malnacido que nos había puesto en la calle sin detenerse a meditar en que no éramos más que unos niños, pero insisto en que en aquel momento no pensé en ello, sino únicamente en el hecho de que quería permanecer unos minutos más allí, contemplando la casa.

—¡Ataca!

Canijo ni se movió siquiera. Tal vez, si se lo hubiera pedido yo, le hubiera atacado a él. Era un tipo en verdad miserable, enclenque y encorvado; una caricatura de hombre que pareció entender de inmediato que jamás conseguiría expulsarme por la fuerza de su propiedad privada.

Me miró de abajo arriba, fue a decir algo, pero se lo pensó mejor, se mordió el labio superior y dando media vuelta desapareció por donde había venido.

De nuevo me invadió el olor a establo, hierba recién segada y albahaca. De nuevo me sentí en paz conmigo misma contemplando el porche y las macetas.

¡Cinco minutos más!

Eso era todo lo que pedía: cinco minutos más para evocar la figura de Sebastián balanceándose en su hermosa hamaca caribeña y luego me alejaría para siempre llevándome conmigo mis recuerdos.

Pero de pronto el muy cabrón emergió del interior de la casa esgrimiendo una herrumbrosa escopeta de caza.

—¡Te largas o te reviento, hija de la gran puta!

Yo conocía muy bien aquella cochambrosa escopeta. ¡Ya lo creo que la conocía!

Mis hermanos habían jugado con ella miles de veces. Di media vuelta, me encaminé al coche, lo abrí, saqué del bolso mi impresionante revólver y apunté directamente al entrecejo de aquel malnacido.

Se quedó alelado.

Comenzó a temblar y el cañón de su arma iba de un lado a otro como si estuviera olisqueando el suelo en busca de una boñiga sobre la que disparar.

Pero el muy imbécil ni siquiera la había amartillado. Yo sí que amartillé el revólver buscando asegurar el tiro.

Lanzó un gemido y comenzó a orinarse.

Estaba tan aterrado que ni siquiera era capaz de echar a correr, como si de pronto se hubiese quedado clavado al tablazón del porche.

—¡No, por favor...! —suplicó

De pronto el odio que dormía en algún rincón de mi memoria despertó. Me vino a la mente el dolor de mi madre, el llanto de los niños, y la humillación con que me alejé de aquella casa tanto tiempo atrás, y lo peor que llevo dentro se revolvió en lo más profundo de mi ser.

—¡Por favor...! —repitió casi como un maullido.

Si no hubiera suplicado, tal vez me habría contentado con continuar observando cómo se meaba, pero recordé que mi madre le había pedido que nos permitiera quedarnos tan solo una noche más y se negó en redondo.

—Intenta disparar, porque voy a matarte —escuché que le decía, teniendo la impresión de que era otra persona la que hablaba—. ¡Vamos! ¡Inténtalo!

Alzó aquella carabina de Ambrosio casi prehistórica como si pesara una tonelada e hizo un sobrehumano esfuerzo por colocar el pulgar en el percutor con el fin de echarlo hacia atrás y amartillar al menos uno de los cañones.

Lloraba y gemía.

Se inclinaba sobre sí mismo, esforzándose al máximo, pero el percutor estaba tan oxidado que por más que lo intentaba no conseguía levantarlo.

Me gustaría poder decir que fui generosa, que sentí lástima de él y me conformé con disfrutar del indescriptible calvario de terror por el que estaba atravesando, pero no fue así.

Quedó tendido justo bajo el punto en el que Sebastián solía colgar su hamaca, y cuando puse el coche en marcha y me alejé definitivamente del único lugar en que he sido feliz, ni tan siquiera experimenté un leve asomo de emoción.

No había ido allí a matarle, pero merecía estar muerto.

Alguien que expulsa de su hogar a una pobre mujer y tres mocosos, para obligarles a pasar la noche en una desolada estación de tren, merece cuanto le ocurra.

De no haber sido por él, probablemente no hubiera tenido que pedir limosna.

De no haber sido por él, probablemente no hubiera tenido que soportar los lametones de doña Adela.

De no haber sido por él, probablemente no hubiera tenido que matar al turco Yusuff.

¿O tal vez sí? Tal vez mi destino estaba marcado de antemano pese a que aquel desecho humano nunca hubiese existido.

No quiero justificarme culpándole a él por lo que hice.

Creo recordar que ya he dicho que desprecio a quienes se disculpan.

Le maté y basta.

Había comenzado a rodar por la pendiente y he podido comprobar que con frecuencia, cuanto más nos hundimos en la mierda más nos complace revolcarnos en ella.

Si me veía obligada a pasar el resto de mi vida en la

cárcel por haber acabado con un hijo de puta turco, ¿qué importa que fuera por haber acabado también con un hijo de puta español?

Lo que sobran en este mundo son hijos de puta de todas las nacionalidades. Al-Thani, que había asistido a su muerte, impasible y en silencio, no hizo el menor comentario hasta que nos encontramos de nuevo en la autopista.

—La venganza nunca ha sido buena compañera de viaje —musitó al fin sin volverse a mirarme—. De hecho, es la peor que existe.

—No fui allí para matarle —repliqué.

—¿Estás segura?

Siempre he tenido la impresión de que Hazihabdulatif me conocía mejor de lo que yo misma me he conocido nunca.

O quizás el problema estribe en que siempre fue más inteligente que yo.

A menudo me he preguntado si tendría razón y en lo más íntimo de mi ser se escondía un secreto deseo de venganza.

La venganza es mi ley, ya lo he dicho, pero no aquella.

Resulta doloroso hurgar en los recovecos del cerebro en busca de la razón última de nuestros actos.

¡Muy doloroso!

Y muy frustrante, puesto que con frecuencia nos negamos a admitir evidencias que a cualquier observador imparcial se le antojan indiscutibles.

Y en este caso particular Cimitarra se había comportado como un observador absolutamente imparcial, o como si el hecho de sentir tan cercano el aliento de la propia muerte le hubiera vuelto indiferente a la muerte ajena.

Treinta kilómetros más allá volvió a musitar sin volverse a mirarme:

—Háblame de ese hombre.

—No hay nada que decir.

¡Ahora sí que se giró para observarme con extraña fijeza!

—Me inquietas —dijo—. Alguien que no tiene nada que decir de aquel a quien acaba de matar, resulta preocupante. ¿Por qué le odiabas?

—No sabía que le odiaba hasta que disparé sobre él. Son cosas del pasado y no me gusta hablar de mi pasado.

—A mí tampoco —admitió, y ahí acabó la conversación sin que nunca volviéramos a mencionar el incidente.

Incidente.

¡Qué palabra tan anodina para referirse a la muerte de un hombre!

Para aquel malnacido no fue desde luego un incidente.

¿Tal vez un accidente?

Debo reconocer que con el tiempo llegué a convertirme en un accidente bastante común para un cierto tipo de personas.

¡Demasiado común a mi entender!

Sevilla. ¡Cuarenta kilómetros!

El cartel anunciador me devolvió a la realidad. ¡Sevilla!

Mi madre, mis hermanos y el recuerdo d[...] sable lengua de doña Adela cubriéndome de [...] muy viscosa y hedionda.

Calles por las que mendigaba tragándom[...] güenza.

Y el parque de María Luisa al que una lum[...] mañana Sebastián nos llevó a pasear en un precios[...] che enjaezado cuyo caballo parecía ir bailando un [...] pateado sobre el asfalto de la calle.

Sevilla.

Flores, olor a pescado frito, guitarras, el río... ¡Y la[...] palomas!

Cientos de palomas que aquella lejanísima mañana se nos posaban sobre la cabeza mientras mamá y Sebastián nos hacían docenas de fotos.

¿Dónde habían ido a parar aquellas fotos?

Sin duda, al mismo lugar al que había ido a parar toda mi vida: a un hediondo basurero.

Aguardé a que se hiciera de noche, busqué otro motel discreto —aunque en esta ocasión muchísimo más limpio— en el que acomodar a Hazihabdulatif, dormí unas horas y mediada la mañana me encaminé al barrio de Triana, que tan buenos —y malos— recuerdos me traía. Mi madre y mis hermanos vivían en una minúscula casita de la calle de la Pimienta, calle que apenas tendría dos metros de ancho, pero tan cubierta de flores, tan limpia y tan perfumada, que en los atardeceres no existía mayor placer que sacar una silla al portal y pasarse las horas charlando con las vecinas mientras llegaba la noche más allá de los rojos tejados cubiertos de buganvillas.

Allí debería haber estado yo, cosiendo, charlando y esperando la aparición de un apuesto galán que acudiera cada noche a rondarme la reja, en lugar de tener que ocultarme durante más de una hora en un portal del final de la calle hasta cerciorarme de que no se advertía presencia extraña alguna por los alrededores.

Nunca he entendido por qué razón las madres tienen el extraño don de captar de forma absolutamente natural que sus hijos se han metido en problemas.

Me observó en silencio durante toda la comida, pidió luego a los chicos que se fueran a dar un paseo, y tras mirarme largamente me preguntó muy seria:

—¿Qué has hecho?

Se lo conté. ¿Qué otra cosa podía hacer si lo estaba leyendo en el fondo de mis ojos casi sin necesidad de que pronunciara una sola palabra?

Al concluir, una diminuta lágrima, una casi invisible gotita transparente recorrió sinuosamente el sendero de la más pronunciada de las arrugas de un rostro en el que el sufrimiento había dibujado tantísimas y tan perennes huellas, y en un tono suave, profundo y monocorde, sin rastro alguno de ira, más bien como si se tratase de una simple constatación de los hechos acaecidos, señaló:

—Cuando vuestro padre murió no dudé en prostituirme, y estoy convencida de que de igual modo hubiera sido capaz de robar e incluso de matar con tal de daros de comer. Era mi obligación como madre que defiende a sus crías.

Guardó silencio, alzó el rostro para fijar la mirada

en la maceta de claveles reventones que adornaba el alféizar de la ventana, y al poco añadió sin cambiar para nada el tono de voz:

—Quiero creer que también hubiera sido capaz de matar por defender a Sebastián. Era mi hombre, y una mujer tiene la obligación de defender a quien ama. —Ahora sí que se volvió hacia mí—. Pero tú no has luchado por tus hijos, Sebastián no fue nunca tu hombre y, además, ya estaba muerto.

—Te he contado lo ocurrido —repliqué—. Para nada he pretendido disculparme.

—La estupidez no admite disculpas, hija —señaló—. Y la venganza siempre ha sido la más inútil de las estupideces. Una buena parte de los seres humanos son malvados, pero otros, simplemente cometen errores. Si el resto dedicáramos nuestras vidas a vengarnos de las maldades o los errores ajenos, no nos quedaría tiempo para vivir.

—A Sebastián no le dejaron tiempo para vivir.

—Y por lo que veo a ti tampoco. Pero eso no es culpa de quienes pusieron aquella bomba, sino de quien, como tú, se empeña en seguir escuchando el eco de una explosión que ya hace mucho que se hundió en el pasado.

Se puso en pie, respiró muy hondo, me observó de arriba abajo y comprendí que lo que iba a decir era lo más difícil que había dicho a lo largo de su difícil vida.

—Vete y no vuelvas —pidió—. Ya he perdido a mis dos hombres y a un hijo. Me duele perder también a una hija de la que me sentía orgullosa, pero tengo que velar por lo que me queda. Te miro y ya no veo a mi pequeña Merceditas. Te miro y tan solo veo a un ser que se ha convertido en un triste amasijo de odio, rencor, prepotencia, y empiezo a imaginar que casi de locura. Y eso no es bueno. No es bueno, y puede que sea incluso contagioso.

La calle de la Pimienta no tenía dos metros de ancho en el momento en que abandoné la casa de mi madre.

La calle de la Pimienta parecía haberse vuelto de pronto tan angosta que me obligaba a tropezar con las rejas de las ventanas y me enredaba el cabello en las ramas de las buganvillas.

La calle de la Pimienta se me cayó encima con todas sus blancas casas y sus multicolores macetas; con todas sus tejas rojas y todas sus verdes farolas; con todas sus charlatanas comadres y todos sus alborotadores chiquillos.

Y con la calle de la Pimienta se me cayó encima Sevilla. Y el mundo entero.

El primer presidio me abrió de par en par sus puertas.

La primera cárcel me invitó a entrar. La primera celda nació al doblar la última esquina. Si mi madre renegaba de mí, ya no tenía familia. Si no tenía familia, no tenía raíces. Si no tenía raíces, el más leve soplo de viento me arrastraría al abismo.

Caminé sin rumbo por la ciudad para ir a detenerme a la caída de la tarde en mitad de un puente. No recuerdo cuál era. Apenas recuerdo nada de aquella amarga jornada.

Lo único que recuerdo es que me acodé sobre la barandilla, observé las oscuras aguas y me asaltó la tentación de arrojarme a ellas y poner fin de una vez por todas a un proceso de degradación que intuía que ya no se detendría hiciera lo que hiciese.

—Hace treinta años me tiré al agua desde ese mismo lugar. No sabía nadar, pero en el último momento un buen hombre me salvó. El hijo que esperaba nació sano y fuerte. Sin padre, pero hermoso e inteligente. Ha llenado mi vida de alegrías y ahora tengo cuatro preciosos nietos. Por eso cada tarde vengo aquí, a charlar con la gente que se detiene demasiado tiempo a ver cómo fluye el río.

Me volví a mirarla.

Era menuda y delgada, tenía unos ojos alegres y expresivos y una sonrisa encantadora.

—No espero ningún hijo —repliqué—. ¡Ojalá lo esperara!

—¡Ojalá! —repitió—. Pero todo llega. Todo llega si te apartas lo suficiente de esa barandilla.

Seguí mi camino, regresé al motel en el que Al-Thani dormitaba, y esa misma noche reemprendimos la marcha dejando atrás Sevilla y con Sevilla lo mejor de mi pasado. Nunca he vuelto a Sevilla. Nunca.

¡Marruecos!

¿Quién era aquella muchacha que deambulaba por las callejuelas, las plazas y los zocos de Tánger como el pez que salta sobre la arena ansiando regresar al mar en que nació?

¿Qué sentía? ¿Qué pensaba?

¿Era yo acaso?

Marruecos me enseñó a meditar, pero sobre todo me enseñó a aceptar que había perdido el dominio sobre mis actos, y era como un barquichuelo desarbolado que se ve obligado a ir de aquí para allá como inanimado juguete de las olas.

El hecho de no entender el idioma me llevó a encerrarme en mí misma, a aislarme del resto del mundo de tal forma que volvía una y otra vez sobre mis pasos, y eran esos pasos los que me obligaban a regresar a un pasado que deseaba dejar atrás definitivamente.

Si me esforzara por obtener una definición cabría asegurar que Marruecos fue como una estación intermedia de mi vida; del final de un camino al comienzo de otro; un lugar extraño y ajeno a mí en el que me limitaba a esperar un nuevo tren que habría de llevarme a un destino incierto al que tampoco deseaba llegar.

¡Mi hombre!

Tantas horas pasé sentada en un mirador rodeada de viejos cañones de bronce, aislada de aquellos lejanos seres a los que nada me unía, que no pude evitar darle un millón de vueltas a aquella corta frase para mí tan dolorosa.

¡Mi hombre!

Mi madre la había pronunciado con absoluta naturalidad, refiriéndose a Sebastián como algo propio; como a la persona con la que había compartido cinco años de cama y cientos de noches de amor apasionado, y esa misma naturalidad me obligaba a pensar que desde aquel instante me había arrebatado parte de Sebastián.

Con tan sencilla frase me había hecho notar que Sebastián había sido suyo, y que si yo disfruté de él y de su cariño fue únicamente de forma marginal, como simple apéndice a quien Sebastián quería por lo mucho que la amaba a ella, pero no porque yo fuera en absoluto el personaje principal de tan maravillosa relación.

Si mi madre no hubiera existido, yo no hubiera existido para Sebastián, y el mero hecho de entenderlo así me desmoralizaba.

¡Qué herida y confusa me sentía!

¡Y cuán profundamente infeliz!

¡Y cuánto me dolía comprender que mi madre, que tanto le había amado, aceptaba con desconcertante resignación el hecho de no volver a verle, no volver a acariciarle y no volver a escuchar sus dulces frases de amor apasionado!

Yo en su lugar hubiera detenido el mundo con las manos.

Yo en su lugar habría estrangulado a todos cuantos hubieran podido tener alguna relación con su muerte.

Yo en su lugar no me quedaría encerrada en una diminuta casa de la calle de la Pimienta preparando la cena de mis hijos.

Yo en su lugar...

¿Cuánto hubiera dado por estar en el lugar de mi madre?

¡Nada! Lo repito una y otra vez: nada.

Nada, porque en ese caso, de haber estado en el lugar de mi madre, sospecharía que todo cuanto siento por Sebastián tendría en el fondo un componente físico; algo vulgar y en cierto modo sucio, y lo único que me permite continuar considerándome distinta al resto de la gente es el convencimiento de que yo adoraba de una forma tan diferente a Sebastián porque nadie más había sido capaz de captar la magnitud de su grandeza.

Es fácil amar a un hombre cuando ha sabido hacerte gozar en una cama. Pero no tiene mérito. He amado a un par de hombres que me hicieron gozar, y sé muy bien de lo que hablo. La entrepierna tiene mucho que decir en esos casos. Pero en el mío, no. En mi caso, en mi amor, tan solo intervienen el corazón y el cerebro, y eso es lo que lo hace grandioso y diferente.

Pero en aquel tiempo, en Marruecos, continuaba obsesionándome aquella amarga frase:

Mi hombre.

¿Por qué lo dijiste? ¿Por qué la recalcaste?

¿Quizá buscabas herirme, o tan solo pretendías hacerme comprender dónde estaba mi error?

Suele decirse que las madres nos conocen mejor que nosotras mismas, y que saben llegar directamente a lo más oculto de nuestros sentimientos, allí donde por nuestros propios medios no llegaríamos jamás.

Al menos en esta ocasión mi madre supo hacerlo poniéndome en mi sitio sin grandes aspavientos. Yo nunca había sido nada más que la hija de su hombre, y por lo tanto mi ciega devoción por Sebastián no debería tener razón de ser.

Pero tampoco pretendo ser una mujer razonable. Ni tan siquiera racional. Si lo fuera no me consideraría una mujer completa, puesto que lo que nos hace en cierto modo diferentes de los hombres es el hecho de que somos capaces de dejarnos llevar por nuestros impulsos y nuestras emociones aun a sabiendas de que nos acarrean la desgracia.

No he conocido ninguna mujer feliz que haya ido en contra de sus impulsos. Es posible que tenga una vida cómoda y en cierto modo placentera, pero siempre se sentirá íntimamente frustrada. Lo difícil, lo imposible más bien, es seguir tus impulsos y que ellos te conduzcan a la plena felicidad.

A mí tan solo me condujeron a Marruecos.

Hazihabdulatif consiguió recuperarse. Una de las balas permaneció para siempre en su interior, aguardando la que yo habría de enviarle, y que sería en esta ocasión definitiva, pero se las arregló para salir con bien de tan dolorosa aventura, y en cuanto se sintió con fuerzas recuperó su amor por el cine y por la intriga.

Nos instalamos en el último piso de un viejo caserón almenado de la Puerta de los Vigías, desde cuyos enormes ventanales se dominaba la entrada al puerto, y allí acudieron en los meses venideros terroristas de todos los estilos y todas las nacionalidades, puesto que lo que resultaba evidente era el hecho de que Al-Thani se encontraba magníficamente relacionado con la mayoría de los grupos más activos de la violencia internacional.

Aprendí mucho. Pasada la primera etapa de desconcierto en un país tan diferente, y prácticamente confinada a las cuatro paredes de aquel vetusto edificio colonial, me concentré en la tarea de conocer gente nueva y tener una clara idea de cómo funcionaba tan complejo entramado.

Pronto llegué a una conclusión harto evidente: todo estaba permitido. Para Cimitarra y los suyos cualquier acto, por repulsivo que pudiera parecer a una persona normal, resultaba lícito si estaba encaminado a conseguir el fin que se habían propuesto.

Y el fin no era otro que desestabilizar. Herir, matar, mentir, secuestrar, destruir e incluso traficar con drogas, armas o mujeres, formaba parte del juego si con ello se conseguía provocar una reacción negativa en el conjunto de la corrompida sociedad burguesa.

Después de tantos años de participar en dicho juego, he llegado a la conclusión de que lo único que pretendían era obtener una especie de patente de corso que les facilitara actuar a su antojo y sentirse heroicos y diferentes. El fin último, conseguir la libertad o la independencia de un determinado pueblo, un país o una región, carecía en absoluto de importancia.

Lo que en verdad perseguían era la propia libertad de acción, y para ello se hacía necesario desligarse de toda atadura moral, despreciando las reglas que coaccionaran tan particular concepto de libertad. La violencia endurece la piel y acaba por producir callosidades.

No había ideales. Conocí, eso sí, algunos idealistas puros, los menos, pero la mayoría tuvieron una vida efímera, mientras que los que prevalecían eran los otros: los auténticos profesionales que habían aparcado tiempo atrás los locos sueños de juventud.

Mubarrak creía en su causa.

Creyó en ella desde el día en que tuvo uso de razón hasta el día en que le asesinaron aquellos que no deseaban tener que escuchar la verdad que pregonaba.

Y tal vez Iñaki también. Y debido a ello sus propios compañeros le tendieron una trampa con el fin de que se pasara el resto de la vida en la cárcel sirviéndoles al propio tiempo de excusa reivindicativa.

A veces me he sentido tentada de escribirle contándole una verdad que pocos sabíamos, pero dudo de que me creyera.

Me imagina muerta, y si descubriera que sigo con vida tal vez se lo contaría a quienes tienen graves cuentas que saldar conmigo.

Hubo otra cosa que también aprendí en Tánger.

Todos querían mandar, ya que en el mundo del terrorismo más sórdido suele haber mucho jefe y poco indio. Luchaban por ser diferentes al resto de la humanidad, pero una vez conseguido continuaban luchando para sentirse diferentes al resto de los diferentes.

Y Al-Thani no era una excepción.

Pese al duro revés que había significado el enfrentamiento con Yusuff y la definitiva pérdida del dinero de su organización, se negaba a dejar de ser el mítico Cimitarra, y la mayor parte de su actividad de aquellos meses se centró en la difícil tarea de recuperar su maltrecho prestigio.

Para conseguirlo se avino a pactos que quiero imaginar que en otras circunstancias nunca hubiera aceptado, y cometió errores impropios de un hombre de su indiscutible inteligencia.

Quien se está ahogando no suele fijarse a qué clase de objeto se aferra.

Y en su desesperación, Hazihabdulatif se aferró a los narcos colombianos, que a mi buen entender constituyen la peor especie de objeto flotante que navega por mares y océanos.

Una vez leí una biografía de Lope de Aguirre, que se consideraba a sí mismo el Azote de Dios, y quiero imaginar que aquel desmesurado sádico debió dejar su semilla de locura al pasar por la Amazonía colombiana.

De esa semilla desciende la bastarda estirpe de unos narcos capaces de asesinar a un niño de pecho con el fin de rellenarle el cuerpo de coca y cruzar con él una frontera.

Conocí personalmente al inventor de tan repugnante y sofisticada forma de contrabando.

Se llamaba Pereira, consiguió amasar una fortuna fabulosa, y años más tarde me contaron que le habían metido un embudo en el trasero rellenándole las tripas de cocaína para observar cómo se retorcía de dolor y acababa echando espumarajos por la boca.

No fue por justicia, ni tan siquiera por venganza. Tan solo fue una divertida forma de ajustar cuentas y hacerse con el control de su bien montado cártel.

No. Hazihabdulatif nunca debió mezclarse con los colombianos.

Se lo advertí, pero no me escuchó.

Me estaba sumamente agradecido por haberle salvado la vida, me respetaba, e incluso en alguna que otra ocasión me pidió consejo, pero en lo que respecta a los colombianos no me hizo el menor caso.

Necesitaba volver a Turquía victorioso y para conseguirlo se alió con la peor canalla de este planeta.

El día en que aterrizamos en Bogotá comprendí que estaba acabado y que si seguía con él me arrastraría al abismo. Hasta ese momento aún quería aferrarme a la idea de que el turbio asunto que nos había llevado hasta allí se limitaba a negociar un pequeño cargamento de cocaína, pero en cuanto caí en la cuenta de que se trataba de heroína decidí cortar por lo sano.

Soporto mal a los traficantes de cocaína, pero aborrezco a los que negocian con heroína. A mi modo de ver merecen mil veces la muerte, y, pese al profundo afecto que sentía por Al-Thani, llegué a la conclusión de que no debía hacer ningún tipo de excepción, puesto que también tenía muy claro que jamás me permitiría marcharme por las buenas.

Hazihabdulatif sabía que yo sabía demasiadas cosas sobre él y cuantos le rodeaban, y abrigué el convencimiento de que desde el momento mismo en que sospechara que tenía la más mínima intención de abandonarle, acabaría conmigo.

Pese a lo que supusieran cuantos nos conocían, nunca fuimos amantes, pero pese a ello el nuestro era un matrimonio en el que no cabía el divorcio.

Hasta que la muerte nos separe. La cuestión se limitaba a quién sería el muerto. Uno de los peores errores que suelen cometer las personas cuando han llegado a la conclusión de que van a romper definitivamente con otra, es ir cambiando paulatinamente de actitud hacia ella, en una especie de inconsciente y personal intento de autojustificación hacia lo que en lo más íntimo de su ser consideran una traición.

Es como si se estuvieran preparando para poder decirle en su momento: «Te lo venía advirtiendo, pero no has querido darte cuenta.» Es una actitud que no me vale. Las cosas o se dicen a las claras, o no se dicen. Lo demás son cataplasmas.

Y en mi caso particular decirlo a las claras era tanto como concederme a mí misma un plazo máximo de veinticuatro horas de vida.

¿Adónde podía ir en pleno corazón de Bogotá si se me ocurría la estúpida idea de abandonar a un hombre que estaba tratando un importante negocio con los señores de la droga?

¿A la policía?

¿A la embajada española para contar mi historia de crímenes y atracos?

Probablemente no llegaría ni al cercano Museo del Oro, que abría sus puertas a cinco manzanas del hotel y que era el punto más lejano al que me habían aconsejado que me aventurara sola y a plena luz del día.

—Callejear por Bogotá siempre acarrea un cierto peligro, señorita —me había advertido el jefe de recepción—. Pero para una mujer como usted callejear por Bogotá puede significar el disgusto final.

«El disgusto final», es una expresión muy colombiana y altamente expresiva, propia de un país en el que cada día se suele dar ese tipo de disgustos de forma violenta a docenas de personas.

A los ojos de todos yo no era más que la querindonga de un traficante moro, pero un moro aparentemente muy bien relacionado con la gente más temida y respetada del país.

Constituía sin lugar a dudas una apetitosa presa para las docenas de hijos de puta que habían hecho del secuestro su forma natural de vida, y entrañaba al propio tiempo un riesgo evidente si se me pasaba por la cabeza la idea de aproximarme a menos de cinco metros de un policía.

Tenía la suficiente experiencia como para haberme dado cuenta de que en cuanto ponía el pie fuera del hotel dos pares de ojos me vigilaban siguiéndome a todas partes, pero nunca conseguí averiguar si se trataba de ojos amigos o enemigos. O de amigos que podían transformarse como por arte de magia en enemigos.

Decidí, por tanto, tener paciencia y continuar comportándome como lo había venido haciendo hasta el presente. A las dos semanas Al-Thani me pidió que preparara el equipaje, y a la mañana siguiente nos encaminamos a El Dorado con el fin de embarcar en un vetusto y cochambroso avión cuyo destino final era Pasto, en el departamento de Nariño.

Un todoterreno de alquiler nos esperaba en el mismo aeropuerto, y me desconcertó descubrir que la reserva estaba hecha a mi nombre. No me gustó nada. Nada en absoluto.

Firmé el contrato y acepté la documentación sin rechistar, pero tomé buena nota del detalle.

¿Por qué yo?

¿Por qué alguien que Hazihabdulatif sabía muy bien que viajaba con documentación falsa?

¿Quizá porque la suya era aún más falsa que la mía?

Fui a buscar el vehículo al aparcamiento, y al regresar para recoger el equipaje advertí que Al-Thani cargaba una pesada bolsa roja que no habíamos facturado en Bogotá.

—Eso no es nuestro —dije.

—Sí que lo es —replicó secamente—. Y no hagas preguntas...

Consultó un mapa, se puso al volante y emprendimos la marcha a través de una sinuosa carretera que de tanto en tanto atravesaba densas zonas de vegetación auténticamente selvática.

En otras ocasiones discurríamos junto a enormes precipicios que me obligaban a cerrar los ojos, convencida de que si caíamos por uno de ellos pasarían años antes de que descubrieran nuestros cadáveres.

Al cabo de un par de horas no pude contenerme y acabé por inquirir:

—¿Qué hay en esa bolsa?

—Dinero.

—¿Solamente dinero?

—Solamente dinero.

—Pues debe ser mucho.

—Lo es.

—¿Y para qué lo quieres?

Se volvió a mirarme de soslayo.

—¡No te hagas la estúpida! —señaló con acritud—. Lo sabes muy bien.

—¿Vas a comprar heroína?

—Exactamente.

—¿Y qué haremos con ella?

—Pasar al Ecuador.

La frontera ecuatoriana estaba muy cerca, eso ya lo sabía, pero lo que no supe —y ni siquiera imaginé hasta aquel momento— era que el famoso y temido Cimitarra tuviera intención de cruzarla transportando un cargamento de heroína en un vehículo alquilado a mi nombre.

No me lo merecía.

Han pasado muchos años y aún sigo convencida de

que no merecía semejante trato teniendo en cuenta que le había salvado la vida en un tablao flamenco y me había arriesgado por él arrastrándole moribundo por media España.

Pero no dije nada. No lo dije hasta media hora después:

—Tengo pis.

—Pararé en la primera gasolinera.

—No creo que aguante. Lo haré aquí mismo.

Se detuvo al borde de la carretera y me adentré en la espesura.

Tal como suponía, aprovechó la ocasión para orinar a su vez y estirar un poco las piernas, por lo que se encontraba paseando en el centro de la solitaria carretera cuando se volvió y me vio surgir de entre los árboles con el arma empuñada.

Lo comprendió en el acto. Me conocía muy bien, aunque resultó evidente que me conocía mucho peor de lo que imaginaba, y que, en realidad, no llegó a conocerme a fondo hasta aquel mismo momento.

—Si es por el dinero, puedes llevártelo —aventuró con voz ronca.

—No es por el dinero, y lo sabes —repliqué.

—Supongo que debería saberlo —admitió.

Giró sobre sí mismo y se alejó hacia los árboles, nunca he sabido bien si confiando en que por el hecho de darme la espalda no sería capaz de disparar o, tal vez, para facilitarme las cosas.

Fue una ejecución rápida y limpia, tal como se merece alguien que trafica con heroína y traiciona a quien le debe la vida, pero aun así sigue siendo su amigo.

Arrastré el cuerpo para empujarlo al fondo de una pequeña hondonada y me alejé de allí convencida de que tardarían mucho tiempo en encontrarle, si es que alguna vez alguien se detenía a orinar en tan desolado rincón del universo.

A menudo pienso en él.

En cierto modo se le podía considerar un gran tipo.

Un gran tipo que cometía demasiados errores.

Y había elegido un ambiente en el que los errores se pagan con la vida.

Me enamoré de Ecuador desde el momento en que lo vi.

Apenas crucé una frontera en la que dos perros husmearon cada rincón del todoterreno a la búsqueda de una droga que de haber existido estoy convencida de que hubieran acabado por encontrar, tomé conciencia de que todo a mi alrededor había cambiado pese a que en cierto modo el paisaje circundante continuara siendo el mismo.

Colombia no puede evitar ser un país violento y agresivo, con una raíz de violencia que se remonta a varias generaciones, y una agresividad que ha ido en aumento a medida que políticos y narcotraficantes se han empeñado en alimentarla día tras día como a una gran bestia con la que esperan aniquilar a sus enemigos, sin comprender que serán ellos los primeros en acabar aniquilados.

No soy quién, ni me encuentro lo suficientemente preparada, como para aventurar un ligero esbozo de las razones últimas de esa desatada violencia que se ha convertido en un cáncer social entre los colombianos, y lo único que puedo decir es que flotaba en el ambiente, envolvía como una bruma impalpable, y obligaba a mantenerse en tensión temiendo que desde cualquier punto surgiera de improviso un golpe mortal.

Es posible que en cualquier otro país no me hubiera decidido a acabar con Al-Thani.

Estoy convencida de que en Ecuador no me hubiera sentido tan incontrolablemente agresiva.

¿Quién sabe?

A menudo he intentado recordar si aquel día estaba a punto de venirme la regla.

De ser así tal vez influyó en mi decisión.

Colombia, la violencia, la selva, la decepción al saberme traicionada y la sorda tensión que en ocasiones me invade cuando estoy a punto de menstruar me empujaron a apretar el gatillo, aunque admito que con posterioridad lo apreté en infinidad de ocasiones sin que existieran circunstancias atenuantes.

No obstante, a medida que me iba adentrando en Ecuador, me sentía más y más relajada, y en cuanto aparqué el vehículo en una callejuela de Otavalo y me mezclé con una abigarrada multitud de indígenas de coloridos ropajes y docenas de turistas que lo curioseaban todo con manifiesto asombro, me asaltó la impresión de que en aquel país me encontraba a salvo y por primera vez en mucho tiempo ningún peligro me acechaba.

Son tan escasas las ocasiones en que he experimentado algo semejante.

¡Tan escasas!

Era como si por primera vez en años me estuvieran

permitiendo respirar a pleno pulmón y sin ningún tipo de ataduras, y me maravillaba ver sonreír continuamente a la gente mientras a mi alrededor pululaban docenas de chicuelos que me besaban las manos cuando les entregaba unas monedas.

Me compré un precioso poncho color lila que me recordó en cierto modo al raído poncho rojo del inefable Alejandro, almorcé en el minúsculo restaurante que se alza junto a las enormes arcadas de piedra de la plaza del mercado, y disfruté de una indescriptible e impagable libertad tras tanto tiempo de saberme ligada de una forma absurda al mundo de intrigas y violencia de Hazihabdulatif.

Serenidad.

Esa es a mi modo de ver la palabra que mejor reflejaba mi estado de ánimo en aquellos momentos. Serenidad en perfecta sintonía con un bucólico paisaje de altas montañas, verdes praderas y oscuros bosques de eucaliptos entre los que transitaban hombres, mujeres y niños de piel oscura, pequeños, activos y silenciosos, pero que parecían querer competir en el colorido de sus ropajes con toda la gama de tonalidades del arcoíris que a media tarde hizo su aparición entre dos lejanas colinas.

¡Serenidad!

¡Qué palabra tan hermosa para quien, como yo, vivía desde tanto tiempo atrás en un continuo conflicto interior!

Para un espíritu tan caprichosamente atribulado como el mío, una hora de íntima armonía puede llegar a ser tan importante como el agua que apaga la sed o el aire que permite respirar.

Y Ecuador me ofreció eso. Eso, y mucho más.

Ecuador me ofreció la oportunidad de encontrarme a mí misma, permitiendo que mis numerosos e infatigables fantasmas personales me abandonaran por un corto período de tiempo.

De Otavalo seguí hacia Quito, y Quito me fascinó.

¡Qué ciudad tan perfecta!

¡Qué clima, qué gente, qué paisaje...!

De verde intenso, siempre limpio, y con el majestuoso volcán Pichincha dominándolo todo.

Me hospedé en el hotel Quito, que se alza justo en el punto por el que Francisco de Orellana se lanzó a la loca aventura de descubrir el río Amazonas para atravesar por primera vez el continente de parte a parte, y si alguna vez hubiera poseído una casa que pudiera considerar auténticamente mía, supongo que me habría sentido en ella tan a gusto como me sentía en aquel inolvidable lugar.

Recuerdo que amanecía siempre a las seis en punto, y era como si de pronto se encendiera una luz sin transición alguna, y el ancho valle que se abría ante mi ventana aparecía tan cubierto de flores como el más cuidado de los jardines.

A media mañana bajaba a la piscina, donde tenía que protegerme de un sol que allí, a tres mil metros de altitud y en plena línea ecuatorial, abrasaba como un hierro al rojo, pero luego, a las doce en punto, observaba día tras día, con exactitud cronométrica, cómo las nubes llegaban desde la Amazonía para descargar larga y mansamente sobre la ciudad.

En cuanto se alejaban de nuevo lucía un esplendoroso sol sobre los volcanes y colinas que aparecían recién lavadas, limpias y oliendo a tierra mojada.

A las cinco de la tarde llegaba una espesa bruma que envolvía la ciudad en un manto de misterio, y a las seis en punto, ni un minuto más, cerraba una noche oscura como boca de lobo.

Paz.

Y tiempo para pensar.

Algunos días me aventuraba en largas excursiones en las que descendía por la increíble carretera que se abre paso a todo lo largo de la impresionante avenida de los Volcanes flanqueada por gigantescos picachos eternamente nevados, o me aproximaba al monumento que señala el punto exacto por el que pasa la raya que divide los dos hemisferios de la Tierra.

¡Cómo me gustó Latacunga con su hermosa laguna y sus rebaños de alpacas y llamas!

¡O Santo Domingo de los Colorados, con sus indios que parecen extraídos de una película!

Me comportaba como una turista más.

Una despreocupada turista que jamás hubiera hecho daño a nadie y a la que evidentemente le sobraba el dinero.

¡Dinero!

Nada menos que cuatrocientos mil dólares contenía la misteriosa bolsa roja que alguien había entregado a Hazihabdulatif en Pasto.

Los dividí en tres partes.

Una la envié a una cuenta secreta en Suiza.

Otra la enterré muy cerca de la estatua de Francisco

de Orellana, que se alza al fondo de los jardines del hotel Quito, y aún debe seguir allí.

Y la tercera me la quedé para sentirme rica por primera vez en mi vida.

¡Es bueno sentirse rica de vez en cuando!

Resulta muy agradable el hecho de poder vivir en hoteles de lujo, cenar en los mejores restaurantes, e incluso permitirse la excentricidad de perder en la ruleta.

En los bajos del hotel se abrían las salas de un coqueto casino al que me gustaba acudir de tanto en tanto sabiendo que con doscientos dólares me entretenía toda la noche sin preocuparme más que de la posibilidad de que salieran mis números.

¡Qué persona tan distinta debía parecer en aquellos momentos!

Aún me parece mentira al recordarlo.

Una noche se sentó a mi lado un tipo alto, flaco, narigudo y desgarbado.

No tenía nada de especial, aunque aquella misma mañana lo había estado observando en la piscina, ya que me había llamado la atención el hecho de que sin ser lo que pudiera considerarse un auténtico atleta o un nadador de estilo impecable, se movía en el agua con la gracia y la agilidad de una nutria, hasta el punto de que podía creerse que era más un ser casi acuícola que terrestre.

En el casino parecía, no obstante, un extraterrestre, y lo observaba todo con la expresión de asombro y estupefacción de alguien que acabara de llegar de la más profunda selva.

No dijo nada, pero al cabo de un rato pareció avergonzarse de permanecer allí clavado como una estatua, por lo que avanzó la mano para colocar dos pequeñas fichas sobre el tapete. Una en el pasa y otra en el falta.

El crupier le dirigió una significativa mirada de desprecio, pero se limitó a hacer girar el mágico cilindro.

Si no recuerdo mal salió el catorce, por lo que lógicamente el narigudo perdió una ficha y ganó otra.

Se diría que con eso se sentía satisfecho.

Insistió en idéntico juego.

Y naturalmente volvieron a quitarle una ficha y pagarle otra.

Sonrió feliz.

A la quinta oportunidad ya no pude contenerme.

—Cuando apuesta a falta, está jugando del uno al dieciocho —le hice notar—. Y al apostar al pasa, del diecinueve al treinta y seis. Así nunca ganará.

—Pero tampoco perderé. Y no estoy tan loco como para pretender ganar el primer día —fue su desconcertante respuesta—. Me conformo con entretenerme y aprender.

—Sin embargo —le hice notar—, en cuanto salga uno de los ceros le quitarán la mitad en cada una de las apuestas.

Las ruletas ecuatorianas tienen, como todas las del continente, dos ceros en lugar de uno, lo cual las diferencia de las europeas.

Eso pareció confundirle, por lo que estudió el tapete y por último inquirió:

—¿Y cuándo suelen salir los ceros?

—No tengo ni idea. ¡Ojalá lo supiera!

—¡Vaya por Dios!

Se rascó pensativamente las cejas, se volvió a mirarme de frente y se diría que fue en ese preciso instante cuando reparó en el hecho de que estaba hablando con una mujer joven y quiero suponer que muy atractiva.

—Perdone si le parezco estúpido —se disculpó con una tímida sonrisa—. Pero es que en las Galápagos no hay casinos, y jamás había visto antes una ruleta.

—¿Vive en las Galápagos? —inquirí de inmediato, puesto que era uno de los lugares que deseaba visitar pero me habían advertido en la oficina de turismo que se hacía necesario solicitar plaza con mucho tiempo de antelación.

Asintió en un casi imperceptible gesto de la cabeza mientras respiraba satisfecho al comprobar que la bolita no había caído en ninguno de los ceros.

—¿Desde cuándo?

—Desde siempre. Nací allí.

Yo había leído varios libros y visto infinidad de documentales sobre las islas Galápagos y su extraña y maravillosa fauna, pero debo admitir que jamás se me había pasado por la cabeza la idea de que alguien pudiera nacer y vivir en ellas, y así se lo hice notar.

Me miró como a una retrasada mental.

—¿Y por qué no? —replicó—. En Isabela hay un pueblo, aunque yo nací en Santa Cruz. Mi abuelo fue uno de los creadores de la Fundación Darwin y luego la dirigió mi padre. Yo estoy especializado en iguanas marinas.

—¿Especializado en iguanas marinas? —repetí—. ¡No puedo creerlo!

Nos pasamos el resto de la velada charlando sobre

iguanas marinas y sus diferencias con las de tierra, así como de focas, tortugas gigantes, pinzones de diferentes tipos y toda clase de bichos exóticos, y debo reconocer que fue sin lugar a dudas una de las noches más inolvidables de mi vida.

Mario amaba a los animales. Más que amarlos se podría asegurar que era uno entre ellos, aunque referido siempre a lo mejor que existe en ellos.

Había nacido y se había criado en un ambiente en el que cada ser viviente —y en ello incluyo a la mayor parte de las especies vegetales— tenía sus propios hábitos y sus propias características, y estaba claro que lo sabía casi todo sobre sus pautas de comportamiento.

Era como una enciclopedia de la naturaleza, o como un joven comandante Cousteau —al cual en cierto modo se parecía por lo alto, lo flaco, lo desgarbado, lo narigudo y lo tan de otro mundo—, y sin ser, repito, un hombre en absoluto atractivo, cautivaba por su forma de expresarse.

Con el tiempo llegué a la conclusión de que era una especie de niño grande que tenía la virtud de despertar el instinto maternal de las mujeres.

¿A quién se le ocurre especializarse en un bicho tan feo como una iguana marina?

Únicamente a Mario.

Entendí por qué por la mañana me había dado la impresión de que se movía en el agua como una nutria, y por qué tenía aquella narizota alargada y aquellos acuosos ojos de un azul inquisitivo. Por lo visto se pasaba horas bajo el mar, observando a unos negruzcos lagartos de aspecto terrorífico que, no obstante, resultaban inofensivos ya que tan solo se alimentaban de algas, pero incluso cuando me contaba cómo se sumergía tras unos bichos a primera vista tan poco interesantes, vigilando siempre que no hiciera su aparición a sus espaldas un tiburón hambriento, captaba mi atención con la misma intensidad que si se estuviese refiriendo a una peligrosa cacería de leones o elefantes en pleno corazón del continente negro.

La razón de su viaje a Quito no era otra que la de presionar a las autoridades con el fin de que redujeran aún más el cupo de visitantes a un parque natural que comenzaba a presentar preocupantes pruebas de degradación, y recuerdo que estuvimos a punto de enzarzarnos en una acalorada discusión cuando le acusé de estar pretendiendo limitar al disfrute exclusivo de sí mismo y un elegido grupo de los suyos un rincón del planeta que debería ser considerado en justicia Patrimonio de la Humanidad.

¡Absurdo! Absurdo y desconcertante que alguien que venía de pegarle un tiro en la cabeza a su mejor amigo para arrojar su cadáver al fondo de un barranco, se dedicase a teorizar sobre parques naturales, pero así era, puesto que en cierto modo me estaba comportando como correspondía a una muchacha de mi edad.

Ecuador, repito, me había cambiado, e incluso permitió que dejara a un lado el obsesivo recuerdo de Sebastián, puesto que ese recuerdo se limitaba en aquellos momentos al de un querido ser que había muerto años atrás, y cuya sombra no compartía ya mi lecho noche tras noche.

Y es que debo admitir que hasta el día de mi llegada

a Quito, raramente había estado en consonancia con mi auténtica naturaleza.

El divorcio entre lo que debía haber sido y lo que en realidad era resultaba evidente, y las pesadillas y obsesiones que de continuo me asaltaban me impedían disfrutar de los más sencillos placeres de la vida.

Disentir acaloradamente sobre la política a seguir en un parque natural podía muy bien ser uno de ellos.

Captar la intensidad de la admiración con que me observaba un hombre tímido e inexperto que parecía haber entendido desde el primer momento que estaba totalmente fuera de su alcance, también.

Disfrutar de una buena cena, de una hora de ruleta, de una tranquila visita a las pintorescas aldeas del valle que parecían no haber cambiado en el transcurso de los últimos quinientos años, también.

Era como si por el hecho de haber cruzado la línea que divide en dos el mundo y haberme internado treinta kilómetros en el hemisferio sur, mi mente hubiera cambiado al igual que cambian las estaciones o comienzan a cambiar las estrellas en el firmamento.

A partir de allí, hacia el sur, el invierno se volvía verano y el verano invierno. A partir de allí, durante las noches, en el cielo no reinaba la Estrella Polar, sino la Cruz del Sur. A partir de allí nacían las antípodas. En cierto modo me había convertido en mi propia antípoda.

La noche que invité a Mario a subir a mi dormitorio creyó estar soñando. Y en el momento en que descubrió que era virgen se cayó de la cama.

No fue una noche de pasión, pero sí de ternura. No

escuché los hermosos susurros que escuchaba de niña en el cuarto vecino, pero no me hizo falta. Percibía su profundo respeto.

Deseo, admiración y repito que casi incredulidad, pero sobre todo respeto por parte de un hombre que contemplaba mi cuerpo como quien contempla una irrepetible puesta de sol o un cuadro de Goya.

Y eso bastó para hacerme feliz.

Más feliz que un desatado orgasmo de los que tenían la virtud de desencajar el rostro de doña Adela.

No hubo sudores, ni jadeos, ni convulsiones.

Pero hubo, eso sí, una exquisita delicadeza en cada gesto y en cada palabra, puesto que Mario pareció comprender desde el primer instante que le estaba haciendo entrega de un presente sumamente valioso.

—¿Por qué yo?

¿Qué respuesta puede darse a un desconocido al que acabas de ofrecer un tesoro que te has esforzado en conservar intacto toda la vida?

¿Por qué él?

¿Tal vez porque fue el primer hombre que conocí en el nacimiento de las antípodas?

¿Qué importancia tiene?

Ocurrió porque algún día tenía que ocurrir y jamás me arrepentí de que hubiese sucedido de ese modo.

Siguieron días muy hermosos, y quiero creer que lo fueron tanto debido al hecho de que no nos unía una pasión desenfrenada, sino más bien una especie de cómplice camaradería que nos permitía disfrutar de cuanto nos rodeaba sin estar pensando continuamente en el sexo.

Decidimos conocer juntos la Amazonía para pasar toda una semana en un acogedor hotel que se alzaba en pleno corazón de la selva, a orillas del Napo, al otro lado del cual se abría el territorio de los feroces aucas que jamás cruzaban el río pero que alanceaban hasta morir a todo aquel que osara poner el pie en sus tierras.

El hotel Jaguar era, sin lugar a dudas, el paraíso de las mariposas y las orquídeas, aunque por desgracia lo era también de los mosquitos.

Pero resulta divertido y sumamente exótico el hecho de hacer el amor bajo un inmenso mosquitero escuchando el lejano rugido de un jaguar y sabiendo que a menos de un kilómetro de distancia acechan indios salvajes.

¡Mario, Mario! En estos momentos te imagino en tus hermosas islas del confín del universo fotografiando iguanas bajo el agua y atento a que un tiburón no te arranque una pierna.

De vuelta en una diminuta avioneta de nuestra inolvidable expedición al deslumbrante oriente ecuatoriano, dejé a Mario en el aeropuerto, puesto que tenía que regresar de inmediato a su archipiélago.

Quedamos en que en cuanto me consiguiera una plaza en el viejo avión militar que une las islas con Guayaquil dos veces por semana, acudiría a recogerme a la antigua base americana del islote de Baltra.

Quería presentarme a sus padres.

Lo recuerdo y no puedo por menos que asombrarme: hubo una vez un hombre que quiso presentarme a sus padres.

Está claro que se trataba de un antípoda. Aunque

cuando me detengo a meditar en ello, debo admitir que tal vez una pequeña isla a mil kilómetros de la costa ecuatoriana en pleno océano Pacífico hubiera constituido el lugar ideal para que alguien como yo rehiciera su vida.

Estoy hablando de la posibilidad de rehacer mi vida cuando todavía no había cumplido veintitrés años y acababa de acostarme por primera vez con un hombre.

¡Qué equivocada he estado siempre!

¡Qué equivocada!

Pero tan remota posibilidad de enderezar mi rumbo se truncó ese mismo día, ya que en el momento de pedir la llave de mi habitación, el conserje se inclinó hacia delante para musitar con voz de manifiesta complicidad:

—Un pastuso la anda buscando.

—¿Quién?

—Un pastuso... —repitió visiblemente nervioso—. Un colombiano que por el acento juraría que viene de Pasto. —Hizo una larga y significativa pausa para añadir—: Y tiene aspecto de ser mala gente, señorita. ¡Muy mala gente!

—¿Dónde está?

—Lo acomodé en la ciento catorce, pero se ha ido a los toros. Me ha dado cien dólares para que le avise en cuanto llegue.

—¡Gracias! —Le alargué tres billetes de cien dólares—. Esto para usted. Pida que me preparen la cuenta y cuando vuelva ese pastuso le dice que he abandonado la ciudad sin dar explicaciones.

Sabía que tenía poco más de una hora de tiempo, puesto que en Quito las corridas de toros se suelen celebrar por las mañanas para que acaben antes de que empiece a llover.

Hice el equipaje, me cercioré de que no había nadie por los pasillos, y me encaminé a la habitación ciento catorce.

Entre las muchas cosas que había aprendido con Al-Thani, había aprendido lógicamente la forma de abrir una cerradura tan sencilla como la de una puerta de habitación de hotel.

El tipo se llamaba Cirilo Barrientos y tenía una cara de hijo de la gran puta que no podía disimular ni en la fotografía familiar que descansaba sobre la mesilla de noche y en la que se le podía ver con una pelirroja bastante atractiva y tres chicuelos de corta edad.

En el fondo de la maleta ocultaba un revólver calibre treinta y ocho con el percutor cubierto, que es el arma preferida por los agentes de la CIA y los sicarios colombianos, ya que acostumbran a disparar desde el interior del bolsillo sin que se enganche en la tela.

Me la llevé, del mismo modo que me llevé la foto familiar, su carnet de conducir y las llaves de su coche.

Yo sabía muy bien que en Quito a nadie se le ocurría ir a los toros en su propio vehículo, consciente de las dificultades que presenta el aparcar cerca de la plaza, y tras hacer que cargaran el equipaje en mi todoterreno, no me costó mucho descubrir que en el estacionamiento del hotel se encontraba otro muy parecido con matrícula colombiana.

Era el de Cirilo Barrientos, lo abrí con sus llaves y me quedé con el delco y la documentación que guardaba en la guantera.

Luego, y en el momento en que las primeras gotas golpeaban contra el parabrisas, enfilé hacia el sur por la carretera que se dirige a Guayaquil, y que a mi modo de ver es la más hermosa que pueda existir en este mundo.

Al llegar a Ambato hice un alto en el camino, telefoneé al hotel Quito y rogué que me comunicaran con la habitación ciento catorce.

El hombre tenía una voz ronca, hostil y aguardentosa, y evidentemente se encontraba de un humor de perros.

—¿Por qué me busca? —quise saber.

—Tienes algo que nos pertenece. —Fue su seca respuesta.

—¿La bolsa roja? —inquirí—. Busque a Hazihabdulatif y pídasela a él. Me dio veinte mil dólares para que alquilara un coche y le esperara en Quito, pero no ha aparecido. Por lo que sé se dirigía a Bolivia, a cerrar un negocio.

—¿A Bolivia...? —repitió visiblemente alarmado—. ¡Hijo de la gran puta! ¿Y la cita que tenía en Tulcán?

—No sé nada de ninguna cita en Tulcán —repliqué, y en esta ocasión no mentía—. Lo único que sé es que me engañó.

—¿Podemos vernos?

—Ni por lo más remoto.

—¿Por qué?

—Porque no tenemos nada de qué hablar. —Hice una corta pausa y cambié el tono de voz—. Y recuerde una cosa: yo sé quién es usted, dónde vive y cuántos hijos tiene... Por cierto, la niña es preciosa. Sin embargo, usted no tiene ni idea de quién soy, cómo me llamo en realidad, ni qué clase de amigos tengo. Si promete olvidarse de mí, le prometo olvidarme de usted y de su hermosa familia.

—¿Y qué pasará con el dinero?

—Busque a Al-Thani y que él se lo explique.

Guardó silencio unos instantes, debió meditar a fondo mi propuesta y al fin admitió en un tono de voz que se me antojó sincero:

—Trato hecho, pero devuélvame mis cosas.

—Se las enviaré a su casa. Pero la foto familiar me la quedo. Y el arma también. Es magnífica.

Lanzó un reniego, y colgué.

Seguí mi camino y mientras conducía llegué a la conclusión de que el tal Cirilo Barrientos era sin lugar a dudas el más inepto de la larga lista de ineptos con los que me había tropezado hasta el momento —ahora puedo asegurar que incluso de cuantos me tropecé más adelante— en este complicado mundo de la marginalidad.

Un auténtico profesional no se puede comportar en absoluto como él lo hizo.

Un auténtico profesional que recibe el encargo de recuperar cuatrocientos mil dólares escamoteados a un cártel de la droga, no tiene derecho a ir por el mundo dejando la fotografía de su mujer y sus hijos en la mesilla de noche de un hotel para marcharse tranquilamente a los toros.

Entre otras cosas, porque se supone que un asesino a sueldo no debe tener mujer e hijos. El hecho de que los tenga rompe todos los esquemas.

A Cirilo Barrientos debió perderle el hecho de imaginar que iba tras las huellas de una pobre mantenida que había llegado sola y despistada a un país desconocido, y probablemente no pretendía otra cosa que irse a la cama con el primero que le dijera por ahí te pudras.

Craso error, aunque en su descargo lo único que se me ocurre es que si se tratara de un hombre siquiera medianamente inteligente habría alcanzado años atrás la cúpula del narcotráfico colombiano en lugar de seguir siendo a su edad un simple sicario, bueno tan solo para perseguir muchachas supuestamente inofensivas.

De haber sido tan solo algo más listo, Cirilo Barrientos habría tenido muy en cuenta quién era en realidad Hazihabdulatif Al-Thani, y, por lo tanto, debería haber imaginado que quienquiera que compartiese su vida no podía ser absolutamente inofensivo.

Nadie deambula más de un año entre la basura sin ensuciarse. Nadie vive rodeado de terroristas y maleantes sin aprender algunos trucos. Nadie sobrevive en un océano tempestuoso sin haber aprendido a nadar.

A los veintitrés años yo aún no sabía mamarla —cosa que hoy en día practican de maravilla la mayor parte de las chicas de dieciséis—, pero sabía cómo hacer frente a situaciones que pondrían los pelos de punta a la más experimentada prostituta.

Admito que es más lógico, divertido e incluso saludable dedicarse a mamarla con estilo, haciendo de paso feliz a un hombre, que a forzar habitaciones de hotel, atracar bancos o matar gente, pero aquella era la forma de vida que había elegido, y lo que estaba claro es que empezaba a ser bastante buena en mi oficio.

Guayaquil se me antojó la otra cara de la moneda

de Quito; es decir, una ciudad sucia, maloliente y bochornosa. Aunque entra dentro de lo posible que tan negativa y cuestionable apreciación se debiera más que nada a mi negro estado de ánimo.

Me hospedé en un hotelucho de mala muerte en el que ni siquiera se molestaron en pedirme la documentación, y durante todo un día me dediqué a sopesar los pros y los contras de seguir adelante con el plan de visitar las Galápagos.

No obstante, muy pronto llegué a la conclusión de que no tenía derecho a hacerle daño a alguien que se había comportado conmigo con tan exquisita delicadeza.

Me constaba que no estaba enamorada de Mario, ni que probablemente llegara a estarlo nunca.

Era un buen hombre. Demasiado bueno para cargar con alguien como yo, y lo mejor que podría ocurrirle era olvidar con el tiempo su hermosa aventura quiteña, para regresar con sus iguanas y encontrar algún día una mujer a su medida.

Dejé el todoterreno en el aparcamiento del aeropuerto, introduje las llaves en el buzón de la compañía de alquiler y a los pocos minutos me embarqué en el primer avión.

Salí de Ecuador con un pasaporte a nombre de Isabel Ramírez y entré en Panamá con otro a nombre de Náima Dávila sin que nadie advirtiera el cambio.

Los aduaneros suelen fijarse más en las caras y las fotos que en los nombres. Sobre todo si se trata de una mujer joven y llamativa. A veces temo estar repitiendo en exceso que soy llamativa. No es por presunción, ni porque me sienta especialmente orgullosa de serlo; es porque estimo que ciertos pasajes de mi historia no llegarían a entenderse a no ser que quede muy bien establecido que mi aspecto físico tiene mucho que ver en mi forma de comportarme.

Precisamente por eso, por considerar que resulto demasiado llamativa como para andar sola incluso en una ciudad tan atestada de hombres de negocios que acuden a lavar dinero sucio entre ambos océanos como Panamá, decidí que si pretendía que mi rastro se diluyera aún más necesitaba buscarme una convincente tapadera.

El elegido fue el ínclito Jack Corazza, el alto ejecutivo más pagado de sí mismo que haya nacido nunca en Las Vegas, y que pareció aceptar como algo absolutamente normal y lógico que me prendara de sus encantos en cuanto se dignó dirigirme la palabra en el bar del hotel.

¡Qué tipo tan presuntuoso!

Fatuo hasta la exageración, pero la clase de persona que me venía como anillo al dedo en aquellos momentos, puesto que a la media hora de conocerme ya me había invitado a visitar media docena de países en el jet privado de la compañía de la que al parecer era director general de Compras.

—¿Y qué es lo que compras? —quise saber.

—Tierras. ¡Enormes extensiones de tierra!

Y era cierto.

Acepté su invitación, por lo que a los dos días aterrizamos en la cercana península mexicana de Baja California, donde inició de inmediato negociaciones para quedarse con un inmenso valle pagándolo en el acto y en billetes contantes y sonantes.

Por lo que me contó, aquel había sido uno de los lugares más fértiles del continente que abastecía de frutas exóticas Estados Unidos hasta que a mediados de los años cincuenta se agotaron sus pozos y comenzó convertirse en un inmenso erial.

Ahora, semidesértico y abandonado, ofrecía un aspecto lamentable con enormes caserones que se caían a pedazos, viejos troncos que semejaban sarmientos y famélicas cabras que habían devorado ya hasta la última brizna de hierba.

Era, a mi modo de ver, el lugar más inhóspito y desolado del planeta, pero al fantasioso Jack Corazza pareció entusiasmarle, puesto que, apoltronado en un viejo butacón del único hotel que quedaba en la zona, iba recibiendo uno por uno a los campesinos que hacían cola con sus documentos de propiedad en la mano, y en cuanto sus abogados certificaban que estaban en regla les colocaba un montón de dólares sobre la mesa y les obligaba a firmar un contrato de venta.

¡Se me antojaba un derroche! ¡Un auténtico despilfarro!

Nunca imaginé que alguien pudiera regalar dinero de aquella forma, y el hecho de advertir la magnitud de mi desconcierto hacía feliz a un pavo real, cuya mayor satisfacción parecía ser la de epatar a cuantos le rodeaban con sus inconcebibles desplantes y sus locos sueños de grandeza.

Era, eso sí, un duro negociador. Pagaba en el acto y sin inmutarse, pero pagaba siempre el precio que él mismo establecía, y se negaba a aceptar cualquier tentativa de negociación.

—¡O lo tomas, o lo dejas! —Era su única oferta.

Y la inmensa mayoría lo tomaba, puesto que mirándolo bien, lo que estaba vendiendo ya no valía nada.

De ese modo, la empresa, que supongo que no había que ser demasiado listo como para llegar a la conclusión de que pertenecía a la mafia de los casinos y la droga de Las Vegas, reciclaba miles de millones de dólares, ya que los contratos de compraventa se firmaban por cantidades ridículas, mientras que el verdadero precio se pagaba en billetes usados.

Pero ¿qué objetivo tenía lavar tantísimo dinero si lo que se estaba obteniendo a cambio no valía ni la décima parte?

—¿Acaso es que hay petróleo? —quise saber—. ¿Oro, diamantes, minerales valiosos...?

—Aquí no hay nada, cariño —replicaba con desconcertante sinceridad—. No hay más que tierra. Yo únicamente compro tierras.

—Pero ¿por qué?

—Porque así se llama nuestra compañía: Tierras y Tierras, y hemos adquirido ya miles de millones de hectáreas en los cinco continentes.

—¿Y qué hacéis con ellas? ¿Las revendéis más caras?

—¡Dios me libre! —se escandalizó—. Nosotros no vendemos. Solo compramos.

Y era cierto, repito.

Pasé mucho tiempo a su lado, recorrimos cerca de una veintena de países, y lo único que hizo en ese tiempo fue comprar y comprar eriales irredentos por los que ni los beduinos hubieran ofrecido un centavo.

Al fin, la noche que me negué en redondo a acompañarle a Mauritania para ser testigo una vez más de cómo hacía el idiota pavoneándose ante los pobres lugareños que por un puñado de dólares serían capaces de venderle un desierto del tamaño de Andalucía, tomó asiento en el borde de la cama, me obligó a alzar el rostro para mirarle directamente a los ojos y, por último, inquirió:

—¿Realmente aún no has entendido por qué hago lo que hago?

—Lo único que he entendido es que lavas sumas prodigiosas de un dinero que supongo que proviene de un sinfín de negocios sucios.

—¿Nada más? En ese caso eres menos inteligente de lo que suponía.

—¿Qué tiene de inteligente tirar el dinero de ese modo? —me indigné—. ¿Cómo esperas recuperarlo?

—No solo espero recuperarlo —sentenció seguro de sí mismo—. Lo recuperaremos multiplicado por mil, y además será absolutamente legal.

—¿Cómo? —quise saber cada vez más intrigada.

—Con visión de futuro. Los grandes imperios se hacen siempre con visión de futuro —añadió sin su fatuidad habitual—. Hace poco más de un siglo el mundo comenzó a industrializarse y unos pocos comprendieron que muy pronto esa industria demandaría ingentes cantidades de energía. Ya no bastaba con el esfuerzo humano ni la tracción animal. ¡Ni siquiera con el carbón!

»Pero ellos, esos precursores, se hicieron con el control del petróleo, la energía hidráulica y, por último, la energía nuclear. Petroleras y eléctricas se convirtieron en los nuevos dirigentes de la economía mundial.

—Hasta ahí lo entiendo —admití.

—Luego, hace unos treinta años, surgió la revolución electrónica y de ella han nacido también poderosísimos imperios. —Sonrió de oreja a oreja—. Y dentro de muy poco surgirá la revolución agrícola, y ahí es donde estará presente Tierras y Tierras, Sociedad Anónima.

—¿Revolución agrícola? —no pude por menos que repetir estupefacta—. Pero ¿de qué demonios hablas? Todo el mundo sabe que el planeta se está desertizando, y el gran problema estriba en que cada día la población se amontona en mayor número en torno a las ciudades.

—¡Exacto! —reconoció—. Ese es el «gran problema». Pero siempre que la humanidad se ha enfrentado a un gran problema ha encontrado una gran solución, porque para eso el Creador nos dotó de inteligencia. Y esa gran solución se encuentra ya en camino.

—¿Y cuál es, si puede saberse?

—El agua.

¡No podía creerlo! ¡Aquel loco estaba realmente loco! ¡El agua!

—¡Pero si cada día hay menos agua! —exclamé.

—Lo sé —admitió—. Pero por eso mismo, muy pronto, sobrará. Ese es el reto, y esa será la victoria. ¿Acaso no te has dado cuenta de que todas las tierras que compro son potencialmente fértiles, se encuentran en países cálidos y, además, se alzan siempre a la orilla del mar?

—¡No! —reconocí—. No había caído en ello.

—¡Pues así es! —puntualizó—. Tierras que se convertirían en un vergel y en un emporio de riqueza si se regaran. —Hizo una corta pausa como para conferir mayor énfasis a lo que decía—. Y muy pronto las regaremos porque ya toda el agua de mar se puede convertir en agua dulce.

—¡Pero eso cuesta carísimo! —le hice notar.

—Lo sé —reconoció impasible—. Casi tan caro como le costaba un coche a mi abuelo, pero yo tengo cinco. Y casi tan caro como costaba hace diez años un teléfono móvil, pero ahora algunos grandes almacenes incluso los regalan. Nosotros confiamos en el ser humano porque sabemos que cuando encuentra un camino sabe seguirlo hasta el final, sea para bien o para mal. Y en este caso es para bien.

—Nunca se me hubiera ocurrido algo así de la mafia —repliqué, intentando hacer daño porque a decir verdad me sentía confusa y un tanto apabullada—. ¿Ahora, de pronto, confiáis en el ser humano?

—Yo no pertenezco a esa cosa que has mencionado, querida —puntualizó paciente—. Yo formo parte de la tercera generación de unos hombres que demostraron tener visión de futuro al fundar una ciudad como Las Vegas en pleno desierto. Y ahora nos consta que el exceso de liquidez que proporcionan ciertos negocios se convierte en un engorro. Por eso lo invertimos en algo que a la vuelta de una década será sólido, honrado y productivo: tierras excelentes. —Sonrió con cierta ironía—. Ten en cuenta que al fin y al cabo esa mafia a la que te refieres nació cuando los campesinos sicilianos se vieron obligados a emigrar. La cuarta generación de aquellos exiliados será dueña de un imperio que no admitirá fronteras, puesto que habrá sabido establecerse en infinidad de países, controlando legalmente la producción de alimentos en un mundo que se encontrará superpoblado y que necesitará, por lo tanto, de dichos alimentos.

Aprendí muchas cosas de Jack Corazza. Aprendí mucho sobre grandes negocios, sobre cómo mover ingentes sumas de dinero, o sobre cómo corromper a políticos y funcionarios públicos.

Aprendí a comportarme en un restaurante de superlujo, a mantener una conversación interesante en un inglés más o menos fluido, y a elegir muy bien mi elegante y sofisticado vestuario.

Y aprendí a ser rica sin ser rica como amante de un hombre poderoso,ególatra y excéntrico, pero en el fondo generoso e inteligente, que me cubrió de joyas de los pies a la cabeza. Aunque hubo algo: un fabuloso collar de zafiros que siempre guardó en su caja fuerte y nunca llegó a entregarme, puesto que la condición exigida para hacerlo era que me dejara dar por el culo, a lo que siempre me negué en redondo.

Desde entonces siempre he asociado la idea de zafiro a algo negro, profundo y, en cierto modo, denigrante y doloroso.

Nuestra historia en común acabó en París, y lo hizo como suelen acabar estas historias, sin demasiados reproches ni acritudes, puesto que en el fondo ambos habíamos obtenido lo que pretendíamos: Jack disfrutar de la compañía de una muchacha joven, atractiva y presentable, y yo de una cierta seguridad y una experiencia que me habría de resultar muy útil en el futuro.

Habiéndome quedado sola en París dediqué un par de semanas a ir de compras, hacer turismo y meditar sobre mi posible futuro como prostituta de lujo, visto que contaba con una considerable lista de números de teléfono de amigos de Jack que a menudo se habían mostrado más que dispuestos a tomar su relevo si se presentaba la ocasión.

No obstante, tenía muy claro que continuar con aquella vida significaba tanto como traicionar mis más profundas convicciones, y que haber matado a tres hombres y saberme rechazada por mi propia madre para acabar abriéndome de piernas a cambio de pulseras y abrigos de visón, no tenía el más mínimo sentido y carecía de la lógica más elemental.

Las circunstancias me habían obligado a aplazar durante casi dos años la misión que me había encomendado a mí misma el ya lejano día en que unos hijos de puta mataron a Sebastián, y sentada una tibia tarde de primavera en la terraza de un café de los Campos Elíseos llegué a la, a mi modo de ver, errónea decisión de que aquel era el momento idóneo para reemprender el camino iniciado.

Me compré un precioso deportivo, crucé la frontera por Irún sin que nadie reparase más que en el hecho de que era una turista en apariencia despreocupada y rica, y me dirigí directamente a Orense.

Me costó toda una semana localizar a Vicente, el aprendiz de relojero cuya detención había provocado la desbandada del grupo y de mi excesivamente largo exilio.

Trabajaba de pinche de cocina en un restaurante de mala muerte, y la noche que le abordé en una oscura esquina me confundió con una vulgar prostituta e hizo ademán de pasar de largo.

—¿Es que ya no me conoces?

Pareció realmente perplejo, pero casi de inmediato reaccionó y pude leer el miedo en sus ojos.

—¿Qué haces aquí? —quiso saber—. Si nos ven juntos estoy perdido.

—Necesito saber qué ocurrió aquel día.

—Que me encerraron, pero como mucha gente testificó que estaba aquí la noche en que mataron al turco y tampoco podían relacionarme directamente con los atracos, a las dos semanas me soltaron.

—¿Qué sabes de los otros?

—Alejandro y Emiliano continúan en Madrid. Diana desapareció del mapa. ¡Ojalá pudiera hacer lo mismo!

—¿Y quién te lo impide?

Me dirigió una larga mirada de asombro.

—¡Oh, vamos! —exclamó—. ¿Me has visto bien? Me echaron de la relojería y apenas gano para vivir.

—Cambia de país.

—¡Qué más quisiera yo! Mi tío, que trabaja de capataz en una hacienda argentina, me ha ofrecido trabajo, pero calculo que tardaré casi dos años en reunir el dinero para el pasaje.

—¿Cuánto necesitas?

Su expresión cambió y una luz de esperanza brilló en sus ojos.

—¿Me ayudarías?

—Sí, si prometes olvidarte de mí y no volver nunca.

—¡Trato hecho!

—¿Te arreglarías con tres millones?

—¡Dios santo! ¡Desde luego que sí!

Metí la mano en el bolso, le entregué el dinero que llevaba preparado, y se quedó mirándolo como si temiera estar soñando.

—¡Bendita seas! —exclamó.

—Vete de aquí y recuerda: nunca me has visto.

—Dalo por hecho. ¡Y gracias!

Hizo ademán de seguir su camino, pero de pronto se detuvo y me observó con extraña fijeza:

—Favor por favor —musitó—. No te fíes de ellos.

—¿De quién?

—De Emiliano y Alejandro. Nunca entendí por qué razón los dejaron en libertad, y no me sorprendería que los estuviesen utilizando como cebo. La policía sabe muy bien que fuiste tú quien apretó el gatillo y quien se largó con aquel moro. Por cierto, qué fue de él.

—Murió en la carretera —repliqué sin verme obligada a mentir.

—Era de suponer. ¡Bueno! Repito: gracias por todo y cuídate.

Se perdió en la noche y quiero suponer que en estos momentos vivirá en paz galopando en libertad por algún remoto lugar de la pampa argentina.

A la mañana siguiente abandoné Orense para dirigirme directamente al lago de Sanabria y sentarme a almorzar al aire libre junto a la orilla.

Hacía mucho tiempo que quería visitar el lugar del que tanto hablaba Sebastián, que siendo soldado había sido enviado a Ribadelago a raíz de la terrible catástrofe que destruyó todo un pueblo arrastrando al fondo de las aguas a la mayor parte de sus habitantes.

Para Sebastián aquella había sido la experiencia más amarga de su vida, puesto que se había visto obligado a participar en el rescate de docenas de cadáveres que habían ido a parar al fondo del lago cuando una gran presa se derrumbó en mitad de la noche arrasándolo todo.

Ahora, sentada allí y disfrutando de un agradable sol que no llegaba a calentar, trataba de imaginármelo, joven, fuerte y animoso, navegando en los metálicos lanchones del ejército para ir subiendo a bordo los destrozados cuerpos de unas víctimas a las que la muerte había sorprendido en pleno sueño.

¡Sebastián!

Se le saltaban las lágrimas al recordar aquella triste semana, y ahora yo contemplaba el paisaje que tantas veces me describió, preguntándome si esa misma tarde, a la hora de llegar a Tordesillas, debería elegir la carretera que me devolvería a París u optar por la que me conduciría directamente a Madrid.

París significaba olvidar el pasado y empezar de nuevo, no necesariamente como prostituta de lujo. Madrid significaba reencontrarme con lo peor de mi pasado y tal vez tener que acabar con dos viejos amigos. Emiliano y Alejandro.

Una voz en mi interior, una oscura voz que nunca miente, me advertía de que si tomaba el ramal de la derecha acabaría matándolos. Y que al matarlos me lanzaría nuevamente por el sinuoso tobogán que me conduciría al abismo.

¿Quién me obligaba a hacerlo?

Era joven, disfrutaba de una cómoda posición, había conseguido una nueva identidad, y todo un mundo de libertad se abría ante mí.

¿Qué me impulsaba a hacerlo?

Pensé una y otra vez en ello mientras conducía, disfrutando del paisaje, rumbo a Tordesillas.

¿Qué ganaría con hacerlo?

Las primeras casas hicieron su aparición en el horizonte.

¿Por qué querría nadie hacerlo?

¿Por qué el drogadicto recurre una y otra vez a la aguja que le está matando?

¿Por qué el alcohólico regresa noche tras noche al bar en el que sabe se destruye copa a copa?

¿Por qué el jugador disfruta frente a una ruleta sufriendo al ver cómo lo pierde todo sin solución posible?

¿Por qué un ama de casa destroza su hogar a causa de una estúpida aventura pasajera?

¿En qué rincón de nuestra mente se oculta ese sádico virus de la autodestrucción que de improviso hace acto de presencia reclamando sus indiscutibles derechos?

Daría cualquier cosa porque alguien me proporcionara una respuesta inteligente. O tan siquiera mínimamente lógica.

¿Acaso estaba loca?

En París me esperaba una vida plena.

En Madrid, una muerte amarga.

Dejé a un lado Tordesillas, alcancé el cruce, y ni tan siquiera lo dudé un instante.

CUARTA PARTE

LA MUERTE

Dormí en un coqueto hotel de San Rafael, no lejos del lugar en que en un tiempo habíamos mantenido oculto a Hazihabdulatif, y dediqué gran parte de la mañana a seleccionar en los periódicos madrileños ofertas de apartamentos.

Encontré uno que me pareció perfecto, llamé por teléfono y concerté una cita para esa misma tarde.

Se trataba de un luminoso ático al final del paseo de Rosales, frente a la verde inmensidad de la Casa de Campo, con una vista ilimitada y unos atardeceres realmente fastuosos.

La renta, en la que para mí es sin lugar a dudas la mejor zona residencial de Madrid, resultaba lógicamente alta, casi exorbitante, por lo que su propietario se quedó más que encantado al advertir cómo una joven y generosa ecuatoriana no solo no la cuestionaba, sino que abonaba tres meses por adelantado en billetes de cien dólares contantes y sonantes.

Las enseñanzas de Jack Corazza empezaban a dar resultado.

Me extendió un sencillo recibo a nombre de Serena Andrade y se fue convencido de que pronto o tarde haría su aparición el poderoso caballero bajo cuya protección debía encontrarme.

Por aquel entonces yo lucía una melena corta, rizada y de una tonalidad casi cobriza, y como había adelgazado cinco kilos, estilizando mi forma de vestir e incluso de andar y de moverme, poco tenía en común con la provincianita Rocío Fernández, natural de Coria del Río, que ingresara fraudulentamente en la universidad tres años antes.

Incluso mi tono de voz sonaba diferente, más cantarín y repleto de expresiones sudamericanas extraídas de la infinidad de culebrones venezolanos, mexicanos y puertorriqueños que me tragaba una y otra vez con encomiable espíritu de sacrificio.

Mi nueva documentación, obtenida gracias a las magníficas relaciones de Jack Corazza, no ofrecía el menor resquicio a la duda, ya que la espectacular Serena Andrade disponía incluso de partida de nacimiento, cédula de identidad y carnet de conducir ecuatorianos auténticos expedidos en Quito cuatro años antes.

Dejé transcurrir una semana mientras me adaptaba de nuevo al ritmo de vida de Madrid, aunque sin aproximarme a los barrios que frecuentaba antaño, y pocos días más tarde me agencié una moto de segunda mano, esta vez con documentación a nombre de la modelo venezolana Náima Dávila, puesto que una de las cosas que Al-Thani me enseñó es que siempre resulta preferible que la policía busque a varios sospechosos que a uno solo.

Aunque todos sean en realidad el mismo individuo. Náima Dávila era rubia y de melenita corta, vestía vaqueros ajustados y camisetas llamativas, y acostumbraba a comportarse de forma tan vulgar que obligaba a imaginar que se pasaba gran parte del día colocada.

Estacioné la moto en el aparcamiento subterráneo de la plaza de España y el Mercedes en un garaje semiprivado de la calle Serrano, y jamás me aproximé ni en coche ni en moto al paseo de Rosales.

Cuando te estás arriesgando a pasar gran parte del resto de tu vida en la cárcel todas las precauciones se te antojan insuficientes.

Días más tarde adquirí en El Rastro una vieja maleta y un buen montón de ropa de segunda mano, tomé un taxi que me llevó a la estación de Atocha, y desde allí otro que me condujo a un pequeño hotel de la Gran Vía en el que me hospedé bajo la identidad de Isabel Ramírez, una mujer altiva y reservada, de espesa cabellera muy negra y grandes gafas oscuras.

En cuanto el botones cerró a sus espaldas la puerta de la habitación, marqué el viejo número del teléfono de Emiliano deseando en mi fuero interno que ya no continuara teniendo el mismo que cuando le conocí.

Pero, por desgracia, respondió de inmediato.

—¡Hola! —saludé con mi voz y mi acento de antaño—. Soy yo: Rocío.

Se hizo un corto silencio, y cuando se decidió a hablar, resultaba más que evidente su confusión y nerviosismo.

—¿Rocío...? —repitió como si estuviera intentando ganar tiempo o aclararse las ideas—. ¿Rocío...? ¿Rocío?

—La misma —repliqué en un tono que pretendí que sonara lo más simpático posible—. Rocío... Rocío.

—¿Y dónde estás? —quiso saber.

—Aquí en Madrid. Acabo de llegar. ¿Cómo está Alejandro?

—Estupendamente. Se mudó de casa por precaución, pero no hubo ningún problema. Todo quedó en un susto. ¿Cuándo nos vemos?

—En cuanto me establezca de un modo definitivo. ¿Qué pasó con Vicente?

—¡Oh, nada! A los pocos días le dejaron en libertad y está muy bien y muy contento. Creo que incluso le han nombrado encargado de la relojería...

Hablaba y hablaba con tan exagerada verborrea y fingido entusiasmo que llegué a la conclusión de que en realidad lo único que pretendía era ganar tiempo y mantenerme pegada al teléfono.

Cuando comprendí que probablemente ya habría conseguido localizar desde dónde le llamaba, me despedí con absoluta naturalidad, prometiéndole que nos veríamos muy pronto.

Abandoné la habitación, bajé por las escaleras y atravesé el *hall* de entrada procurando que nadie reparara en mi presencia.

Ya en el exterior crucé la calle y me acomodé en una cafetería desde la que dominaba la entrada del hotel.

Apenas había transcurrido un cuarto de hora, cuando un gran coche oscuro se detuvo en el bordillo para que descendieran cuatro hombres que parecían llevar tatuadas en la frente sus credenciales de policía.

Uno se quedó en la acera, y los tres restantes penetraron en el hotel.

Me dolió reconocer que Vicente tenía razón y Emiliano —y probablemente Alejandro— había aceptado colaborar con la policía y convertirse en el cebo de la trampa en la que yo debería caer.

Me dolió, pero no me sorprendió.

Llevaba ya suficiente tiempo en aquel mundillo como para aceptar que la traición es algo que está siempre a la orden del día.

Había sido testigo de cómo los argelinos traicionaban a Mubarrak; de cómo sus mejores amigos traicionaban a Iñaki; de cómo Hazihabdulatif había intentado traicionarme, y de cómo yo misma le había traicionado metiéndole una bala en la cabeza.

Era algo que parecía formar parte del juego.

Y como conocía sobradamente dicho juego, en aquel cochambroso hotel de la Gran Vía madrileña no había dejado más que una manoseada maleta repleta de ropa usada por Dios sabe quién, sin un solo documento ni una pista válida que pudiera conducir a la policía a parte alguna.

Y lo que resultaba a mi entender más importante: sin una sola huella que sirviera para identificarme, puesto que durante los escasos minutos que permanecí en la habitación había tomado la precaución de usar guantes.

Por aquellas fechas yo ya era buena en mi oficio.

¡Condenadamente buena!

¡La mejor, según dicen!

Al cabo de cinco minutos uno de los policías hizo su aparición, cruzó unas palabras con el que se encontraba en la puerta, y subieron al coche y se alejaron de allí con cara de pocos amigos.

Resultaba evidente que los otros dos habían decidido esperarme en el interior.

¡Larga sería la espera!

Larga e inútil, puesto que apenas media hora más tarde una mujer de espesa melena negra y grandes gafas oscuras, que respondía a la descripción de la Isabel Ramírez que se había hospedado en el hotel de la Gran Vía, adquiría un billete en la estación de Chamartín con destino a Marsella.

El taquillero tuvo sobradas razones para fijarse en ella, puesto que se la advertía casi histérica, hasta el punto de que lanzó un sonoro reniego cuando se enteró de que el jodido tren tardaría cuarenta minutos en partir.

Mucha gente vio a Isabel Ramírez subir a ese tren.

Pero nadie la vio bajar.

No obstante, la discreta y elegante Serena Andrade regresó esa misma noche a su lujoso apartamento del paseo de Rosales y durante los tres días siguientes ni siquiera puso el pie en la calle.

En buena lógica la policía debió llegar a la conclusión de que Rocío Fernández, alias Isabel Ramírez, alias Sultana Roja, se había percatado de la presencia de la policía en el hotel, y víctima de un ataque de pánico había decidido abandonar ese mismo día el país para no volver nunca.

En aquellos momentos lo mismo podía encontrarse en Libia, que en México, Tokio o Sudán.

En cualquier parte del mundo, excepto Madrid... ¡Estúpidos!

Aunque pensándolo mejor... ¿Quién era en realidad la estúpida?

¿Qué necesidad tenía de cometer semejante rosario de imbecilidades que tan solo tenían por objeto empantanarme en un peligroso juego que a nada conducía?

Hazihabdulatif me había dicho en cierta ocasión que la venganza es un pésimo compañero de viaje.

Pero yo sé que existe otro peor: la soledad.

Y el aburrimiento.

El tiempo que pasé en Ecuador me sirvió para conocer un nuevo país y una nueva cultura, así como para encontrar la paz interior que necesitaba a la hora de meditar sobre mí misma. Y el tiempo que pasé con Jack me sirvió para conocer una buena parte del mundo y una forma diferente de vivir, sin que me quedara demasiado tiempo para pensar ni en mí ni en nadie.

Pero ahora Madrid no me ofrecía ningún incentivo y sí la oportunidad de analizar en toda su magnitud el hecho de que me había convertido en el ser humano más solitario y menos querido del planeta.

Mi familia había renegado de mí; mi amante me había abandonado; había asesinado personalmente a mi mejor amigo, y resultaba evidente que mis viejos camaradas colaboraban con el fin de que me encerraran de por vida.

¡Brillante panorama! ¡Lindo futuro!

Me acude en estos momentos a la memoria una frase genial atribuida al prodigioso Groucho Marx:

«Partiendo de la más espantosa miseria, y gracias únicamente a mi esfuerzo y tesón, con los años he logrado alcanzar la más negra ruina.»

Aquel era exactamente mi caso.

Habiendo comenzado pidiendo limosna por las calles de Sevilla, y gracias únicamente a mi esfuerzo y tesón, con los años había logrado alquilar un ático del paseo de Rosales y conducir un Mercedes descapotable.

Pero mi vida, ¡mi verdadera vida!, se encontraba inmersa en la ruina.

Nadie con quien hablar.

Nadie en quien confiar.

Nadie a quien confesarle quién era en realidad.

Se hacen muy largas las horas encerrada en un apartamento, aunque sea de lujo y tenga una fastuosa vista sobre la Casa de Campo.

En cuanto oscurecía clavaba la vista en las lejanas luces del parque de atracciones, observando el girar de la noria o la montaña rusa y el parpadeo de las incontables atracciones, preguntándome cómo era posible que existieran seres humanos que no tuvieran otra preocupación que pagar dinero con objeto de experimentar emociones fuertes.

¿Es necesario caer por un tobogán metálico para advertir cómo el terror se te clava en la boca del estómago?

¿Es necesario pagar por sentir miedo?

Mi noria y mi montaña rusa no se detenían nunca, puesto que mi particular parque de atracciones se había instalado en un inaccesible rincón de mi cerebro adonde cada día me resultaba más difícil acceder para desmontarlo.

Era como el niño que hace una larga cola y paga una y otra vez por subirse a una diabólica máquina en la que sabe que comenzará a sudar y temblar deseando apearse, pero que a pesar del mareo, los gritos y los deseos de vomitar, correrá a ponerse de nuevo en la cola en cuanto ponga el pie en el suelo.

¡Ecuador!

Echaba de menos la paz de Ecuador. Echaba de menos los hermosos paisajes que rodean Quito, la selva, los volcanes y las largas charlas con Mario.

¿Y si le escribiera?

¿Y si le sorprendiera presentándome de improviso en las Galápagos para aceptar su oferta de conocer a sus padres?

¿Y si de pronto dejara de ser quien soy para convertirme en otra persona, cuerda, serena y consciente?

El tiempo me ha enseñado que en el fondo no somos más que esclavos de nosotros mismos. Y a mí me había tocado en suerte un mal amo. Un amo duro, cruel, exigente, vengativo y, sobre todo, imprevisible. ¡Una peste de amo del que jamás conseguiría liberarme!

Un amo que me impedía coger mi precioso Mercedes deportivo, enfilar la carretera y poner rumbo a Florencia donde estaba segura de que encontraría no solo una ciudad inimitable, sino un atractivo galán dispuesto a hacerme la corte. O tal vez Capri. E incluso las islas griegas.

Valía la pena intentar rebelarse, decir basta y emprender el camino, carretera adelante. Sin embargo, continuaban produciéndose masacres. Continuaban estallando bombas que mataban inocentes o mutilaban niños indiscriminadamente.

Un día, hizo su aparición en todas las pantallas de televisión una estúpida anciana que admitió con voz temblorosa y ojos de oveja triste que perdonaba de todo corazón a quienes le acababan de arrebatar a su hijo, pese a que con ello se hubieran quedado huérfanos sus dos pequeños nietos.

¡Me indignó!

Me enfurecí con ella más aún de lo que aborrecía a los hijos de puta que habían puesto aquella bomba, puesto que mientras continuaran existiendo víctimas del terrorismo dispuestas a olvidar y perdonar de todo corazón a sus verdugos continuarían existiendo tales verdugos.

Yo me consideraba, y con razón, una víctima del terrorismo, la primera de la lista, y en cuanto se refería a ellos me tenía por más fascista que el mismísimo Mussolini.

El único terrorista bueno es el terrorista muerto. Y es que el terrorismo es un virus peor que el de la rabia, aunque tan solo afecte a determinados seres humanos.

Siempre he sido partidaria de pegarle un tiro a los perros rabiosos y a los terroristas dondequiera que se encuentren. Pero el tiempo que había pasado en Tánger me había servido para comprender que el terrorismo es como un pulpo de infinitos rejos, y que nadie, ¡nadie en este mundo!, está en disposición de cortarlos todos para erradicar tan perniciosa lacra definitivamente.

Y es que por muchos que se corten, vuelven a renacer. Se trata, por lo tanto, de un pulpo inmortal, o de un ave fénix que renace una y otra vez de sus cenizas.

Mi obligación debía ser por consiguiente concentrarme en un solo objetivo, y en buena lógica dicho objetivo no podía ser otro que aquel que tenía más cerca, y que, además, había sido el causante de que un comando itinerante de triste memoria permitiera que una bomba estallara a destiempo en una tranquila calle cordobesa destrozando a mi padre.

En pocas palabras: tenía que concentrarme en combatir a ETA.

Tenía una ligera idea de cómo llegar a ella, puesto que no en vano había ejercido durante meses como mano derecha de Al-Thani, pero muy pronto llegué a la conclusión de que para poder actuar sin trabas lo primero que tenía que hacer era librarme de mi pasado.

Mientras Alejandro y Emiliano continuaran con vida, correría un serio peligro, puesto que parecían ser los únicos seres de este mundo que estaban en disposición de implicarme en la muerte de Yusuff.

Y se habían convertido en confidentes.

¡Odio a los confidentes!

Sé que odio demasiado, pero los confidentes se me antojan una subespecie deleznable que no merece vivir.

¿Me estoy justificando?

Si es así retiro lo dicho. No quiero que nadie piense jamás que busco justificaciones. Soy como soy, y punto. Tal vez la única verdad se limita al simple hecho de que —como muchos aseguran— en el fondo no soy más que una pobre psicópata que disfruta matando y que por aquellos tiempos me encontraba obsesionada por la idea de vengarme de un par de imbéciles que imaginaba que me habían traicionado.

Por lo tanto, lo primero que tenía que hacer era neutralizarlos. Durante mi primera época madrileña jamás me había preocupado de averiguar dónde vivía Emiliano, ya que Alejandro siempre aseguraba que cuanto menos supiéramos los unos de los otros, mejor.

Solíamos citarnos en bares o restaurantes, aunque a mí, por ser la última llegada al grupo, sabían muy bien dónde encontrarme.

Sospecho que siempre temieron que en el fondo no fuera más que una infiltrada que cualquier día acabaría por denunciarles. Pero ahora se habían vuelto las tornas. Ahora eran ellos los que me habían denunciado, necesitaba encontrarlos en la inmensidad de una ciudad de casi cuatro millones de habitantes, y para ello lo primero que hice fue dedicarme a telefonear a todos los números anteriores y posteriores al de Emiliano hasta que al fin una voz muy amable respondió:

—Restaurante Casa Pedro, dígame.

Reservé una mesa y le supliqué a mi interlocutor que me proporcionara la dirección exacta de su establecimiento, puesto que no sabía cómo llegar a él.

Naturalmente me la dio en el acto y correspondía a una sinuosa callejuela del viejo Madrid.

Busqué en la guía telefónica para intentar comprobar si en alguno de los edificios de la misma calle figuraba el número de Emiliano, pero como no conseguí dar con él, una mañana me enfundé en un amplio mono de cuero negro, me cubrí la cabeza con un casco que impedía adivinar si quien la conducía era una mujer, trepé a la moto que guardaba en el aparcamiento de la plaza de España, y me dediqué a recorrer el viejo Madrid en varias manzanas en torno al restaurante Casa Pedro.

Pasé así casi una semana, yendo y viniendo a diferentes horas aunque esforzándome por no despertar sospechas, y cada noche regresaba al apartamento abatida por la frustración para dejarme caer en el butacón de la terraza y contemplar las luces del parque de atracciones.

Era una vida insana; insana e ilógica, aunque muy propia de alguien que no conseguía escapar al círculo vicioso que había trazado en torno a sí misma.

Un domingo entrevistaron en un programa divulgativo a una muchacha anoréxica. Era apenas un esqueleto ambulante, la voz surgía de aquel cuerpo enclenque como un susurro, tenía los ojos dilatados hasta casi salirse de las órbitas, y resultaba evidente que, por el camino que llevaba, no viviría mucho.

No obstante, repetía una y otra vez que no podía hacer nada por evitar su propia destrucción. Ni el profundo amor que le demostraban sus padres, ni los inteligentes consejos de los psiquiatras, ni los cuidados de todo un ejército de médicos y enfermeras conseguían obligarle a abandonar un camino que le llevaba directamente a la tumba, puesto que juraba y perjuraba que a pesar de reconocer que quienes la rodeaban tenían razón, en cuanto se miraba al espejo se veía gorda y se castigaba a sí misma dejando de comer.

¿Qué desconcertantes misterios encerraba aquella mente?

¿Qué era lo que la obligaba a verse a sí misma de una forma tan evidentemente distorsionada?

¿Qué extraña imagen le devolvía el espejo?

Averiguarlo me hubiera servido tal vez para descubrir qué misterios semejantes encerraba mi propia mente, puesto que continuaba empecinada en una absurda búsqueda de supuestos enemigos aun a sabiendas de que con ello me causaba un daño irreparable.

Cada noche me acostaba jurándome a mí misma que a la mañana siguiente lo abandonaría todo, y cada mañana me levantaba ansiando trepar a la moto para continuar intentando localizar a un pobre imbécil del que tendría que haberme olvidado hacía ya mucho tiempo.

¡Dios!

¡Dios, Dios, Dios!

Mi cerebro era como una gigantesca red de alcantarillas por las que en mis sueños me veía avanzar armada únicamente de una diminuta linterna, cuyo haz de luz extraía destellos rojizos de los ojos de las ratas mientras me aventuraba por conducciones cada vez más tenebrosas para acabar por desembocar siempre en el mismo punto y reiniciar una agotadora andadura.

De tanto en tanto, una empinada escalera ascendía hasta un punto en el que me constaba que brillaba el sol, no existían ratas y el aire no apestaba, pero en mi fuero interno sabía que ese sol y ese aire me aterrorizaban más que las tinieblas, la hediondez y las ratas.

¿Qué explicación existía?

La única que se me ocurre, simplificando mucho, se basa en el hecho de que —al igual que aquella descentrada anoréxica— lo único que en el fondo pretendía era imponerme a mí misma un castigo con el fin de expiar de ese modo mis culpas.

Y para ello no encontraba una fórmula mejor que insistir en mis propias culpas, como quien habiendo roto un vaso se empeña en machacar los pedazos de cristal confiando en que al desmenuzarlos acabarán por convertirse en polvo y desaparecer.

Pero nuestros más ocultos pecados no desaparecen nunca.

Especialmente cuando ignoramos cuáles son, y resultaba evidente que yo no sabía qué era, en realidad, lo que había comido.

Algo existía —y sospecho que aún existe— en lo más recóndito de mi mente por lo que vengo pagando un precio muy alto desde que tengo uso de razón, y aunque he pretendido tener la suficiente valentía como para obligarlo a aflorar, aún no he conseguido más que entreverlo en la bruma, como si se tratase de un escurridizo fantasma incorpóreo.

Tal vez debería haber recurrido a los consejos de un psiquiatra. Tal vez un loquero hubiera sabido ayudarme. Tal vez, si me hubiera sometido a una de esas sesiones de hipnosis a las que tan a menudo se echa mano en las malas películas, mi subconsciente hubiera escupido milagrosamente todos mis traumas.

Pero ¿es que acaso puede existir algo más traumático que la certeza de haber asesinado a tres seres humanos?

¿Algo peor que haber descerrajado un tiro en la cabeza al amigo con el que convives?

¿O haberle metido una bala en el entrecejo a un pobre diablo que únicamente intentaba defender lo que creía suyo?

¡Existe!

Estoy segura de que existe, pero ni sé lo que es, ni mucho menos dónde se oculta.

Callejeaba sin descanso.

Iba y venía con la mirada atenta a cada detalle de cuanto ocurría a mi alrededor, hasta que al fin, una aciaga tarde, descubrí aparcada en una plazoleta, y a menos de setecientos metros de Casa Pedro, la vieja furgoneta de Emiliano.

Di la vuelta a la manzana, me detuve en la esquina más apartada y aguardé. Mi antiguo camarada tardó casi una hora en surgir de un oscuro portal, pero al fin lo hizo, y le reconocí en el acto pese a que se había dejado crecer una espesa barba, llevaba el pelo sujeto en la nuca formando una gruesa cola de caballo, e intentaba ocultar sus facciones tras unas enormes gafas oscuras.

Continuaba siendo un chapucero.

Seguir usando la misma furgoneta sin ventanas constituía un error muy propio de su carácter.

¿De qué demonios le servía intentar disfrazarse si aquel viejo trasto le delataba sin que fuera precisa siquiera su presencia?

Estaba claro que de haber seguido a su lado haría ya mucho tiempo que nos habrían cazado como a conejos.

No había crecido.

No había madurado.

Continuaba siendo un aprendiz de brujo al que se le había agotado el repertorio.

Decidí no seguirle, limitándome a regresar a mi apartamento y constatar por medio de la guía telefónica de calles que en aquel cochambroso edificio de la plazoleta se encontraba registrado el número de Emiliano a nombre de un tal Tomás Guerrero Jiménez.

Ahora ya le tenía localizado.

Sabía dónde vivía, y cuál era su verdadero nombre, o al menos cuál utilizaba. Una vez más había demostrado que era buena en mi oficio, aunque admito que hay que ser bastante estúpida al sentirse tan orgullosa como me sentía en aquellos momentos por el simple hecho de haber sido capaz de localizar a mi enemigo.

¿Qué mérito tenía el demostrarme a mí misma que podía ser más astuta que aquel descerebrado?

Los años —cuantos más, mejor— son los únicos capaces de echarnos en cara nuestros errores sin que consigan hacernos enfurecer.

Tal vez porque el paso de los años nos invita a creer que fueron otros quienes cometieron tales errores.

El paso de estos años me ha permitido aceptar sin enfadarme que en aquella ocasión me comporté como una perfecta imbécil al intentar demostrar lo inteligente que podía llegar a ser. Más me hubiera valido no ser tan lista. A veces creo que aquella deleznable época de mi vida fue en cierta forma comparable al hecho de jugar silenciosas partidas de ajedrez contra unos contrincantes que nunca llegaron a saber que estaban participando en ellas, y que lo que estaba en juego era su propia vida.

Nada tiene de extraño que la mayor parte de las veces fuera yo quien ganara. Emiliano me imaginaba muy lejos de Madrid y, por lo tanto, se encontraba desprevenido. ¿Qué mérito tenía descubrirle? ¿Y qué mérito derrotarle?

A media mañana del sábado siguiente, que yo sabía muy bien que era el día que acostumbraba a reunirse con Alejandro, me encontraba aparcada ya al otro lado de la plazoleta para observar cómo entraba a desayunar en el bar de la esquina y cómo se encaminaba a buscar la dichosa furgoneta.

Le seguí discretamente hasta que abrigué la certeza de que se encaminaba a la autopista de La Coruña, y a partir de ese momento le sobrepasé. Recordaba muy bien los consejos de Al-Thani:

—Cuando quieras seguir a alguien ve siempre delante.

Por mucho que estuviese convencida de que Emiliano se encontraba desprevenido, me constaba que solía tener siempre un ojo puesto en el espejo retrovisor, puesto que nunca parecía sentirse absolutamente seguro.

Le adelanté, por tanto, y cinco kilómetros más allá me detuve. Por suerte, su vieja furgoneta, de un azul desvaído, se distinguía a gran distancia, y de ese modo fui siempre por delante de ella hasta que advertí que abandonaba la autopista por una salida lateral. No me costó gran trabajo regresar y alcanzarle nuevamente para ocultarme detrás de un camión de cervezas que avanzaba tras él.

Era como el juego del ratón y el gato que me condujo directamente a una casita en las afueras de Navacerrada. Allí recogió a Alejandro, que de lejos se me antojó aún más enclenque de lo que recordaba, y juntos se encaminaron a un minúsculo restaurante que se alzaba a orillas de la carretera.

Admito que durante la larga espera alimenté ciertas dudas.

Había conseguido mi objetivo, puesto que me constaba que los tenía a mi merced, y tal vez en el fondo no mereciesen la muerte. No eran más que dos pobres soñadores; un par de inofensivos desgraciados a los que sus locas ilusiones les habían llevado a un callejón sin salida.

Si los dejaba vivir se contentarían con continuar reuniéndose a comer con el fin de imaginar nuevas formas de desestabilizar el sistema que jamás llegarían a concretarse. Si los dejaba vivir tal vez no volverían a hacerle nunca daño a nadie. Si los dejaba vivir tal vez mis temores resultaran infundados y no correría ningún peligro. ¡Si los dejaba vivir...!

Había tocado fondo.

No tenía amante.

No tenía familia.

No tenía amigos.

Y por no tener, no tenía ni siquiera enemigos. Tan solo un hombre, allá en el confín del mundo, en las islas Galápagos, me dedicaría quizá de tanto en tanto un pensamiento; pero sería seguramente un pensamiento amargo; de profundo rencor por haberle abandonado sin tan siquiera una carta de explicación.

Me gustaría poder escribir que es muy triste llegar al convencimiento de que no le importas nada a nadie, pero no tengo derecho a hacerlo.

Yo podría haberle importado mucho a mucha gente. Mucho, puesto que sé muy bien que mi corazón rebosa un amor que jamás encontró el recipiente justo que supiera retenerlo.

Pero elegí siempre el camino equivocado. Y lo peor de todo es que lo elegí a conciencia. Y en esta ocasión también. Me encontraba en un punto cero; un punto desde el que tenía la oportunidad de optar por hacer amigos, buscarme un amante, intentar casarme y construir mi propia familia, o decantarme por el más estúpido de todos los caminos, que era el de lanzarme una vez más en pos de imaginarios enemigos.

Si hubiera sido tan solo medianamente inteligente y me hubiera decidido por cualquiera de las muchas oportunidades que la vida me ofrecía, no estaría ahora aquí, eso ya es cosa mil veces repetida.

El mal venció una vez más, y fue de una forma definitiva, hasta el punto de que a partir de aquel momento ni tan siquiera me planteé seriamente las razones últimas de mis pautas de comportamiento.

Le había tomado gusto al poder, puesto que disponer a nuestro libre albedrío de la vida de los demás constituye sin lugar a dudas la máxima demostración de poder que existe. Ser dueña de un arma y en especial saber que eres dueña de la voluntad de utilizarla te vuelve prepotente. Cuando miras a alguien y te dices a ti misma que podrías borrarlo del mapa con un simple gesto de la mano, te endiosas.

Y el hecho de haber matado a cinco seres humanos y continuar impune, te inclina a imaginar que dicha impunidad te acompañará para siempre. Cada vez te vuelves más osada. No obstante, comprendí que no debía continuar cometiendo crímenes absurdos. Ahora me veía obligada a retomar el camino allí donde lo había dejado, para encaminarme sin más dilaciones hacia mi objetivo final.

Quienes habían puesto aquel coche bomba en Córdoba lo pagarían con la vida. Los que me habían robado mi fuente de alegría sufrirían por ello. Y ya no se enfrentarían a una muchachita provinciana e inexperta, sino a una mujer hecha y derecha y en cierto modo bastante más hija de puta que ellos.

Aunque en eso tal vez me equivoco.

Tal vez, no.

Seguro.

En estos días he estado viendo en la televisión y leyendo en la prensa todo cuanto se refiere a la liberación de José Antonio Ortega Lara, e incluso a mí me ha horrorizado comprobar cómo unos supuestos seres humanos han sido capaces de mantener enterrado en vida a un hombre durante casi dos años.

Ver el lugar en que mantuvieron secuestrado a ese pobre infeliz, observar su aspecto en el momento de abandonar su encierro, o escuchar cómo había suplicado que le mataran de una vez en lugar de continuar infligiéndole tan inconcebibles tormentos, me ha obligado a reflexionar sobre el hecho de que, por insensible que personalmente me considere, soy como una especie de hermana de la caridad frente a semejantes alimañas.

No se han inventado palabras para describirlos. Ni forma alguna de unirlas entre sí. Lo único que se me ocurre a la vista de tales imágenes es que no tengo motivos por los que arrepentirme de haber elegido aquel camino, y que si me dieran la oportunidad de volver al mismo punto estoy convencida de que tomaría idéntica decisión.

No yo, ¡mil peores aún que yo!, serían necesarias para borrar de la faz de la Tierra a quienes se comportan de una forma tan infame, puesto que al fin y al cabo son ellos los que han propiciado que existan seres como yo. Se asegura que pasan de ochocientas las víctimas mortales de ETA en estos últimos años.

¿Cuántos padres, cuántos hijos, cuántos esposos y cuántos hermanos les odiarán tanto como yo les odio, pese a que no hayan tenido el valor suficiente como para empuñar un arma y meterles un tiro entre las cejas?

¿Cuántos desearían que les permitieran hacerlo?

¿Cuántos sueñan con ello?

Existen seres —como aquella estúpida vieja— faltos de espíritu o redomadamente hipócritas que no dudarán a la hora de declarar en público de que perdonan de todo corazón a quienes les causaron tanto daño, pero estoy convencida de que si les proporcionaran la oportunidad de ajusticiar calladamente a quienes aseguran perdonar, serían muy pocos los etarras que continuarían respirando.

Odiar a quien nos arrebata a los seres queridos es humano. Perdonar es divino, pero casi nadie es auténticamente divino.

Aspirar a la venganza también es humano. Quien sostenga lo contrario, miente. Tan solo existen dos razones para que no se imponga siempre la ley del ojo por ojo. El miedo, y un trasnochado sentido de la moral.

Yo nunca tuve miedo. Ni sentido de la moral.

Existen cosas, eso sí, que me repugnan, como ese hecho inaudito de mantener más de quinientos días en el interior de un zulo apenas mayor que un ataúd a una criatura que no parece haberle hecho daño a nadie. Le doy vueltas a la mente y no concibo que ni la más miserable alimaña de la selva, ni el más cruel monstruo de la imaginación de un novelista trastornado, fuera capaz de llevar a cabo, ¡de verdad!, semejante crimen que a mi modo de ver pasará a la historia como uno de los más nefandos que hayan cometido los seres humanos.

Los grandes asesinos, aquellos que figuran en los museos de cera y en las cámaras de los horrores: Jack el Destripador, Landrú o el Estrangulador de Boston fueron casi siempre seres solitarios, mentes enfermas que —tal vez como tan a menudo a mí misma me ocurre— no consiguieron dominar sus impulsos.

Pero que un grupo de personas, cuatro, diez o las que fueran, hayan sido capaces de reunirse con el fin de planear, ejecutar y llevar hasta sus últimas consecuencias un acto de barbarie en el que según parece estaban dispuestas a dejar morir de hambre y desesperación a su víctima, escapa por completo a mi capacidad de comprensión. Aunque resulte evidente que no soy alguien que se escandalice con facilidad.

¿Y en nombre de qué lo han hecho?

¿De la libertad de un pueblo?

¿De la patria vasca?

Quiero imaginar que la inmensa mayoría de los vascos renunciarían de todo corazón a una libertad y, sobre todo, a una patria que hundiera sus raíces en semejante horror.

Yo sé mejor que nadie que en el fango no nacen orquídeas.

Mi vida es puro fango.

La esencia de mi protesta y desarraigo; el hecho de que me arrebataran de forma violenta al ser que más amaba condenándome de paso a pedir limosna y acabar como juguete de una sucia lesbiana, es a mi modo de entender tan lícito o más que el de aquellos que protestan o se consideran desarraigados por que no se conceda la independencia a una región del planeta en la que no está plenamente comprobado que el resto de sus convecinos deseen ser de igual modo independientes.

No obstante, ni siquiera yo, esgrimiendo mis indiscutibles derechos y a título personal, sería capaz de llegar a los extremos a que han llegado quienes lo han hecho arrogándose el dudoso derecho de representar a una comunidad.

Por todo ello, repito que hoy por hoy considero que en el fondo acerté el día en que decidí que más que amantes, familia o amigos, lo que deseaba tener era enemigos, y que ellos —los que asesinaron impunemente a Sebastián— serían los elegidos.

Y es que eran al propio tiempo los enemigos de cuarenta millones de españoles. Pero estaba claro que lo primero que tenía que hacer era intentar localizarles. Y la única pista con la que contaba para ello era la de Andoni, más conocido como el Dibujante.

Durante mi época de Tánger, Iñaki me había hablado con frecuencia del Dibujante, apodo con el que se conocía a uno de los históricos de ETA a quien admiraba por su inteligencia y su coraje, pero que por lo visto había decidido abandonar las armas, rechazando una lucha armada que sabía muy bien que, con la llegada de la democracia, carecía de futuro.

Iñaki lamentaba haber perdido el contacto con él y lo único que le constaba era que había emigrado a Venezuela, para cambiar de nombre y de personalidad con el fin de sumirse en el más absoluto anonimato. Al parecer, y según el mismo Andoni asegurara poco antes de marcharse: «No quería saber nada de una guerra que ya no era la suya.»

La suya había sido una guerra contra Franco y el fascismo. El resto era otra historia. No obstante, por lo visto el Dibujante todavía continuaba formando parte de la cúpula dirigente de ETA el día en que mataron a Sebastián, y en ese caso, era de suponer que sabría quiénes fueron los autores materiales de aquel bárbaro y estúpido atentado.

Me proponía localizarle, pero desde el primer momento tuve muy claro que, con Iñaki encarcelado, la única pista que tal vez conseguiría llevarme hasta el Dibujante no era otra que la que me proporcionaran sus dibujos. La forma de dibujar de un ser humano es como su caligrafía o sus huellas dactilares, ya que raramente logra cambiarla por mucho que se esfuerce.

Y yo había conseguido algunos de los trabajos de la primera época de Andoni, de cuando se ocupaba de ilustrar los panfletos con los que ETA se daba a conocer desde la clandestinidad. Eran buenos. Muy buenos. Tenían garra, con unos trazos simples y firmes que transmitían de forma directa e inequívoca lo que el artista pretendía expresar.

A la vista de ello un buen día abandoné mi acogedor apartamento del paseo de Rosales, subí a mi espectacular Mercedes y regresé a París, desde donde tomé el primer avión que despegaba con destino a Caracas.

Me instalé en una suite del hotel Tamanaco, desde la que dominaba gran parte de la ciudad con la verde mole del monte Ávila al fondo, para dedicarme a disfrutar de la espléndida piscina, el agradable clima, los magníficos restaurantes y el continuo galanteo de una auténtica nube de donjuanes a los que me tenía que quitar de encima indicándoles que mi celosísimo esposo estaba a punto de hacer su aparición.

El Tamanaco es un hotel diferente a todos los otros hoteles que he conocido, puesto que en él se concentra en cierto modo la vida social de la capital de Venezuela: un riquísimo país que atravesaba por aquellos momentos una profunda crisis económica —crisis que por lo que tengo entendido aún no ha conseguido superar—, pero pese a ello constituía un auténtico paraíso para quienes tuvieran dólares americanos en el bolsillo, por lo que los salones del Tamanaco se convertían en un continuo ir y venir de altos ejecutivos y mujeres hermosas.

Por mi parte me dediqué a estudiar concienzudamente todos los anuncios publicitarios que se publicaban en los más diversos medios de comunicación, y debo reconocer —sin considerarme en absoluto una experta en el tema— que la calidad de la publicidad venezolana es digna de figurar entre las mejores del mundo.

A mi entender, el secreto de su éxito se basa en una perfecta simbiosis entre la agresividad del estilo de pu-

blicidad de las agencias norteamericanas y una pequeña dosis del buen gusto de ciertas agencias europeas. El
resultado es notable, y puedo asegurarlo porque durante aquellos días me empaché de avisos publicitarios de
todo tipo.

Me llevó algún dinero y bastante tiempo, pero al fin
abrigué la casi absoluta seguridad de que la espectacular
campaña que pregonaba las excelencias de uno de los
mayores bancos nacionales tenía que haber nacido de
la pluma del Dibujante.

Su estilo, agresivo y conciso, resultaba inconfundible. ¡Triste que quien un día pusiera su arte al servicio
de unos sueños de libertad lo pusiera ahora al servicio de
la clase opresora, pero al destino le complacen sobrema-
nera tales contrastes!

Cuando renuncias, renuncias. En especial si estás
obligado a comer cada día.

Ese era, sin duda, el gran problema de un terrorista
obligado a rehacer su vida partiendo de la nada.

Tomé buena nota del nombre de la agencia que había producido aquella campaña, busqué su dirección en
la guía de teléfonos, y a la mañana siguiente me planté
en la Torre A de un fastuoso centro comercial, para
solicitar una entrevista con su director artístico.

El buen hombre, un exiliado cubano, regordete, cal-
vorota y bonachón, se mostró más que encantado por
el hecho de que una bella y elegantísima ecuatoriana que
acababa de llegar a la ciudad y se aburría durante las largas temporadas en que su esposo se encontraba de viaje,
estuviera dispuesta a trabajar de modelo ocasional sin
exigir desorbitadas compensaciones económicas.

Venezuela es casi el único país del mundo del que se puede asegurar que sobran las mujeres guapas. Su belleza es indiscutible y su número para mi gusto evidentemente exagerado, pero aun así, al cubano se le antojó magnífico el hecho de poder contar con una cara nueva y un estilo de mujer que transmitía a su modo de ver un cierto aire de misterio.

Cuando le confesé, con cierta timidez, que jamás había pisado anteriormente una agencia de publicidad y no tenía la menor idea de cómo funcionaba, se ofreció a servirme de cicerone mostrándome hasta el menor detalle de las instalaciones, al tiempo que resultaba evidente que me exhibía como a un valioso trofeo.

En el amplio y luminoso Departamento de Arte, seis personas me saludaron con un leve ademán de cabeza. Dos eran mujeres, uno un aprendiz, el cuarto un tipo muy flaco y muy chupado que por el color de la piel no podía negar que se trataba de un clásico venezolano de clara ascendencia caribeña, el quinto un viejo huraño, y el sexto —y eso puedo jurar que lo adiviné al primer golpe de vista— el Dibujante. No le faltaba más que la chapela.

Cuando días más tarde trató de hacerme creer que era chileno nacido en Viña del Mar, a punto estuve de echarme a reír en sus narices de vasco inconfundible, pues si existía alguien en este mundo que sin desearlo fuera pregonando su origen a los cuatro vientos, ese era sin lugar a dudas el donostiarra Lautaro Céspedes, que era el sonoro nombre, a todas luces más falso que su recién adquirida nacionalidad, por el que se hacía llamar el Dibujante.

Rondaría el medio siglo y de joven debió ser muy fuerte, pero ahora exhibía una cabellera rala y entrecana, y manos largas y delicadas que contrastaban con el resto de su cuerpo. Tenía el rostro materialmente surcado de arrugas, y unos ojos grisáceos, grandes y tristes, que aparecían ribeteados por oscuras ojeras.

Nada daba a entender que otrora fuera un hombre osado y peligroso; un terrorista de pura cepa, que probablemente contaba con más de veinte muertes en su haber, pero a fuer de sincera debo reconocer que, dejando a un lado al inepto sicario colombiano que intentó localizarme en Quito, pocos criminales he conocido que tengan auténtico aspecto de asesinos.

Aunque a decir verdad mi opinión vale de poco, puesto que si ni tan siquiera a mí misma me reconozco como asesina al mirarme al espejo, menos podría reconocer en un hombre tan apagado al famoso Dibujante.

Me limité a dedicarle una amable sonrisa, aunque sin demostrar el más mínimo interés por su persona, consciente como estaba de que, pese a los años de exilio voluntario, aquel debía de ser uno de esos individuos que se mantienen continuamente alerta en cuanto se refiere a su relación con extraños.

En los días que siguieron visité con asiduidad el enorme y espléndido centro comercial rebosante de visitantes a todas horas, hasta descubrir una cafetería, en la galería del segundo piso, desde la que dominaba a la perfección la salida de los ascensores de la Torre A, de tal forma que podía controlar las entradas y salidas del tal Lautaro Céspedes cada vez que hacía su aparición a las doce y media en punto del mediodía para encaminarse a almorzar a alguno de los incontables restaurantes de todo tipo que proliferaban en el interior del edificio o sus alrededores.

No obstante, mucho más interesante me resultó constatar que cada tarde solía comprar la prensa española en la librería Las Novedades, para sentarse a leerla palabra por palabra en un bar cercano, en el que permanecía más de una hora, aguardando a que el agobiante tráfico de la ciudad comenzara a descongestionarse, momento en que tomaba un autobús que le conducía a un pequeño edificio de cuatro plantas al final de una cercana urbanización de clase media.

Tentada estuve de visitar su apartamento mientras se encontraba en el trabajo, pero una simple ojeada a la puerta me llevó a la conclusión de que me resultaría casi imposible franquearla, y que aun en el caso de conseguirlo, su dueño lo advertiría de inmediato.

Días más tarde tuve ocasión de felicitarme por mi prudencia, puesto que el Dibujante demostró ser un personaje harto desconfiado, ya que tenía por costumbre colocar en la puerta precintos casi invisibles que le permitían comprobar de inmediato si algún intruso había intentado forzarla durante su ausencia.

Era un profesional.

Y de los buenos. De los que suelen convertirse en un reto para quien también se considera bueno en su trabajo. ¡Nada que ver con las chapuzas de Emiliano y Alejandro!

El día en que al fin tuve la certeza de que conocía la mayor parte de sus movimientos y tenía la situación más o menos controlada, me propiné un buen puñetazo en el pómulo que me obligó a ver las estrellas y permanecer más de cinco minutos sentada en la cama medio aturdida, me maquillé el hematoma que se me había formado de tal forma que, queriendo parecer que intentaba disimularlo, lo que, en realidad, conseguía era resaltarlo aún más, y ocultándome tras unas grandes gafas oscuras, hice unas compras sin importancia y a las seis menos cinco en punto fui a tomar asiento en una apartada mesa del bar al que Lautaro Céspedes acudía a leer la prensa cada tarde.

Tardó en descubrirme y tal vez no lo hubiera hecho, inmerso como estaba en su lectura, si yo no le hubiera rogado al camarero que me trajera otra copa en el justo momento de despojarme de las gafas y limpiarme con la punta del dedo una furtiva lágrima.

No necesité mirar para saber que me estaba observando.

Con la cabeza gacha, sumida en mi dolor, ni tan siquiera tomé conciencia que había reparado en mí hasta que el camarero se alejó, momento en que alcé los ojos y se cruzaron nuestras miradas.

Fingí sorprenderme y aparté la vista frunciendo el entrecejo como si estuviera preguntándome de qué diablos me sonaba su cara.

Volví a mirarle, me saludó con un ademán de cabeza y a duras penas acepté a devolverle cortésmente el saludo al tiempo que me mordía los labios como si estuviera intentando disimular mi desconcierto.

Tal como imaginaba, a los pocos instantes acudió a aclararme quién era y dónde nos habíamos conocido.

Dudé, pero al fin le invité a tomar asiento, y al cabo

de un rato se vio en la obligación de preguntarme qué era lo que me había pasado en el rostro.

¡Una triste historia!

Triste y evidentemente dolorosa.

Mi marido, hombre irascible, violento y celoso hasta límites patológicos, había decidido que nadie acostumbra contratar a una modelo con un ojo morado, y así pensaba mantenerme hasta que renunciara a la estúpida idea de trabajar para una agencia de publicidad.

Y yo sabía muy bien, ¡oh, Señor, lo sabía por años de experiencia!, que mi marido era de los que realmente disfrutaban a la hora de hacer realidad tales promesas.

Admito que en lo más profundo de mi alma no me sentía en absoluto orgullosa por el hecho de verme obligada a emplear un truco tan sucio sabiendo como sé que existen miles de mujeres que viven sometidas a un trato semejante, pero es que tenía muy claro que, a los ojos de un hombre como el Dibujante, una mujer que permitía que su marido la maltratara sin oponer resistencia se convertía automáticamente en una mujer inofensiva.

Una pobre mujer que lo que en verdad necesitaba era protección. Y a nadie —ni tan siquiera a un desconfiado ex terrorista— se le ocurriría protegerse de alguien que imagina que necesita protección.

Nos hicimos amigos.

Evidentemente, yo, como extranjera en un país al que acababa de llegar, necesitaba un confidente a quien hacer partícipe de mis cuitas, y él, extranjero en un país en el que llevaba años pero en el que no había conseguido integrarse, también necesitaba a alguien con quien poder hablar y a quien aconsejar sobre la mejor forma de hacer frente a su difícil problema conyugal.

Lautaro era un hombre inteligente, sensible y profundamente amargado. Desilusionado sería tal vez el término correcto con el que definirlo.

Miembro fundador de un movimiento que en sus principios tuvo una clara y lógica razón de ser, había sacrificado —y arriesgado— su vida en aras de unos sueños que habían acabado por transformarse en pesadilla.

De sus viejos compañeros de armas apenas quedaba ya más que el recuerdo, puesto que la mayoría estaban muertos —algunos de ellos ejecutados, otros pasarían el resto de su vida entre rejas, y tan solo media docena de ellos vivían de igual modo en el exilio, pero tan perdidos, amargados y desarraigados como él mismo.

Su obra, su bien diseñada organización, había ido pasando de mano en mano, tal como suele ocurrir con casi todas las ideologías y partidos políticos, para acabar en poder de los eternos segundones; esa miserable raza de arribistas y trepadores que tienen por costumbre recoger el fruto del árbol que en su día plantaron los auténticos líderes.

Cuando un campesino siembra un peral, cosecha peras, pero en el mundo de la política y el terrorismo, si se siembran perales, se puede acabar recolectando castañas.

Y quien advierte que ha desperdiciado su juventud y tirado por la borda su futuro en un esfuerzo que a la larga ha resultado tan fallido, no puede por menos que preguntarse de qué le sirvió tanto esfuerzo, cuando lo único que le queda por delante es una eterna huida de un pasado del que jamás conseguirá librarse.

Una noche, mucho tiempo después, pronunció una significativa frase que permitía adivinar la naturaleza de su auténtico pensamiento:

—El día que el coche del almirante Carrero Blanco voló por los aires deberíamos habernos disuelto, pues resultaba evidente que ya jamás conseguiríamos un éxito semejante, y el resto se limitaría a un inútil derramamiento de sangre que acabaría por empañar el brillo de un hecho tan especialmente glorioso.

La muerte de un tirano pierde toda validez frente a la muerte de un niño, y por desgracia figuran infinitamente más cadáveres de niños que de tiranos en la larga lista de las víctimas de la organización que el Dibujante contribuyó a crear.

Y entre ellas, y eso era algo que yo jamás conseguiría olvidar, se encontraba Sebastián.

Una pobre muchacha supuestamente maltratada por su marido, y un hombre solitario e infeliz que vivía del pasado, acabaron lógicamente por convertirse en amantes.

Lautaro —prefiero continuar llamándole Lautaro para evitar confusiones— era a mi modo de ver un amante bastante irregular.

En ocasiones se comportaba como un muchachito apasionado, vitalista, experto y profundamente imaginativo, que conseguía catapultarme hacia algunos de los orgasmos más prodigiosos que recuerdo, mientras que por el contrario, a menudo se mostraba como un anciano mustio, flácido y sin el menor interés por lo que estaba haciendo, como si su mente —y todo su cuerpo— se encontraran muy lejos de allí.

Lógicamente, tras una de aquellas deprimentes sesiones de alcoba en las que más que a un hombre tenía la sensación de haber estado abrazada a un muerto, abandonaba la estancia deseando perderle de vista, aunque debo admitir que fuera de los estrictos límites de la cama, era una persona con la que, por lo general, daba gusto tratar. Aunque seguía siendo, de igual modo, profundamente irregular.

Al poco de afianzar nuestra relación, y tras una visita a su apartamento, durante la cual no pude por menos que mostrar mi extrañeza ante el hecho de que no hubiera ni un solo detalle que recordara su supuesto origen chileno, mientras que por el contrario la evocación española se advertía en libros, revistas, fotos, recuerdos e incluso vinos y alimentos, acabó por admitir que era vasco, aunque se mostró sumamente reacio a hablar de sí mismo.

No obstante, una noche en que se encontraba especialmente deprimido comentó con manifiesta amargura:

—El problema estriba esencialmente en que llegó un momento en que estaba dispuesto a morir por ETA, pero no a seguir matando en nombre de ETA, mientras que mis compañeros no estaban dispuestos a morir por ETA, pero sí a continuar matando en nombre de ETA.

Aquella sencilla frase evidenciaba, mejor que cualquier otra, la esencia de su pensamiento político, y la razón por la que había elegido el camino del exilio.

Para el Dibujante el momento cumbre de la organización que había contribuido a fundar, llegó el día en que fueron capaces de hacer volar limpiamente y mediante una acción en verdad espectacular el coche de Carrero Blanco, que era la única persona que hubiera sido capaz de perpetuar la dictadura franquista en el país.

Muerto Carrero Blanco, agonizante el dictador y a las puertas ya de una nueva etapa de democracia y libertades, ETA había concluido según él de forma brillante y ejemplar la función para la que había sido creada, por lo que había llegado el momento de dar paso a una nueva manera de entender la política a través del mutuo respeto y el diálogo.

Pero los recién llegados no lo entendieron así. Los que a última hora se habían subido al carro de un éxito del que ni siquiera tuvieron sospechas hasta el día en que aquel coche reventó, no se conformaron con la idea de que dicho carro se detuviera en el momento en que trepaban a él, soñando quizá con nuevas acciones de idéntica resonancia.

Pero ya no quedaban Carreros Blancos, y los cerebros que habían sido capaces de diseñar tan exquisito atentado tenían el corazón y la mente en otra parte. Suelen ser los héroes los que ganan las batallas o perecen en el intento, pero suelen ser sus escuderos los que a la larga se adueñan del botín.

Cristóbal Colón sacrificó su vida por descubrir un continente que hoy día lleva el nombre de un chupatintas que lo visitó años más tarde por cuenta de un desconfiado banquero.

El Dibujante se había arriesgado a ser ejecutado

para acabar viendo cómo sus sueños de libertad se transformaban en pesadillas de tiranía, puesto que a su modo de ver la cúpula dirigente de la ETA actual constituía la más genuina representación del fascismo y la intransigencia llevados a sus últimos extremos.

Era consciente de que había renunciado a su familia, sus amigos, su trabajo, su futuro e incluso su patria para que a la postre un grupúsculo de fanáticos pudiera seguir matando y secuestrando bajo la bandera de aquel hermoso sueño.

En buena lógica, la simple constatación de tales hechos le sumía con demasiada frecuencia en una profunda depresión. Y en tales momentos se consideraba incapaz de razonar, de reír, de pensar, e incluso hacer el amor con unas mínimas garantías de éxito.

Me mostré comprensiva. Encantadoramente paciente, afectuosa y comprensiva. Pero a cambio de tanto encanto, tanta paciencia y tanta comprensión fui obteniendo —eso sí, muy poco a poco y casi con cuentagotas— la valiosa información que había venido buscando.

Con el tiempo acabé por verme obligada a confesar que, en realidad, nunca había estado casada, sino que mantenía desde hacía varios años una difícil relación con un alto cargo de la embajada de Ecuador, que era en realidad quien corría con todos mis gastos.

Dicha confesión propició que nuestra relación se afianzase aún más, por lo que no tenía nada de extraño que con frecuencia me quedara en su casa cuando se marchaba al trabajo.

Los venezolanos son los seres más madrugadores

del mundo. En cuanto amanece ya están correteando de un lado a otro, con lo que a las seis en punto de la mañana Caracas aparece sumida en un tráfico infernal.

Lautaro entraba en la agencia a las ocho, por lo que yo acostumbraba a quedarme en la cama, aunque en realidad lo que hacía era dedicarme a registrar cada rincón de su minúsculo apartamento.

No encontré nada. Ni un diario, ni una libreta de direcciones, ni una carta, ni un documento comprometedor... Nada de nada.

Busqué y rebusqué con todo el cuidado y la paciencia que requería el hecho de haberme tomado tantas molestias para llegar hasta allí, pero lo único que cayó en mi poder fueron viejos recibos y facturas que había ido acumulando en una manoseada caja de zapatos.

Empezaba a sospechar que no conseguiría llegar a parte alguna, cuando una mañana, al revisar por enésima vez su armario, reparé en una pequeña factura garrapateada a mano que aparecía olvidada en el bolsillo interior de una vieja zamarra:

«Por el alquiler del pantalán número treinta y dos, ocho mil bolívares. Puerto La Cruz, uno de marzo de mil novecientos ochenta y nueve.»

¡Puerto La Cruz...! Eso significaba que el bueno de Lautaro, que ni siquiera tenía coche, poseía, no obstante, un barco atracado en una pequeña ciudad de veraneo muy frecuentada los fines de semana, ya que se encuentra a unos treinta minutos de vuelo de Caracas.

Allí en el pantalán número treinta y dos del más cochambroso de sus innumerables puertos deportivos se encontraba atracado un viejo velero de unos doce metros de eslora, el *Malandrín*, que presentaba todo el aspecto de no haber salido a la mar en años.

Mientras almorzaba en un restaurante cercano llegué a la conclusión de que, harto ya de todo, un buen día el Dibujante debió tomar la decisión de romper con ETA para embarcarse en tan ruinosa reliquia, rumbo al Caribe. Aquel barco debería constituir por tanto su refugio secreto, el lugar en el que ocultaba sus documentos, y su vía de escape.

Muy propio de alguien tan sumamente previsor como Lautaro, ya que pese a todo, todo lo que habíamos hablado, jamás había hecho una sola mención al mar, o a que supiera navegar. Y quien fuera capaz de atravesar el océano en semejante cáscara de nuez tenía que ser, a mi modo de ver, un experto marino.

A la hora del café abrigaba el convencimiento de que en el *Malandrín* se ocultaba cuanto venía buscando, pero justo pegado a él, borda con borda se encontraba atracada una altiva falúa erizada de cañas de pescar que un par de vociferantes mulatos repasaban y aparejaban con especial esmero.

Más tarde me contaron que en aquellas aguas, justo frente a sus costas, se suelen pescar los mayores peces vela del mundo.

Invadir un barco atracado en un pantalán a plena luz del día con dos testigos a menos de tres metros de distancia resultaba en exceso arriesgado, pero al poco reparé en el hecho de que unos veinte metros más allá un llamativo letrero anunciaba que una lujosa motora de unos quince metros de eslora se alquilaba —con patrón o sin patrón— por días o semanas.

La alquilé.

Conté una historia bastante verosímil sobre un marido enamorado del mar que en aquellos momentos estaba trabajando pero que vendría a pescar el próximo fin de semana, coloqué un fajo de billetes de cien dólares sobre la mesa, firmé un pequeño contrato, rellené una póliza de seguro y recibí en el acto las llaves del *Barracuda III*.

Era una nave cómoda y espaciosa, con tres mullidas literas, cocina, ducha y cuanto se pudiera exigir para pasar a bordo unos cuantos días de placentero descanso.

Tan solo necesitaba un buen patrón y yo había asegurado que antes de hacernos a la mar mi marido presentaría al jefe del puerto su carnet de capitán de yate con más de doce años de probada experiencia.

—Le esperaré a bordo —concluí.

El buen hombre me observó perplejo.

—Como guste —replicó—. Pero le aconsejo que por las noches se encierre a cal y canto. No es por miedo a que la violen. Es que aquí los mosquitos son como pelícanos.

Y tenía razón. En cuanto oscurecía, nubes de gigantescos mosquitos de una voracidad inaudita se adueñaban del puerto y sus alrededores hasta el punto de que al cerrar la noche no se distinguía un alma en cuanto alcanzaba la vista.

Apagué las luces, permanecí atenta hasta cerciorarme de que era el único ser humano despierto en más de un kilómetro a la redonda, y sobre las dos de la mañana me introduje silenciosamente en un agua tibia y grasienta, para atravesar nadando muy despacio los escasos metros que me separaban del *Malandrín* y trepar a bordo.

El herrumbroso candado que cerraba el tambucho de popa no se me resistió en exceso pese a la oscuridad, por lo que a los pocos minutos había conseguido deslizarme en el interior del maltrecho velero.

Hedía a pintura y brea, pero sobre todo apestaba a habitáculo cerrado desde hacía meses.

Corrí a conciencia las cortinas de los ojos de buey con el objeto de que ni un rayo de luz se filtrara al exterior, y únicamente entonces encendí la enorme linterna que había traído conmigo. Esperaba encontrarme con un espectáculo deprimente, pero me equivoqué.

Exteriormente el barco parecía semiabandonado y su interior olía a demonios, pero precisamente dicho olor se debía al hecho de que la camareta se encontraba herméticamente sellada y aislada con el aparente propósito de protegerla de la humedad.

Aunque al primer golpe de vista se pensara otra cosa, el *Malandrín* tenía todo el aspecto de poder hacerse a la mar en aquel mismo momento.

Y por lo que pude advertir al analizarlo con más detenimiento, disponía de agua, combustible y alimentos suficientes como para realizar una larga travesía. Las velas se encontraban perfectamente apiladas en sus estantes, los cabos muy bien colocados, y el pequeño motor auxiliar reluciente e impecable.

Resultaba evidente que mi buen amigo el Dibujante debía ser un auténtico lobo de mar, muy capaz de levar anclas para perderse en la inmensidad del océano en cuestión de minutos.

Una lección más que aprender.

La impagable enseñanza de un viejo terrorista consciente de que en un determinado momento las fronteras pueden encontrarse vigiladas, mientras que a ninguna policía del mundo se le pasaría por la mente la absurda idea que alguien pudiera intentar abandonar el país en semejante barquichuelo.

¡Astuto! ¡Muy astuto!

Registré a conciencia el lugar, pero tampoco descubrí nada de especial interés. Ni una carta, ni un documento, ni una libreta de teléfonos, y el simple hecho de no encontrarlos me afianzó en la idea de que tenían que ser importantes y que tenían que estar ocultos en alguna parte.

Tardé tres noches en dar con ellos.

¡Hijo de la gran puta!

Los había escondido en el fondo de la caja de anclas, de tal forma que normalmente se hacía necesario salir a navegar, fondear lejos de la costa, lanzar el ancla permitiendo que metros y metros de cadena fueran cayendo al agua, y solamente cuando esa cadena hubiera salido por completo de su estrecho cubículo se conseguiría acceder a un pesado maletín metálico perfectamente estanco.

Aún me invade el sudor cada vez que recuerdo los tremendos esfuerzos que tuve que hacer, acosada por nubes de mosquitos, a la hora de ir arrojando silenciosamente al agua del puerto, eslabón tras eslabón, la interminable cadena del ancla.

Pero debo admitir que valió la pena. Me llevé el maletín y pasé dos días examinando su contenido.

Constituía un auténtico tesoro de incalculable valor testimonial y casi cabría asegurar que histórico.

La base de tan inapreciable hallazgo la conformaban tres libretas de tapas de hule, en las que Lautaro Céspedes había ido anotando día a día y con una caligrafía minúscula y perfecta cuanto había acontecido en la banda armada desde el momento mismo en que ingresó en ella, en la segunda mitad de los años sesenta, hasta la noche en que subió a bordo del *Malandrín* y se perdió en la oscuridad del agitado golfo de Vizcaya.

«Nada me importaría que estas olas se tragaran cuanto queda de mí. Nada me importaría que mi cuerpo se hundiera en las aguas que bañan las costas de mi tierra, puesto que ya mi alma se ha hundido en la sangre que yo mismo ayudé a derramar sobre sus ciudades y sus campos.

»La última luz desaparece a popa. Sé que jamás regresaré a mi casa, ni vivo, ni muerto. Nadie se acordará de mí. Adiós, adiós, adiós.»

Con ese triple adiós terminaba el diario, pero tanto o más que el testimonio de primera mano de alguien que había vivido muy de cerca tan trascendentales acontecimientos, lo que en verdad no tenía precio era la enorme cantidad de nombres, direcciones, números de teléfono e incluso fotografías que abarrotaban el maletín.

¿Por qué razón había conservado el Dibujante todo aquello?

¿Qué objeto tenía si había decidido abandonar cualquier tipo de actividad clandestina desde el momento en que embarcó?

A mi modo de ver tan solo existe una respuesta válida: aquel maletín, aquel diario, y aquel cúmulo de documentos comprometedores constituían el seguro de vida de alguien que no confiaba en sus antiguos camaradas.

Ahora, tanto después, me reafirmo en semejante apreciación; nadie que hubiera ocupado un puesto de tanta responsabilidad podría abandonar nunca una organización tan radicalizada si no era a base de cubrirse muy bien las espaldas.

En ETA, la deserción se paga con la vida. Y no se me antoja en absoluto injusto.

¿Quién soy yo, que tantas vidas me he cobrado, para juzgar a quienes juzgan según sus propias leyes?

¡Si yo establecí las mías y no dudé a la hora de ajusticiar a quienes sospechaba que me habían fallado, carezco de fuerza moral para condenar a quienes consideran que escabullirse en plena noche a mar abierto y desaparecer sin dar explicaciones constituye un delito de alta traición que se castiga con la muerte!

Quiero pensar que de no existir el maletín que en aquellos momentos descansaba sobre una mesa del *Barracuda III*, Lautaro Céspedes habría caído abatido por una bala en la nuca tiempo atrás sin que nadie se hubiera escandalizado por ello.

Según él mismo dejó escrito, Andoni *el Dibujante* había sido en su día un sanguinario terrorista sobre cuya conciencia pesaban una larga lista de muertes violentas, y, por lo tanto, siempre había tenido muy claro cuál sería su destino si un día decidía abandonar el camino libremente elegido.

Mi caso es en cierto modo semejante. Si una noche cualquiera alguien me suicida ahorcándome con una sábana de los barrotes del ventanuco, no tendré ni tiempo ni razón para quejarme, puesto que fui yo quien se lo buscó sin ayuda de nadie. Y, por desgracia, no cuento con un metálico maletín que me proteja.

Quien se lanza de cabeza a un lago de sangre, debe saber que conseguirá mantenerse a flote un cierto tiempo, pero que a la larga esa sangre le ahogará indefectiblemente, por que lo único que se aprende una vez dentro es que ese es un lago que carece de orillas.

Lautaro Céspedes había conseguido mantenerse a flote aferrado a un maletín que hacía las veces de salvavidas, pero ahora ese maletín estaba en mi poder, y por lo tanto su tiempo había acabado.

Lo medité largamente, y he de admitir que, al igual que me ocurrió con Emiliano y Alejandro, me planteé muy seriamente la posibilidad de permitir continuar viviendo a alguien que a mi modo de ver merecía estar muerto.

Y es que en el fondo le apreciaba. Y le entendía muy bien. Había cometido los mismos errores que yo, y por lo tanto gozaba de todas mis simpatías, pero en el mundo en que me desenvuelvo no hay lugar para las simpatías ni los afectos personales.

Limitarme a desaparecer llevándome sus documentos significaba tanto como conservar siempre sobre mi cabeza una temible espada de Damocles.

Pronto o tarde Lautaro acabaría por darse cuenta de que su precioso maletín había desaparecido, ataría cabos, y entraba dentro de lo posible que optara por poner sobre aviso a sus antiguos camaradas advirtiéndoles de que una muchacha morena, joven y especialmente atractiva estaba en condiciones de causarles un daño terrible.

Y efectivamente yo tenía intención de causar ese daño.

Ahora contaba con los medios.

Una interminable lista de nombres, direcciones e incluso fotografías de todos aquellos que podían haber sido causantes de la muerte de mi padre.

Incluso el propio Lautaro entraba en esa lista. Al fin y al cabo había sido dirigente de ETA en las fechas en que uno de sus comandos itinerantes se equivocó a la hora de hacer estallar una bomba.

La venganza es mi ley, y a ella me atengo.

Hubiera deseado haber tenido el suficiente valor como para dar marcha atrás en algunos momentos de mi vida, pero nunca lo tuve, por lo que opté por huir hacia delante aun a sabiendas de que dicha huida me conduciría directamente al abismo.

Me gusta repetir frases del diario de Lautaro, puesto que en cierto modo las considero como propias.

Aquella noche hubiera dado la mitad de mi vida por conseguir olvidar la otra mitad, pero no encontré a nadie que quisiera quedarse con ella.

Se refería a la noche en que había votado a favor a la hora de ejecutar a un industrial al que mantenían secuestrado.

Quiero suponer que el Dibujante que había colaborado en la organización del arriesgado y meticuloso atentado que acabó con la vida del almirante, poco tenía en común con el Dibujante que alzó la mano accediendo a que se le arrebatara la vida a un inocente.

Nada tiene que ver una cosa con otra.

Puede que se emplee la misma palabra para designar ambos actos: terrorismo, e incluso para designar a quienes lo cometen: terroristas, pero en mi opinión, incluso dentro de tan execrable término, deben establecerse distinciones.

Especialmente a la hora de juzgarlos.

Personalmente hubiera sido capaz de perdonarle la vida al terrorista que ejecutó a Carrero Blanco, pero no demostré la más mínima compasión con respecto a quien, a continuación, consintió en ser cómplice de tantas muertes inútiles.

En resumen se puede decir que a la hora de la verdad asesiné al segundo Dibujante, no al primero.

Por desgracia resultaba imposible separarlos, al igual que hoy por hoy resulta imposible separar a la inocente chiquilla que tan solo buscaba justicia de la implacable y corrupta Sultana Roja.

Corrupción es un término por desgracia muy exacto, y que nos indica que algo ha comenzado a descomponerse cambiando de forma radical su propia esencia.

Corrupción es al propio tiempo un término cada día más en boga y que se aplica de forma preferente al campo de la política.

No obstante, incluso en el ámbito del terrorismo esa inevitable corrupción acaba por hacer su aparición descomponiéndolo todo hasta convertir en irreconocible la materia original de las ideas —justas o injustas— sobre las que se asentaba.

La corrupción que se apoderó del espíritu de ETA es en cierto modo similar a la que se apoderó del espíritu socialista durante sus últimos años en el poder, y de la que probablemente se apodere algún día del Partido Popular si sus dirigentes no aprenden en cabeza ajena de unos errores que, pese a repetirse una y otra vez, vuelven siempre a la carga como la pescadilla que se muerde la cola.

¿Qué puede existir más corrompido y más alejado del ideal de quienes un buen día decidieron arriesgar sus vidas enfrentándose al todopoderoso franquismo, que esos estúpidos que han secuestrado a un pobre muchacho para descerrajarle un tiro en la nuca cuarenta y ocho horas más tarde?

El asesinato a sangre fría y sin justificación de ningún tipo de Miguel Ángel Blanco ha significado catapultar los principios fundamentales de ETA al extremo opuesto de su arco ideológico, y resulta curiosa —y en cierto modo macabra— la coincidencia en los apellidos: de la brillante victoria del atentado al tiránico fascista Carrero Blanco, a la hedionda derrota del crimen cometido en la persona del honrado demócrata Miguel Ángel Blanco.

De Blanco a Blanco, cuando se ha pasado en realidad del blanco al negro, aunque yo soy quien menos puede sorprenderse por el hecho de que las cosas hayan evolucionado de ese modo, ya que tuve ocasión de tratar a fondo a un hombre como el Dibujante, que representaba el origen de una ideología hasta cierto punto respetable, y he tenido también la oportunidad de tratar, aunque de un modo mucho más superficial, a quienes recogieron su testigo para conducirlo a una meta situada en una dirección totalmente opuesta.

Algún día, en algún lugar equivocamos el rumbo, y

lo que en el fondo me atormenta es que no soy capaz de determinar en qué momento exacto ocurrió.

No obstante, casi al final de su revelador diario, Lautaro puntualiza:

«En realidad sí sé cuándo comenzamos a errar nuestro camino, pero me avergüenza admitir que tuve miedo a decir lo que pensaba porque ya en esos momentos no me sentía con fuerzas como para arriesgarme por defender un sueño del que desgraciadamente me había despertado tiempo atrás.

»Sé muy bien cuánto duele despertar de un sueño que ha causado tantísimo dolor. Volver el rostro para descubrir que no has hecho más que dar pasos en falso cuyo único rastro es un reguero de cadáveres provoca un vacío interior que ni el mejor poeta sabría expresar, en especial si se detiene a preguntarse cuántas cosas hermosas podría haber llevado a cabo de no haberse cegado en tan fútil empeño.»

Lautaro tal vez hubiera llegado a ser un gran pintor. Tenía talento.

Y fuerza.

Y también hubiera sabido hacer feliz a una mujer.

Le gustaban los niños...

Y los perros.

Y le gustaba el mar, aunque jamás me hablara de ello.

«Renuncié a la vida que en justicia me correspondía por arrebatarle a otros la vida que en justicia también les correspondía.

»Y nadie salió ganando.»

Esa última frase...: «Y nadie salió ganando», simboliza mejor que ninguna otra la esencia de nuestra común aventura, y de la de todos aquellos que eligieron el tortuoso sendero de la violencia. Nadie sale ganando.

El terrorismo, o el crimen tal como yo lo he practicado, se transforman muy pronto en la resbaladiza senda de la derrota, y el hecho de tomar conciencia de que no somos más que pobres fracasados es como una invencible fuerza de gravedad que tanto más nos acelera cuanto más nos vamos acelerando.

Pasé aún dos largas semanas con la que acabaría por convertirse en mi sexta víctima. Dos semanas en las que a punto estuve de confesarle que había leído su diario y compartía la mayor parte de sus amarguras y desengaños, y a estas alturas aún suelo preguntarme por qué razón no lo hice.

Tal vez, juntos, hubiéramos conseguido escapar de nosotros mismos.

Era el hombre indicado.

Enfermos de la misma enfermedad.

Prisioneros en idénticas cárceles.

Enemigos cuya única esperanza de victoria se centraba en sellar una firme alianza. Y estoy convencida de que él hubiera aceptado.

Encontrar a una persona que compartiera sus pesadillas y pudiera disculpar sus errores por el hecho de haber cometido esos mismos errores, era lo que Lautaro Céspedes estaba necesitando. Pero no tuvo esa oportunidad.

No se la concedí.

De lo que sí tuvo oportunidad en esos últimos días de su vida fue de sincerarse. Tal vez presentía que iba a morir. O quizá debió captar de un modo inconsciente que yo ya sabía tanto sobre él que no valía la pena continuar ocultándome el resto.

También debió influir la noticia de que uno de sus antiguos camaradas había sido asesinado por los llamados Grupos Armados de Liberación, los tristemente famosos GAL creados al parecer por el Ministerio del Interior del Gobierno socialista con el fin de combatir ilegalmente el terrorismo.

—Eliminan a los hombres equivocados —se lamentó—. El bueno de Gorka ya no le hacía daño a nadie, y por el contrario era de los que podían contribuir a la pacificación de Euskadi. Sin embargo, como sabían dónde encontrarle le pegaron un tiro, mientras que a los auténticos asesinos ni siquiera los buscan. ¡Inútiles!

Aquella manifiesta ineptitud por parte de quienes en buena lógica contaban con todos los medios imaginables para conseguir sus objetivos tenía la virtud de sacarle de quicio, puesto que lo veía como una muestra más de hasta qué punto la vieja batalla había perdido grandeza.

—La policía franquista era dura, cruel y despiadada, pero eficiente —solía decir—. Gente que sabía su oficio y a la que nos enfrentábamos de igual a igual arriesgando la vida. Pero ahora los encargados de acabar con ETA no son más que una pandilla de pistoleros a sueldo o funcionarios corruptos que se quedan con el dinero destinado a combatirla. Lo único que saben hacer es torturar hasta que alguien les dé un nombre. —Lanzó un reniego—. Y cobrar de los fondos reservados por cada muerto que se apuntan.

—No resulta fácil combatir a una organización tan bien montada —le hice notar.

—Lo es si conoces sus fallos —replicó con calma—. ETA es como un antiguo galeón: demasiado velamen y obra muerta para tan poca quilla. Navega bien con viento en popa, y es capaz de capear un temporal a palo seco, pero con el viento de través corre serio peligro de naufragar.

Era la primera vez que se expresaba como un marino, por lo que me limité a observarle con fingida sorpresa.

—¿Y a qué viene semejante terminología náutica? —protesté—. Yo soy de tierra adentro.

—No era más que un símil —se disculpó—. Viene a significar que ETA no está lo suficientemente inmersa en la masa social vasca como para resistir que se la ataque allí donde no suele atacársela.

—¿Y es?

—En sus cimientos. La finalidad última de todo grupo terrorista se centra, como su propio nombre indica, en sembrar el terror. Y si no lo consigue, está condenado al fracaso.

—¿Te parece poco terror el que ha conseguido sembrar en estos años? Docenas de atentados con centenares de muertos.

—Más muertes provocan cada año los accidentes de tráfico, y para que la carretera infunda auténtico respeto, las autoridades se ven obligadas a realizar costosas campañas publicitarias con el fin de atemorizar a los ciudadanos. Eso significa que para que el pueblo tenga miedo, le tienen que inculcar ese miedo. Pero si no se habla de ello, si se ignora o se desprecia, deja de importar. El silencio es la clave.

—¿El silencio? —me sorprendí—. ¿Acaso pretendes que se amordace a los medios de comunicación como se solía hacer en tiempos de Franco?

—No se trata de amordazarlos —replicó seguro de sí mismo—, sino de hacerles comprender que años de airear atentados y exhibir todo un rosario de horrores a base de bombas y los asesinatos que pueden herir la sensibilidad del espectador, no han conducido más que al aumento de esa imparable escalada de violencia. El terrorista disfruta viendo cómo son otros los que multiplican por mil su lúgubre aullido. La prensa, la radio y la televisión son como gigantescos altavoces que le sirven para amedrentar al pueblo. Si se les priva de ellos, se les priva de su mejor arma.

—En las democracias existe una libertad de prensa que no puede coartarse.

—Hacer algo voluntariamente nunca puede ser considerado coacción —puntualizó—. Es únicamente civismo. Años de condenar duramente los atentados no han servido de nada. Y me consta, porque eso era lo que más nos preocupaba, ya que lo peor que le puede ocurrir a quien comete un atentado es que únicamente se enteren un centenar escaso de personas. Por eso, en los tiempos de la censura teníamos que recurrir a golpes de efecto que no pueden ocultarse como fue el caso del atentado a Carrero Blanco. Sin embargo, hoy en día le pegan un tiro a un infeliz cartero en Bilbao y los periódicos de Málaga le dedican la primera página. Y eso asusta tanto al vecino de Málaga como al de Bilbao. Y lo peor de todo es que con ello no se ha conseguido devolverle la vida al pobre cartero.

—No entiendo gran cosa de terrorismo —argüí—. Pero se me antoja que lo que estás diciendo es injusto. Y cruel.

—Yo sé mejor que nadie que todo cuanto se refiere al terrorismo es injusto y cruel, puesto que son mayoría los inocentes que sufren las consecuencias —admitió—. Lo aprendí demasiado tarde, pero lo aprendí muy bien. Y te diré una cosa: resulta muchísimo más injusto asesinar a una persona que silenciar su muerte.

—En eso estoy de acuerdo. En lo que no estoy de acuerdo es en que se permita a una determinada organización terrorista que campe por sus respetos sin que nadie proteste por ello.

—Te repito que protestar no suele servir de nada —insistió—. Y, además, ese silencio debe venir acompañado de mucha astucia a la hora de atacar por otros flancos. Me duele decir esto, ya que contribuí a crearla, pero a estas alturas estoy convencido de que ETA hay que enquistarla en sí misma por medio de la indiferencia más absoluta al tiempo que se la corrompe en sus propias raíces.

—¿Cómo?

—Desmoralizando a sus bases. Si un cachorro de ETA es sorprendido quemando una cabina telefónica y al día siguiente sale en libertad sin cargos, se considera un héroe que puede permanecer impune hasta el punto de que un día en lugar de incendiar cabinas, asesinará personas. Pero si a la semana de salir en libertad tres encapuchados le secuestran y le propinan una soberana paliza intentando averiguar qué es lo que le contó a la policía mientras lo tuvieron en el calabozo, llegará a la conclusión de que sus amigos son más temibles que sus enemigos. Y eso le desmoralizará.

—Es un truco muy sucio —protesté—. Y antidemocrático.

—Más sucio y antidemocrático es hacer explotar un coche bomba en mitad de la calle —señaló, y no le faltaba razón—. Quien cometa un acto vandálico debe tener muy claro que antes o después, y venga de un lado u otro, pagará por ello. Y si, además, se hace correr la voz de que no resistió el interrogatorio y se fue de la lengua denunciando a otros camaradas que posteriormente sufrieron idéntico trato, en lugar de ser un héroe se habrá convertido en un traidor que ya nunca podrá dormir en paz.

—Tienes una mente retorcida y diabólica.

—Tengo la mente que me han obligado a tener. Yo era un hombre justo, y fiel a una causa al que unos cuantos enanos mentales que ambicionaban su puesto acabaron por expulsar de su país condenándole a un futuro sin esperanzas. ¿Cómo quieres que piense?

—Mal, desde luego, pero si es así, ¿por qué no pones tus conocimientos al servicio de quienes pueden aniquilar a esos enanos mentales?

—Porque tal vez sea un resentido, pero no un traidor. Mientras no vengan a por mí los dejaré en paz. Pero si intentan continuar haciéndome daño me encargaré personalmente de que les envenenen las municiones.

—¿Y eso qué quiere decir?

—Literalmente, lo que he dicho.

—Sigo sin entenderlo.

—Envenenar la munición significa manipularla de tal forma que en el momento de disparar la bala explote, reventando el arma y arrancándole la mano al tirador, por lo que este se convierte de cazador, en cazado.

—¡Joder! ¡Qué putada!

—Se trata de una tremenda putada, en efecto —admitió—. Pero hay que tener en cuenta que la mayor parte de las armas de ETA utilizan munición de nueve milímetros, y que suelen abastecerse por medio de traficantes que carecen del más mínimo escrúpulo. Se venden al mejor postor. Lo sé muy bien porque conozco a la mayoría. Si alguien viene a por mí les proporcionaré sus nombres a la policía, para que los corrompan y se las arreglen de tal modo que en cada cargamento que reciba ETA se hayan introducido un par de docenas de balas envenenadas. —Sonrió con manifiesta intención—. Nadie en este mundo es capaz de diferenciarlas de las auténticas, y en ese caso, antes de un par de años tendríamos un centenar de terroristas mancos. O tuertos. O incluso muertos.

¡Me asombraba!

Admito que en cierto modo Lautaro Céspedes me asombraba, puesto que a decir verdad poseía una mente criminal infinitamente más aguzada que la mía o que la de cualquier otra persona que hubiese conocido.

Y como aquella maligna forma de ver las cosas no aparecía reflejada en su diario, a mi entender eso significaba que se trataba de ideas muy recientes, y que, sin duda, había ido desarrollando durante sus años de exilio.

Y es que aunque se negara a admitirlo y en un principio diese la impresión de ser un viejo ex combatiente que había elegido voluntariamente el retiro, resultaba evidente que un rencor negro, profundo y enfermizo anidaba en lo más profundo de su corazón, y que lo que en verdad buscaba a aquellas alturas era venganza.

Vivía maquinando mil formas de destruir a quienes le habían destruido, y no me extrañaría nada que si algo malo le ocurría, alguien, en algún perdido lugar del mundo, tuviera órdenes muy precisas de señalar a la policía en qué lugar se encontraba escondido el comprometedor maletín metálico.

Por desgracia para él, ese maletín ya no estaba en el fondo de la caja de anclas del *Malandrín*, sino en poder de alguien que esperaba sacarle mayor provecho del que pudiera sacarle la policía.

Más que el Dibujante deberían haberle llamado el Maestro, y estoy convencida de que hubiera hecho magníficas migas con Al-Thani, puesto que ambos poseían la misma maquiavélica mentalidad.

En lugar de pagar con fondos reservados a ineptos y corruptos policías que se limitaban a contratar pistoleros mafiosos, lo que el Gobierno socialista tenía que haber hecho, ya que estaba dispuesto a jugar sucio, era ofrecer la oportunidad de una nueva vida en paz, anonimato y libertad a cualquiera de los antiguos dirigentes etarras condenados a pudrirse durante años en una cárcel, con el fin de que les ayudaran a destruir a sus sucesores. Quiero suponer que —al igual que ocurría con Lautaro— debían existir muchos antiguos líderes que se sabían traicionados por quienes les habían sucedido en el cargo.

Y alguno habría, amargado y rencoroso, que en la soledad de su celda hubiese tenido tiempo sobrado para diseñar estrategias semejantes a las que el Dibujante había diseñado en la soledad de su diminuto apartamento.

No hay mejor cuña que la del mismo palo, dice el refrán, y en este caso particular era muy cierto. Nadie mejor que el arquitecto que lo construyó para saber cómo se derriba un edificio, y nadie mejor que uno de sus miembros fundadores para destruir una organización terrorista.

Yo aprendía. ¡Dios, cuántas cosas llegué a aprender de tanta gente cualificada sobre la mejor forma de hacer daño!

Durante aquellas dos últimas semanas de su vida, Lautaro Céspedes me proporcionó *motu proprio* toda una valiosísima serie de pautas de comportamiento, como si en cierta forma me estuviese considerando su heredera espiritual, aunque ignorase —como quiero suponer que ignoraba— que, además, de sus palabras yo contaba ya con su diario y sus más secretos documentos.

Recuerdo que una noche del fin de semana anterior a su muerte me invitó a cenar en un simpático restaurante de las afueras, que según me aseguró había pertenecido al famoso Henri Charrière, más conocido como Papillon, un ex presidiario huido años atrás de la isla del Diablo, autor de una novela que me había impresionado en mi juventud.

Allí, relajados en un encantador y oloroso jardín de luz difusa y bajo un cielo particularmente caluroso y estrellado, el Dibujante, sin duda influenciado por el exótico ambiente, o por los vapores del magnífico vino con que habíamos regado generosamente la cena y el excelente coñac Napoleón que estábamos saboreando tras el café, pontificó muy serio:

—Creo que he encontrado la forma de acabar con ETA en cuarenta y ocho horas.

—¡Menos mal que hemos venido en taxi! —puntualicé—. ¿Tan mal te ha sentado el vino?

—No estoy borracho —aclaró al tiempo que me guiñaba un ojo—. Tal vez más alegre que de costumbre, pero no borracho. Y lo que te voy a decir te parecerá a primera vista estúpido, pero si la analizas con detenimiento descubrirás que podría convertirse en una fórmula impecable.

—¡Explícate! —le rogué, esforzándome por mostrarme paciente.

—En el fondo es muy simple —señaló al tiempo que encendía un grueso habano, cosa que raramente solía hacer—. El gran problema, cuando se lucha contra ETA o Herri Batasuna, se centra en el hecho de que actúan sin respetar las reglas democráticas, pero amparándose siempre en leyes democráticas. Asesinan, incendian o secuestran, pero en cuanto se les pone la mano encima corren a esconderse bajo las faldas de los organismos internacionales y la Declaración de Derechos Humanos.

—De eso abusan —admití.

—Y me parece injusto —puntualizó—. Contra Franco sabíamos que nos jugábamos la vida, pero ahora las fuerzas están descompensadas. Un bando puede matar, pero el otro ni siquiera puede propinarle una patada en los cojones a su enemigo sin que le acusen de torturador. Y así, con las manos atadas a la espalda, nunca se conseguirá acabar con quienes se burlan abiertamente del sistema.

—¿Y qué es lo que se te ha ocurrido? —quise saber—. ¿Abolir de un plumazo las leyes democráticas?

Me lanzó a la cara una nube de humo al tiempo que sonreía burlonamente.

—¡Más o menos! —replicó—. La esencia de mi idea estriba en abolir las leyes democráticas, democráticamente.

—¿Por medio de un referéndum...? ¡Menudo lío!

—¡No! No haría falta ningún referéndum. Todo sería legal y constitucional.

—Acabarás volviéndome loca —me lamenté.

—Para eso no necesitas ayuda —remarcó con humor—. Pero presta mucha atención: tanto España como Francia desearían cortar de raíz los brotes de separatismo a ambos lados de la frontera vasca, pero no lo consiguen por culpa de un código civil excesivamente puntilloso. ¿Estás de acuerdo?

—¡Hasta ahí estoy de acuerdo! —admití.

—Pero existe una situación excepcional, aunque legal y constitucional, en que dicho código pierde todo su vigor.

—¿Y es...?

—¡La guerra! En tiempos de guerra prevalecen el código militar y la ley marcial, frente a lo que toda otra consideración pasa a segundo término.

—¡Pero no se le puede declarar la guerra a ETA, ni

a Herri Batasuna! —le hice notar—. ¡Qué más quisieran...! Sería como admitir que forman parte de un País Vasco independiente y soberano.

—¡No me has entendido! —me interrumpió, alzando la mano como pidiendo calma—. No se trata de declararle la guerra a ETA, sino a Francia.

—¿Declararle la guerra a Francia? —repetí estupefacta—. ¿Es que te has vuelto loco?

—Probablemente —reconoció—. Pero imagínate lo que significaría que, en pleno ejercicio de sus libertades y de acuerdo con la Constitución vigente, el Estado español le declarara la guerra a Francia, y viceversa. Se firmaría un acuerdo según el cual ambos países entraban en guerra a partir de ese mismo instante, y a continuación, se concertaría un armisticio que tan solo entraría en vigor cuarenta y ocho horas más tarde. Eso vendría a significar que, durante cuarenta y ocho horas, ambos países estarían en guerra y, por lo tanto, en ambos imperaría la ley marcial.

—¡Estás como una cabra! —me escandalicé—. ¡Qué cosas se te ocurren!

—Únicamente se trataría de combatir al terrorismo con sus propias armas. Y, además, te garantizo que se convertiría en un magnífico ejemplo de civismo que figuraría en los anales de la historia. En cierta ocasión, y como muestra de amistad, dos países vecinos se declararon la guerra. Lo que antes tan solo era preludio de muerte y destrucción, ahora lo sería de paz y armonía.

—¿La guerra de las Cuarenta y Ocho Horas?

—¿Por qué no? Si los terroristas buscan guerra, justo es que tengan guerra, pero de tal forma que tan triste palabra se convierta al menos por una sola vez en algo hermoso.

—En el fondo no eres más que un romántico —señalé.

—Y un iluso, de acuerdo —reconoció—. Pero ponte a pensar en lo que se conseguiría con dos días de ley marcial. Todos cuantos tuvieran la más mínima relación con la violencia saldrían corriendo como conejos, por lo que podrían ser declarados desertores y condenados a penas muy severas. Y al otro lado de la frontera los estarían esperando unos franceses que los atraparían para acusarlos de invasores, con lo que también se pasarían una larga temporada en un campo de concentración antes de ser devueltos a su país de origen en un justo intercambio de prisioneros.

—Cada día me pareces más hijo de puta —le hice notar—. ¡Qué mente tan retorcida!

—No es más que un ejercicio de imaginación —recalcó mientras se inclinaba para tomarme de la barbilla mirándome a los ojos—. Un simple ejercicio que daría pie a infinitas especulaciones. Francia y España se unirían en un sincero abrazo y tal vez el mundo aprendería una lección que fuera de utilidad a otros. ¿Acaso no resulta lógico que dos vecinos con ratas en el patio común se pongan de acuerdo a la hora de llamar al exterminador? Eliminado el peligro se celebraría una gran fiesta y se conmemoraría la fecha de un armisticio que quedaría como un ejemplo de lo que se puede conseguir cuando los pueblos y sus gobernantes demuestran buena voluntad.

—¿Cómo es posible que alguien que piensa como tú pudiera unirse a ETA? —quise saber.

—Es que no se trata de la misma persona —respondió con un innegable deje de amargura—. Los años no pasan en vano. Sobre todo para los terroristas.

De regreso a Caracas, y tras contemplar el millón de luces del valle hacia el que descendíamos entre vueltas y revueltas, me volví al hombre, ahora silencioso y como ausente que se sentaba a mi lado, y llegué a la conclusión de que era una lástima tener que acabar con quien demostraba un arrepentimiento tan sincero.

Poco o nada tenía que ver Lautaro Céspedes con Andoni *el Dibujante*.

Poco o nada el terrorista que asesinó a tanta gente con quien acababa de cerrar los ojos y dormitaba evocando tal vez una lejana tierra a la que sabía que jamás volvería.

Poco o nada.

Pero los muertos se revolvían en sus tumbas.

Los inocentes gritaban desde el más allá su inocencia. Las cenizas de Sebastián se negaban a ser esparcidas hasta que sus asesinos hubieran pagado por su crimen. Y yo no tenía la culpa de que Andoni *el Dibujante* hubiera aprendido su lección demasiado tarde.

Le había condenado a morir. Pero me constaba que me iba a resultar muy difícil matarle.

QUINTA PARTE

EL HUMO

Tenía que ejecutar a un hombre al que admiraba, apreciaba y en cierto modo respetaba. Y con el que había hecho el amor, de una forma harto satisfactoria en esta particular ocasión, la noche antes. Y nadie me obligaba a ejecutarle. ¡Nadie me obligaba!

Era una decisión personal, absolutamente ilógica y admito que injusta, puesto que yo no tenía el más mínimo derecho a juzgarle, ni mucho menos a decidir si merecía o no tan terrible castigo.

Me tumbé en una hamaca de la piscina del Tamanaco y, mientras observaba cómo docenas de pequeñas avionetas iban tomando tierra en el cercano aeropuerto de La Carlota tras haber pasado el fin de semana en las islas vecinas o en las selvas y llanos del interior del país, me concentré en repasar una y otra vez mi plan de acción.

Admito que hay que tener mucha sangre fría, y ser al propio tiempo muy cobarde para pasarse horas meditando en cómo asesinar a un ser humano que confía en ti.

Yo no le odiaba.

Eso ha sido siempre lo más duro; la mayor parte de las veces no odiaba a quienes asesiné, y como tampoco perseguía unos fines económicos, aún continúo preguntándome qué absurdas razones me impulsaban a hacerlo.

¿O era más bien la sinrazón?

La sinrazón puede llegar a convertirse en un argumento tan válido como cualquier otro si aceptas de antemano que una parte de tu cerebro no funciona como debería funcionar.

Por lo que yo sé, son muy escasos los cerebros que funcionan con absoluta normalidad y me consta que incluso los de los mayores genios se desestabilizan a menudo por culpa de inesperadas ráfagas de locura, extrañas desviaciones sexuales o absurdas manías impropias de sus privilegiadas mentes.

Y debemos dar gracias al Creador porque así sea.

Si todos los cerebros se comportaran con la perfección de un reloj, no seríamos más que una colonia de abejas en la que cada individuo reacciona al igual que lo vienen haciendo sus antepasados desde millones de años atrás y al igual que lo harán sus descendientes durante un millón de años más.

Por suerte cada cerebro humano es único, y cada uno de ellos evoluciona de una forma distinta.

¿Y quién puede culparnos por ello?

¡Oh, Dios...! Creo que una vez más estoy intentando justificarme cuando suponía que me había aclarado suficientemente a mí misma que no buscaría nuevas justificaciones.

Las decisiones estaban tomadas desde hacía ya mucho tiempo; incluso desde antes de que yo naciera, puesto que empezaba a ser evidente que me habían hecho nacer para conducirme a lo largo de tan tortuoso camino.

Tanto daba que eligiese eliminar al sanguinario terrorista responsable de modo tangencial de la muerte de mi padre, o al ya cansado y arrepentido ex terrorista que se había convertido en mi amante y confidente.

Tanto daba. Era una muerte más.

Y me sentía cansada. Muy cansada.

Ahora lo sé, pero por aquel entonces aún no había descubierto que el día anterior a una ejecución me siento cansada y deprimida, como si me hubiera bajado de modo brusco la tensión, y que lo único que me apetece es quedarme muy quieta, meditando o quizá complaciéndome en saber que soy la única testigo de una compleja batalla que se está librando en mi interior.

Luego, cuando al fin esa batalla ha concluido y tengo muy claro qué es lo que voy a hacer, me invade una perentoria necesidad de entrar en acción para llevar a término mi plan lo antes posible.

Pero la muerte del Dibujante no era una muerte cualquiera.

Tenía que estar exquisitamente diseñada. Como una macabra partida de ajedrez.

—¡Qué manía!

A decir verdad nunca me ha gustado especialmente el ajedrez.

Esa noche dormí en casa de Lautaro, aunque me negué a hacer el amor alegando que me dolía la cabeza.

Me repelía la idea de llevar en mi interior restos del semen de un cadáver.

¡Sucio pensamiento, admito! Sucio e indigno.

A la mañana siguiente, y en cuanto se marchó al trabajo, oculté en el último cajón de la cómoda algunas de las hojas de su diario que más le comprometían, así como varios documentos que le relacionaban de forma indiscutible con ETA, para abandonar el apartamento llevándome el arma que guardaba en la mesilla de noche, una vieja Astra que un auténtico profesional jamás hubiera utilizado, pero que el Dibujante conservaba como una amada reliquia.

La envolví en un paño de cocina, y al pasar la oculté en un espeso macizo de flores del pequeño parque infantil que ocupaba el final de la calle.

Tomé un taxi que me llevó directamente al Tamanaco, almorcé en la terraza, pagué la cuenta y a primera hora de la tarde solicité una limusina para que me condujera al aeropuerto de Maiquetía, donde facturé el equipaje en el vuelo que partía hacia París a las nueve de la noche.

En Venezuela resulta aconsejable acudir con tiempo más que sobrado al aeropuerto, no solo porque de no hacerlo se corre el riesgo de que hayan vendido más billetes de la cuenta y al final no queden plazas libres, sino sobre todo porque a causa del notable flujo de drogas que se embarcan con destino a Europa, los aduaneros tienen orden de registrar y precintar las maletas antes de ser embarcadas.

Tal como esperaba, y como viajaba en Gran Clase, los trámites resultaron bastante más fluidos de lo normal, por lo que al concluirlos disponía de casi dos horas de tiempo hasta el momento de abordar el avión.

De no haber sido así, tal vez Lautaro Céspedes hubiera salvado la vida.

¡Tal vez!

Conmigo nunca se sabe.

En el baño de señoras cambié mi elegante vestido de firma por un amplio mono azul, para encaminarme directamente al aparcamiento de la terminal en el que tres días antes había estacionado una pequeña moto.

Siempre he considerado que cuando se actúa en solitario, la moto es el único vehículo válido a la hora de cometer un atentado.

Confiere autonomía y es rápida y eficaz, sobre todo en una ciudad de tráfico tan endiablado como Caracas.

A las siete, ya noche cerrada, había recogido el arma de entre los arbustos. A las siete y diez Andoni *el Dibujante* descendió del autobús para encaminarse ajeno a cualquier tipo de peligro hacia el portal del pequeño edificio de apartamentos.

A las ocho me encontraba de nuevo en el aeropuerto tras arrojar la vieja pistola por uno de los viaductos de la autopista que desciende a Maiquetía.

A las ocho y media embarcábamos.

Me pasé la mayor parte del viaje llorando. Era tanto mi dolor y tan incontenible mi tristeza, que incluso la azafata se vio en la obligación de tomar asiento a mi lado en un inútil intento de tranquilizarme. No creo que hubiera conseguido explicarle a aquella amable señorita, que probablemente lo peor que había hecho en su vida era acostarse con un piloto casado, que me sentía tan apenada porque acababa de dejar tendido sobre la acera, con un tiro en la cabeza y empapado en sangre, a un moribundo al que en el fondo de mi alma quería y respetaba.

La muerte de Lautaro no fue como las anteriores. Ni como las que vendrían a continuación. La ejecución del Dibujante tuvo para mí un significado muy especial, puesto que aunque en el momento de apretar el gatillo no me tembló el pulso y llevé a cabo mi trabajo con indiscutible limpieza, sabía positivamente que estaba cometiendo un terrible error al ejecutar a un hombre que no merecía la muerte.

Los crímenes que pudiera haber cometido habían prescrito. Prescrito no desde un punto de vista meramente legal y por el hecho de que hubiese transcurrido demasiado tiempo desde que los cometió, sino sobre todo desde el punto de vista moral, ya que me constaba que además de arrepentido, Lautaro Céspedes se encontraba realmente aplastado por el peso de sus culpas.

Ahora era yo quien me sentía aplastada por ese peso, pero la diferencia estribaba en que él había asegurado que se sentía incapaz de continuar matando por ETA, mientras que yo seguía matando por una causa que ni siquiera sabía con exactitud cuál podía ser.

No tenía sentido continuar aferrándome a la idea de que lo único que pretendía era vengar a Sebastián. Ni yo misma seguía aceptándolo como disculpa. Sebastián se había convertido en una especie de sombra inconsistente que supongo que incluso me aborrecía por haberle elegido como pantalla tras la que ocultarme a la hora de cometer mis crímenes.

No se lo merecía. Un hombre tan bondadoso y justo como él, no debía haber sido nunca elegido como símbolo de una cruzada tan absurda y diabólica como la que estaba llevando a cabo, y yo era, curiosamente, la primera y la única en entenderlo así.

Y es que nadie más que yo lo sabía. Esa era otra de las razones por las que lloraba tan desconsoladamente en el avión. Acababa de matar a Lautaro, pero al disparar sobre él había contribuido a matarme un poco más a mí misma.

Cada nuevo asesinato era como una herida abierta por la que se me escapaba la vida. A veces temo que en mi obcecación lo único que buscaba era suicidarme a base de disparar sobre otros.

Más me valía haberme pegado un tiro a mí misma y acabar de una vez. Aunque en el fondo es de justicia reconocer que a partir de aquel momento la inmensa mayoría de las personas a las que maté merecían la muerte, y a mi modo de entender Lautaro Céspedes puede ser considerado con toda sinceridad mi postrer error.

Su postrer error fue otro, y sin duda mucho mayor que el mío, tal como él mismo reconocía en su diario:

«Mi gran error, y el de todos nosotros, se centra en el hecho de no habernos percatado de que ya no tenemos tiempo material de convertir Euskadi en una nación propiamente dicha.

»Tanta sangre, tantos sufrimientos y tanta violencia resultarán por completo inútiles, puesto que dada nuestra particular posición geográfica, y encaminándose como se encamina Europa hacia una imparable integración económica, legislativa y militar, nuestro papel como nación independiente sería a todas luces ridículo.

»¿De qué le serviría ser independiente a un diminuto país encajonado entre España y Francia, que se vería obligado a comprar y vender en una moneda común, depender de los ejércitos de la OTAN, y aceptar leyes comerciales o cuotas de producción impuestas por Bruselas?

»Desde el momento en que careciésemos de moneda propia, ejército propio o leyes propias, la palabra independencia carecería a mi entender de sentido.

»A la larga, lo único que conseguiremos será imponer a nuestra juventud, arbitrariamente y por la fuerza, una lengua que de nada les servirá más allá de nuestras fronteras.

»Muy pronto el euskera no será ya más que el llamativo estandarte con el que unos cuantos políticos que juegan a ser y no ser sin mostrar nunca sus verdaderas intenciones continúen enardeciendo a un puñado de fanáticos.

»Temo que a nuestro sueño de libertad le ocurre como a los grandes transatlánticos: desde que se inventó el avión ha quedado desfasado, y hoy por hoy constituye un lujo que no nos podemos permitir.»

Ese convencimiento de que se carecía de tiempo material para llevar a buen puerto una idea nacida demasiado tarde pese a que llevara siglos anidando en el pecho de todo un pueblo, parecía haberse convertido en una obsesión para el Dibujante, ya que continuamente volvía sobre ella en sus escritos, maldiciéndose a sí mismo por el hecho de no haber sabido prevenir con la debida antelación el desarrollo de los acontecimientos.

Cuando, cansada de los ultranacionalismos que la han conducido indefectiblemente a la desesperación y la ruina, la humanidad comienza a encaminar sus pasos hacia una lógica integración, toda voz discordante, en especial si tal voz ni siquiera tiene voto en el concierto de las naciones, parece condenada a quedar ronca o en silencio.

Hace unos días, contemplando en la televisión la increíble riada de hombres, mujeres y niños que abarrotaban las calles y las plazas de la práctica totalidad de las ciudades españolas, gritando «¡Asesinos!» a quienes habían ejecutado tan vilmente al pobre Miguel Ángel Blanco, llegué a la conclusión de que eso era exactamente lo que Andoni *el Dibujante* pretendía plasmar en sus escritos: la voz de una pistola de nada vale frente a las voces que nacen de millones y millones de gargantas.

Y al igual que con su infinito poder los medios de comunicación se convierten casi a diario en un elemento multiplicador de los logros de los violentos, en esta ocasión se ha vuelto ferozmente contra ellos, obligándoles a aceptar la magnitud de su propia insignificancia.

Si tras lo ocurrido con el asesinato de Miguel Ángel Blanco los actuales dirigentes de ETA no han comprendido cuán minúsculos son en realidad, es que a mi modo de ver son mucho más cortos de talla mental de lo que suponía.

Aunque resulta evidente que ningún gran hombre

ha tomado nunca conciencia de su auténtica grandeza, ni ningún mediocre ha conseguido aceptar nunca la miseria de su mediocridad.

El Dibujante no fue un gran hombre, pero tampoco fue un hombre mediocre, y por ello consiguió entender muchas cosas que quienes le sucedieron jamás aceptarán.

Recuerdo que entre los documentos que conservaba en su maleta destacaba un cartel en el que se veía a un hombre tumbado en una sucia colchoneta con un arma apuntándole la sien, bajo el que destacaba la leyenda: «Ángel Berazadi, ejecutado por ETA el 8 de abril de 1976.»

Por lo visto, con dicho cartel los terroristas buscaban impresionar a otros empresarios vascos con el fin de que pagaran sin rechistar el llamado impuesto revolucionario que se les exigía.

Según lo que el propio Lautaro dejó escrito de puño y letra, Berazadi había sido un auténtico nacionalista que había defendido ardientemente el sueño de una Euskadi libre e independiente, pero que, no obstante, acabó ejecutado por el imperdonable delito de no haber conseguido reunir a tiempo los doscientos millones de pesetas que quienes se supone que compartían sus ideales le exigían para que dicho sueño continuara siendo una pesadilla.

¿En qué cabeza cabe?

¿En qué grupo de cabezas caben tantísimos errores?

Demasiado a menudo mi cabeza no rige como debiera y mis errores puede que sean monstruosos, pero me queda el consuelo de que los cometo sin ayuda de nadie y no aspiro a formar parte de ninguna cúpula dirigente.

Es muy posible que esté loca. Pero no creo que sea estúpida. Los que matan a hombres como Berazadi o Miguel Ángel Blanco tienen una remota posibilidad de no estar locos, pero abrigo el convencimiento de que son rematadamente estúpidos.

Recuerdo un viejo proverbio ecuatoriano: «Quien caga sobre la mesa acaba comiendo en el retrete.» Y eso fue lo que le ocurrió a Andoni *el Dibujante* y a docenas que, como él, dispararon contra su propio pueblo, lo que a la larga viene a significar tanto como cagarse sobre la propia mesa.

Ahora Andoni había lanzado su último vómito de sangre sobre una sucia acera de Caracas, y en cuanto la policía registrase su apartamento y descubriese los documentos y las hojas de su diario, no abrigaría la más mínima duda a la hora de dictaminar que se trataba de un ajuste de cuentas.

¿Y qué otra cosa era, al fin y al cabo?

Un ajuste de cuentas.

De mis cuentas particulares.

Cuando el sol hizo su aparición sobre un rojo horizonte, ascendiendo con increíble rapidez a medida que el avión volaba a casi mil kilómetros por hora en dirección opuesta, dejé de llorar.

Un nuevo día significaba una nueva página del libro, o el inicio de una nueva jornada de un camino que me constaba que ya jamás abandonaría. Me encontraba prácticamente sola en la cabina de Gran Clase, a nueve mil metros de altura sobre el nivel del mar, esperando ver aparecer las costas europeas en el horizonte, consciente de que nadie me aguardaba a mi llegada, de la misma forma en que nadie me había despedido en el momento de mi marcha.

¡La soledad!

¡La soledad una vez más!

¡La soledad una y mil veces!

Durante aquel amargo viaje y quizás en el justo momento de ver amanecer sobre el océano, descubrí algo importante y que me aclararía el futuro de una forma definitiva: me gustaba la soledad.

Y más que la soledad en sí, me gustaba aquella agridulce sensación de saber que no significaba nada para nadie, ni nadie significaba nada para mí.

No importaba dónde me encontrara ni qué estuviera haciendo en un determinado momento; no importaba si estaba sana o enferma, si era feliz o desgraciada, y no importaba si seguía viva o había muerto.

No existía.

Tan solo quienes me vieran o me dirigieran la palabra tendrían plena conciencia de que era un ser vivo. Para el resto me había sumido —quizá definitivamente— en la bruma de un amanecer cualquiera.

Una vez más, me había quedado sin familiares, amigos o enemigos.

¿Triste? Triste, en efecto, hasta que descubres que eso es lo que en el fondo te hace feliz porque es lo que has elegido libremente.

Quiero suponer que para la mayor parte de los seres humanos tan absoluta carencia de ataduras constituiría el peor de los castigos, pero, no obstante, a mi modo de ver se convertía en una rotunda e indiscutible demostración de libertad.

María de las Mercedes Sánchez Rivera había dejado de existir en algún recodo del camino, al igual que dejó de existir Rocío Fernández, natural de Coria del Río, y muy pronto dejaría de existir la ecuatoriana Serena Andrade.

Era como si día a día fuese muriendo, renaciendo y dejando atrás un pasado sangriento como la serpiente que muda de piel, para reencarnarme una y otra vez en personalidades diferentes, sin que yo misma supiera cuál me pertenecía en realidad.

¿La Sultana Roja, quizá?

¡Qué tontería!

La Sultana Roja no es más que un invento de algún fantasioso periodista que oyó campanas sin saber dónde, y al que alguna vez debieron hablarle de una muchacha que no dudaba a la hora de apretar el gatillo.

Y como los apodos de la Viuda Negra o Mantis Religiosa se los habían adjudicado ya a demasiada gente, inventó una idiotez que suena bien, pero nada tiene que ver conmigo.

Ni soy sultana, pese a haber nacido en un pueblo de Córdoba, ni mucho menos roja, puesto que prefiero los hoteles de lujo y los zapatos de marca a las chabolas, la miseria y las alpargatas.

Sin lugar a dudas, Araña Negra hubiera sido un sobrenombre más acorde con mi personalidad, puesto que lo que en verdad me gusta es ese tejer en solitario una tupida tela en que hacer caer a mis víctimas, pese a que creo recordar que en alguna ocasión ya he puntualizado que mi primera víctima fui siempre yo misma.

Ahora, encerrada aquí sin más compañía que un cuaderno barato, quiero hacerme la ilusión de que en el fondo lo mío fue una predestinación, y el destino me eligió para que algún día, y a través de tan tortuosos avatares, fuera la encargada de salvar a miles de seres inocentes.

¿Quién, de haber sido yo, habría puesto sobre aviso a las autoridades de lo que estaba a punto de suceder?

¿Quién, sino yo, habría conseguido averiguar que un grupo terrorista se disponía a prenderle fuego a la mitad de las ciudades europeas?

¿Quién, de no haber estado yo, hubiera conseguido evitar tamaña apocalipsis?

Digan lo que digan a la hora de juzgarme, ha quedado claro que de cuantos asistieron a la reunión en la que Martell anunció a bombo y platillo que había descubierto la forma de acabar de una vez por todas con la corrupta sociedad capitalista, únicamente yo hubiera sido capaz de traicionarle.

Todos los demás estaban locos. Pero locos de otra locura. Locura de destrucción indiscriminada, mal que a mí no me afecta puesto que siempre he tenido muy claro a quién pretendo destruir.

El caso de Lautaro es diferente. Lloré su muerte. Pero estoy convencida de que de la docena larga de hijos de la gran puta que se reunieron a escuchar la arenga de Martell ni uno solo hubiera llorado por los miles de víctimas que un gigantesco incendio hubiera provocado. Ni aunque la mitad de los muertos hubieran sido niños de pecho.

Era gente enferma, terroristas de la peor calaña, auténticas alimañas para los que prender fuego a edificios y monumentos no hubiera significado más que una suprema demostración de poder, y a los que los gritos de sus víctimas habrían sonado a himnos de victoria.

Recuerdo que en cierta ocasión escuché las declaraciones que le hizo a la prensa una joven terrorista que aseguraba que se sentía feliz por el hecho de que sus compañeros hubiesen cometido un nuevo atentado tras varios meses de silencio.

Para aquella enferma mental, más joven y más enferma aún que yo, los gritos de dolor, la sangre y las lágrimas de unos desgraciados a los que la explosión había arrancado los brazos se transformaban como por arte diabólico en cánticos de gloria, ya que ello venía a confirmarle que aquello en lo que creía seguía vigente.

¿Qué inconcebible grado de felicidad habría conseguido alcanzar si cualquier ciudad española hubiera ardido por los cuatro costados?

Tal vez incluso hubiera tenido un orgasmo. Mal de muchos, consuelo de tontos.

¿Quizá me consuela saber que existen seres, incluso mujeres, que disfrutan aún más que yo a la hora de hacer daño?

No. No me consuela.

Y es que muy en el fondo, y pese a todo cuanto haya escrito hasta el presente, no creo que me produzca el más mínimo atisbo de placer causar daño.

Sobre todo a inocentes.

¿A qué viene todo esto?

¿A qué viene empantanarse una vez más?

Quizás al hecho de que me estoy refiriendo al amanecer en que acepté la incuestionable realidad de que me gusta ser como soy y vivir como vivo. Siempre se ha asegurado que nos complacen más nuestros defectos que las virtudes ajenas. Puede que este sea mi caso.

Mis defectos nacen de mi yo más íntimo y como tal los acepto como supongo que aceptaría los defectos de un hijo en caso de haberlo tenido.

Me acude a la mente la abominable escena de una gorda gritona que abrazaba y besaba desesperadamente a un canalla al que acababan de detener por haber violado y asesinado a una niña de seis años.

¿Qué le impulsaba a hacerlo?

¿El amor maternal?

¿Cómo puede nadie amar a semejante monstruo por mucho que lo haya llevado nueve meses en las entrañas?

Quiero creer que de la misma manera que yo amo a ese otro monstruo que nació en mi interior sin ayuda de nadie. Un monstruo que nunca ha violado a nadie, pero que asesina sin que le tiemble el pulso a seres a los que ama.

De nuevo París.

De nuevo los largos paseos a orillas del Sena y las interminables horas sentada en algún café de los Campos Elíseos.

No me quedaba otro remedio, puesto que tenía que esperar la documentación que me había enviado a mí misma desde Caracas. Aquella era una de las muchas enseñanzas de Hazihabdulatif, que nunca viajaba con más de un pasaporte falso.

Al-Thani aseguraba que si en una aduana te detienen porque tu documentación no está en regla, puedes alegar que no eres más que un inmigrante ilegal, con lo que el máximo peligro que corres es el de que te expulsen del país.

Pero si te registran el equipaje y descubren que cargas con varios pasaportes falsos, pasas a ser considerado un terrorista o un delincuente internacional, con lo que lo más probable es que acaben por averiguar tu auténtica personalidad y te encierren por una larguísima temporada.

La mejor solución estribaba, por tanto, en introducir los pasaportes que no fueran a utilizarse durante un determinado viaje en un sobre para enviarlos, poco antes de embarcar y desde el mismo aeropuerto, a la lista de correos de la ciudad de destino.

El correo venezolano funciona como el culo. No es una expresión en absoluto elegante, pero es la que mejor se ajusta a una penosa realidad.

Al octavo día de mi estancia en París me tropecé en un minúsculo pero selectísimo restaurante especializado en caviar iraní con Hans Preyfer.

Hans era uno de los innumerables socios de Jack Corazza que siempre había mostrado un especial interés por llevarme a la cama, y yo sabía que entre otras muchas cosas igualmente valiosas poseía un maravilloso apartamento en la mejor zona de París, a tiro de piedra del Arco de Triunfo.

Era un hombre muy rico, educado, agradable, buen conversador y exquisito en el trato, por lo que pronto llegué a la conclusión de que en su apartamento estaría mucho más segura que en el hotel George V, puesto que la ecuatoriana Serena Andrade empezaba a ser un personaje demasiado popular, y que corría por tanto excesivos riesgos.

Cuando menos te lo imaginas la policía se muestra a menudo particularmente eficaz, y aunque me había esforzado por no dejar rastros en lo que se refería a mi relación con Lautaro Céspedes, nunca se puede tener la absoluta seguridad de que no haya quedado algún cabo suelto.

Fue por ello por lo que me convertí en amante ocasional de Hans Preyfer, lo que, amén de un inestimable margen de seguridad, me proporcionó un fabuloso collar de esmeraldas que aún conservo.

¿Prostituta?

¡Tal vez!

No me acosté con Hans Preyfer por dinero, pero si, sobrándole como le sobraba, se empeñaba en hacerme regalos, se me antojaba estúpido rechazarlos.

El día que al fin recuperé mis pasaportes y le comuniqué que tenía intención de pasar unos días en la Costa Azul, me propuso que me alojara en el inmenso yate que mantenía eternamente atracado en el puerto deportivo de Cannes, prometiendo acudir a visitarme de vez en cuando.

Tratar con ricos tiene sus ventajas.

¡Grandes ventajas!

Aunque ello te obligue a mamarla demasiado a menudo. Al fin y al cabo yo no estaba comprometida con nadie, una agradable charla me permitía olvidar mis obsesiones, y de tanto en tanto Hans conseguía provocarme algún que otro orgasmo.

¿Qué más podía pedir?

En Cannes se estaba celebrando por aquellas fechas un festival de televisión, no quedaba por tanto una sola plaza libre en los hoteles, y el *Corfú* era a todas luces el lugar idóneo para pasar unas plácidas vacaciones, ya que sus tripulantes parecían más que habituados al hecho de que de tanto en tanto su patrón les enviase alguna que otra invitada especial a la que sabían tratar a cuerpo de rey.

Aunque a decir verdad yo no había ido a Cannes a disfrutar de unas más o menos plácidas vacaciones. Yo había ido a Cannes porque sabía que justo en el centro de la Croisette, a mitad de camino entre los hoteles Carlton y Majestic, se alzaban las elegantísimas oficinas de La Maison Mantelet.

Ferdinand Mantelet o Monsieur Mont-Blanc —que por ambos nombres solía mencionarle— se había convertido en uno de los principales protagonistas del diario de Andoni *el Dibujante*, quien admitía haberse reunido con él en más de diez ocasiones durante sus años de plena actividad terrorista.

Y es que aquel astuto francés nacido en Suiza, corredor de fincas de reconocido prestigio e intachable reputación, había sabido ganarse la confianza del Dibujante, hasta el punto de convertirse en el encargado de invertir un amplio porcentaje del dinero que se obtenía de los secuestros y la extorsión a empresarios vascos, en la compra, venta y alquiler de lujosas villas en la Costa Azul y el Principado de Mónaco.

Sabido es que las autoridades de la región han procurado desde siempre que las grandes fortunas del mundo se acaben instalando pronto o tarde en su hermosa franja costera, y por ello jamás se han mostrado excesivamente meticulosas a la hora de investigar el origen del dinero de todos aquellos que manifiestan interés por invertir grandes sumas en uno de los lugares más privilegiados del planeta.

Dictadores argentinos, tiranos africanos, narcotraficantes colombianos, mafiosos italianos y políticos corruptos de las más diversas nacionalidades abren sus ventanales cada mañana a las tranquilas y luminosas aguas mediterráneas, acuden a los más exclusivos restaurantes en sus fastuosos Rolls-Royce, atracan sus pretenciosos yates en las docenas de puertos deportivos del litoral o despilfarran su pringoso dinero en los casinos, convencidos de que mientras no se dediquen a atracar turistas a punta de navaja, ningún polizonte les buscará problemas.

Viejas fortunas de rancio abolengo o nuevos ricos que construyeron su imperio honradamente se codean, no obstante, con traficantes de armas y especuladores sin escrúpulos, demasiado a menudo incluso en torno a la misma mesa, sin que nadie sea capaz de determinar en qué lado de esa mesa se sienta un genocida balcánico y a qué lado un pintor genial o un realizador cuya obra quedará para siempre en la historia del cine.

La Costa Azul siempre será la Costa Azul, aunque sus gigantescas piscinas reúnen en ocasiones corrupción y mierda, y por lo tanto me veía obligada a admitir que Lautaro Céspedes había demostrado ser muy astuto a la hora de llegar a la conclusión de que el mejor lugar para esconder dinero ensangrentado era allí donde esa clase de dinero abunda.

Y a la hora de trapichear con semejante tipo de dinero, nadie se las ingeniaba mejor que el taimado Ferdinand Mantelet.

Penetrar en sus inmensas oficinas y extasiarse ante la contemplación de las magníficas fotografías, las cuidadas maquetas y los meticulosos planos de las villas y palacios que se encontraban a la venta constituía a mi modo de ver un placer semejante al de penetrar en alguno de los más bellos museos del mundo, con la diferencia de que allí el visitante podía convertirse de inmediato en propietario de una de aquellas fastuosas obras de arte.

Todo en La Maison Mantelet era, en verdad, un monumento al buen gusto y un homenaje al refinamiento más sofisticado, lo cual no significaba que no estuvieran dispuestos a venderle una de aquellas delicadas joyas a un emperador africano que se hubiera comido el corazón de sus enemigos políticos, o a un narco sospechoso de haber asesinado a veinte policías en Medellín.

Los negocios son los negocios, solía decir. Y por desgracia hay más gente con exceso de dinero que con exceso de gusto. A la hora de solicitar una entrevista con el casi inaccesible Monsieur Mont-Blanc, mencioné de pasada los nombres de Jack Corazza indicando que me hospedaba en el yate de Hans Preyfer, y me presenté a la cita con tres minutos de retraso, pero tan absolutamente deslumbrante que yo misma me piropeaba al verme reflejada en un espejo.

No obstante, en el momento de tomar asiento frente a Ferdinand Mantelet, descubrí, desolada, que me prestaba la misma atención que le podría haber prestado a un viejo lord inglés o a un fabricante de coches japonés.

—Si me proporcionara alguna idea de qué es lo que tiene en mente y en qué banda económica desea moverse, me facilitaría mucho las cosas, ya que disponemos de una amplia gama de posibilidades y...

—Ni tengo ideas preconcebidas, ni existe banda económica de ningún tipo —le interrumpí—. Deseamos invertir en la Riviera, y si lo que ofrece nos interesa no existe limitación alguna en lo que se refiere al dinero.

—Entiendo... —replicó, cambiando levemente de actitud—. Por lo que puedo colegir es usted sudamericana.

—¡Exactamente!

Meditó unos instantes, como si la constatación de mi supuesto origen le aclarara infinidad de dudas, y al poco pulsó un botón para solicitar la inmediata presencia de alguien.

—Mi asistente personal se ocupará del tema y le enseñará lo mejor que tenemos —señaló.

En cuanto su asistente personal hizo acto de presencia y me dirigió la primera mirada comprendí que la aplastante sensación de fracaso que había experimentado ante el gélido recibimiento de Ferdinand Mantelet, se trocaba de inmediato en triunfo.

Tendría poco más de cuarenta años, el cabello castaño, inquisitivos ojos verdes, un mentón firme y decidido, y una boca grande y ansiosa.

Me desnudó con la mirada.

Mi experiencia es ya larga; podría añadir que casi

excesiva, pero en pocas ocasiones me he sentido tan deseada como aquella mañana en aquel elegantísimo despacho.

—Mademoiselle Monet es actualmente nuestra vicepresidenta, ejecutiva y goza de mi total confianza, hasta el punto de que sus decisiones equivalen a las mías.

Mademoiselle Monet poseía una voz grave y profunda, unas manos grandes, huesudas y posesivas y un insaciable apetito sexual en cuanto hiciera referencia a sonrosados pezones y pieles muy tersas.

¿Lesbiana?

Siempre he considerado que en mi relación con doña Adela no llegué a comportarme como una auténtica lesbiana. Fui más bien una víctima.

Pero en lo que se refiere a Didí Monet no tengo excusa. Desde el primer momento comprendí que el éxito o el fracaso de mi misión dependía de ella, y acepté el juego.

Al día siguiente me llevó a visitar la mansión de una vieja estrella de Hollywood recientemente fallecida que se había puesto en venta en Cap-Ferrat, y en cuanto pusimos el pie en el inmenso dormitorio blanco presidido por la mayor cama de baldaquines que se haya construido nunca, nos miramos a los ojos, nos desnudamos ceremoniosamente la una a la otra e hicimos el amor allí donde probablemente tantas actrices famosas de la época dorada del cine lo habían hecho.

Didí era una experta.

No una vulgar comecoños que tan solo busca satisfacerse a sí misma, sino una sofisticadísima mujer que adoraba a las mujeres, y que, por lo tanto, sabía muy bien cómo tratarlas.

No se lanzó sobre mí como un perro sobre su hueso, sino que me envolvió en un mórbido ambiente de susurros, besos y suaves caricias, preparando el terreno con la paciencia y la dedicación con que un verdadero artista prepara los pinceles y las pinturas mucho antes de decidirse a ensuciar el lienzo con un simple trazo.

Cuando al fin llegó a donde se había propuesto llegar, yo hacía tiempo que estaba deseando que llegara.

¿A qué viene negarlo?

¿De qué me serviría mentir en estos momentos?

Disfruté como hacía mucho tiempo que no disfrutaba.

Bebió de mi fuente, que se mostró en esta ocasión especialmente generosa, y al mismo tiempo bebí yo de la suya sin empacho, sabiendo lo que hacía y sintiéndome feliz por lo que estaba haciendo.

Continúo sin considerarme una lesbiana. ¡Ni tan siquiera bisexual! Pero admito que en muy determinadas ocasiones... y con muy concretas personas... Didí era una de ellas. Era ella. Incluso me atrevería a insinuar que a mi modo de ver todas las mujeres deberían mantener al menos una vez en la vida una relación tan turbadora como la que mantuve con Didí Monet, aunque comprendo que no debe resultar en absoluto sencillo que te seduzcan en la cama del dormitorio principal de una mansión valorada en millones de dólares.

En los días que siguieron visitamos media docena de mansiones semejantes y en todas ellas se repitió una escena que se prolongaba hasta que la noche se extendía sobre el mar, y la costa se convertía en una auténtica guirnalda de luces de infinitos colores.

Ya satisfechas acudíamos a cenar a Le Moulin de Mougins, La Palme d'Or o Felix, algunas noches jugábamos un rato en el casino del hotel Carlton, y por último nos encerrábamos en la coqueta villa que Didí tenía en las cumbres de Grasse.

Pocas veces me he esforzado para que una persona se enamore de mí, pero en esta ocasión puse todas mis cartas sobre el tapete y acabé consiguiéndolo.

El día en que le comuniqué que Hans Preyfer venía a verme, a punto estuvo de darle un ataque de apoplejía. La sola idea de que un hombre me pusiera la mano encima la desquiciaba.

Nunca he visto a una mujer tan fuera de sí. Y siendo en todo tan exquisita, tan vulgar.

—¿Acaso me crees capaz de meter la lengua donde un cerdo haya metido la polla? —me espetó encolerizada.

La buena señora de la mesa vecina dio un respingo.

—Escucha —susurré, esforzándome por tranquilizarla—. Tú tienes tu propia vida y yo la mía. Hemos coincidido en un punto y admito que nuestra relación es maravillosa, pero no puedes borrar mi pasado de un plumazo. Aún no sabes nada de mí, ni yo de ti, y hasta cierto punto es bueno que así sea.

—Yo quiero saberlo todo sobre ti —replicó nerviosamente—. Y en cuanto a mí no hay mucho que contar. Admito que he conocido a muchas mujeres, pero nunca sentí por ninguna lo que siento por ti.

No me interesaba en absoluto lo que sentía por mí,

pero sí hasta qué punto estaba al tanto de los negocios sucios de Ferdinand Mantelet, por lo que me vi obligada a derrochar mucho tacto y paciencia para conseguir que al fin admitiera que desde hacía ya algún tiempo era ella quien, en realidad, manejaba la empresa.

—Ferdinand tiene dos grandes problemas: el juego y la impotencia —señaló—. No me atrevería a asegurar si fue el hecho de volverse impotente lo que le empujó a jugar como un poseso, o si fue la obsesión por el juego lo que le hizo perder todo interés por el sexo, pero lo cierto es que si no le freno nos llevaría a la ruina. Y en nuestro caso, la ruina significaría un final terrible.

—¿Por qué razón? —quise saber—. Aunque Mantelet quebrase no tendrías problemas. Conoces tu trabajo y...

Me interrumpió tomándome la mano y llevándosela amorosamente a los labios, cosa que a punto estuvo de producirle un soponcio a nuestra ya escandalizada vecina de mesa, y mirándome fijamente a los ojos, musitó:

—La mayor parte de nuestros clientes no admiten bromas en lo que se refiere a su dinero. Si lo perdiéramos nos rebanarían el pescuezo. Yo lo sé y me preocupa, pero últimamente a Ferdinand parece no importarle.

—En ese caso... —señalé, en tono de profunda inquietud— quizá sea más prudente que mantengamos nuestra relación dentro de unos límites estrictamente personales. —Bajé instintivamente la voz—. Quienes me confían su dinero tampoco son de los que se resignan a perderlo.

—Eso puede arreglarse —me tranquilizó—. Soy yo quien controlo las transacciones y sé cómo hacerlo.

—Tendrás que convencerme o no habrá trato —le hice notar—. Como comprenderás no puedo arriesgarme a que tu jefe se juegue el dinero de mi gente. Me gustaría disfrutar de ti muchos años.

¡Bendita frase!

Le llegó al alma. La conmovió hasta el punto de que casi se le saltan las lágrimas. ¡Estaba enamorada!

Al cabo de un tiempo comenzó a explicarme con todo detalle cómo funcionaba el entramado de la compleja maquinaria que el meticuloso Monsieur Mont-Blanc había sido capaz de crear a lo largo de treinta años con exclusivo propósito de conseguir blanquear ingentes sumas de dinero.

El punto culminante de su confesión y su indiscutible prueba de amor sin límites se concretó la noche en que me introdujo en su baño, corrió el enorme espejo que cubría la pared del fondo y me mostró con gesto de triunfo el ordenador personal y los disquetes que contenían una copia de la práctica totalidad de la información que se guardaba en La Maison Mantelet de la Croisette.

Se trataba de gente muy lista. Condenadamente lista, justo es reconocerlo. Quizá los más listos, junto con Jack Corazza, que he conocido. Quien compra oro, sabe de antemano el valor de ese oro; quien vende dólares, conoce la cotización de esos dólares, y quien invierte en acciones, puede leer cada mañana lo que han subido o bajado esas acciones. Sus márgenes de pérdidas o beneficios fluctuarán casi siempre dentro de unos límites previsibles.

Pero quien pretenda comprar, vender o alquilar un palacete en la Costa Azul, dependerá siempre de los precios de oferta y demanda que estipulen quienes controlan el mercado, y que están en disposición de subir a las nubes o tirar por los suelos el valor de una propiedad, por el simple procedimiento de revalorizar o desvalorizar la zona.

Lo que hoy vale mil mañana puede valer cien simplemente porque en la finca vecina se acaba de instalar el grasiento, aborrecido y sanguinario hijo del dictador haitiano Papa Doc, o subir a tres mil visto que el nuevo inquilino será el rey de los ordenadores o una estrella del rock.

Nadie se siente plenamente capacitado a la hora de determinar el valor de las estatuas de un jardín, los tapices de un salón o los cuadros de una biblioteca cuando se encuentran integrados a un estilo arquitectónico muy concreto, y a ello se añade una fastuosa vista sobre la bahía de Cannes o una privilegiada ubicación en Cap-Ferrat, al borde del mar y con atraque privado incluido.

Quien decide es quien intervendrá a la hora de comprar o vender.

Juez y parte, La Maison Mantelet y su cohorte de empresas asociadas configuraban un exclusivo gremio de tendencias mafiosas que en lugar de con drogas o con armas traficaba con piscinas rodeadas de preciosos jardines, y en sus manos el dinero negro parecía convertirse en semillas de algodón, ya que cuantos más excrementos tuviera la tierra en que se ocultaban, más blancos y compactos florecerían los copos a la hora de la cosecha.

—Cada uno de nuestros clientes importantes no es más que un número en clave en el ordenador central de la compañía. Por ese número sabemos cuáles son sus propiedades, cuánto renta cada una de ellas y si está o no en disposición de venderlas. Por último, otro programa de ordenador, al que no tenemos acceso más que Ferdinand y yo, determina a quién corresponde en realidad cada número en clave, así como en qué banco y en qué cuenta se deben ingresar los beneficios de cada ficha.

—Parece bastante seguro siempre que nadie se dedique a jugarse parte de ese dinero —admití—. Pero en realidad lo que mis amigos necesitan es hacer aflorar sumas muy importantes.

—No hay problema... —sentenció—. Tus amigos pueden comprarnos una finca que valga diez millones de dólares y dentro de unos meses nosotros mismos nos encargamos de que un jeque árabe que se ha encaprichado con ella se la recompre por el doble.

—¿Realmente puedes hacer eso?

—¡Desde luego! Tenemos en nómina media docena de caprichosos jeques árabes que se prestan a ello. Suelen ser parientes lejanos de auténticos príncipes, y la mayoría disponen de pasaportes diplomáticos que facilitan los trámites.

—¡Nunca se me hubiera ocurrido! —admití.

—Ya te advertí que estamos muy bien organizados —puntualizó con una leve sonrisa de superioridad—. Si, por el contrario, un cliente lo que desea es evadir impuestos, nos compra una mansión que al cabo de un tiempo decide vender a toda prisa, puesto que está pasando por un mal momento de liquidez. En ese caso le enviamos a uno de nuestros halcones que aparentemente abusa de su delicada situación. Sin embargo, a la hora de declarar a Hacienda puede demostrar que su patrimonio ha sufrido un brutal descalabro. ¿Has jugado alguna vez al Monopoly?

—De niña.

—Pues nosotros también jugamos, pero con casas, calles y hoteles de verdad. La diferencia estriba en que no gana quien más dinero consigue acumular, sino quien mejor se desenvuelve en el complejo laberinto legal.

—¿Y te gusta participar en ello?

—¿Gustarme...? ¡Me chifla!

Le chiflaba, en efecto, puesto que sin duda aquel juego le permitía sentirse influyente y poderosa; con un estilo de influencia y poder típicamente masculinos, lo que le facilitaba enormemente la tarea a la hora de conquistar a una mujer, puesto que no existía nada en este mundo que satisficiera más el profundo ego de Didí Monet que el hecho de quitarle la novia a un cabronazo.

Su relación con los hombres no era, como suele suceder con otro tipo de lesbianas, de asco o desprecio, sino más bien de abierta rivalidad en todos los terrenos, y creo tener razones para suponer que cuando alguna que otra vez se iba a la cama con uno de ellos, el choque debía ser en verdad de los que levantan chispas.

Era inteligente.

Muy inteligente.

Más que la mayoría de los hombres. Pero al igual que a ellos, también le perdió el sabor de mi entrepierna.

Recuerdo que en cierta época tuve un amante ocasional —bastante bueno, por cierto, si la memoria no me falla— que me confesó muy seriamente que había tenido relaciones con mujeres más hermosas que yo, más inteligentes que yo, e incluso más expertas que yo, pero jamás, en toda su vida, había conocido a nadie que tuviera un sexo tan limpio, sonrosado, sabroso y perfumado como el mío, y aunque me está mal el decirlo y honradamente no me sienta en disposición de emitir un juicio justo, algo debe de haber de cierto en ello, puesto que debo admitir sin presunción de ningún tipo que cuantos descendieron hasta él jamás volvieron a levantar cabeza.

Nunca me he tenido por mujer especialmente apasionada, y ni tan siquiera me considero poseedora de una técnica amatoria digna de ser tenida en cuenta, y, por lo tanto, si tanta gente se ha empeñado en empujarme una y otra vez a una cama, en ese lugar tan íntimo y tan concreto se debe ocultar probablemente el secreto de mi éxito.

Lo cual no es óbice para que en ciertas ocasiones me haya considerado más bien un helado de pistacho que una auténtica mujer.

Bromas a un lado, lo que sí es cierto es que la posesiva y en cierto modo despótica Didí Monet acabó por convertirse en cera entre mis dedos, y no quedó un solo secreto que yo quisiese conocer que no estuviese dispuesta a revelarme con tal de que fuera espaciando cada vez más mis encuentros con Hans Preyfer.

En cierta ocasión leí que la resistencia de ciertos gobiernos a elevar a cargos de alta responsabilidad a homosexuales, no se basa en el hecho de que duden de su capacidad o su honradez, sino en la constatación histórica de que son mucho más proclives que los heterosexuales a contar a sus parejas lo que no deben contar.

Dudo de que un hombre hubiera sido nunca tan explícito e inconsciente como lo fue Didí conmigo. Dudo de que ni el más pagado de sí mismo se hubiese esforzado tanto por deslumbrarme con sus revelaciones. Dudo de que ni el más machista hubiese dado tan abundantes y ridículas pruebas de desaforado machismo.

Se consideraba a sí misma mucho más inteligente que la inmensa mayoría de los hombres, pero al resto de las mujeres nos consideraba más estúpidas que el más estúpido de los hombres, lo cual en cierto modo me ofendía.

Pagó caro su error.

Muy muy caro.

Yo, que tantísimos errores he cometido, suelo obligar a pagar un precio muy alto a quienes caen en ellos en mi presencia, y aunque me consta que no debiera comportarme así, puesto que la mayor parte de las veces soy yo quien les induce a cometerlos, es algo que nunca he podido ni he querido evitar.

Alguien más generosa de lo que he sido nunca habría aceptado que el amor debe considerarse un atenuante digno de ser tenido en cuenta, pero triste resulta reconocer que ni por un segundo me detuve a sopesar las razones por las que Didí Monet hizo lo que hizo.

Tenía miedo a perderme. Tenía pavor a no volver a

escuchar mi voz. Le aterrorizaba la idea de no aspirar cada mañana mi perfume.

Y prefería la muerte antes que dejar de saborear mi saliva cada noche. Me juró una y mil veces que bajaría cantando a los infiernos si bajaba cogida de mi mano. Y que ardería feliz entre sus llamas si ardía a mi lado.

¡Cretina!

¿Tanto poder tiene un coño por muy limpio, sonrosado, sabroso y perfumado que pueda parecer?

Me cuesta aceptarlo.

Aunque se trate del mío.

Los expertos en espionaje industrial aseguran que los secretos que un amante no confiese durante el primer mes de relaciones, no los confesará jamás, puesto que ya para entonces ha comenzado a decaer su interés por deslumbrar a su pareja, pero, no obstante, en mi relación con Didí no ocurrió así, ya que transcurrió mucho tiempo antes de que consiguiera averiguar la mayor parte de lo que me interesaba saber.

Al mes de conocerla tenía libre acceso a su casa y su despacho, había conseguido hacerme con un duplicado de todas sus llaves y me sabía de memoria la combinación de su caja fuerte. Sin embargo, desentrañar los códigos de acceso a su ordenador personal y la clave de entrada al archivo central de La Maison Mantelet me exigió casi medio año de una labor solapada y meticulosa; sin lugar a dudas la más compleja y delicada a la que me haya enfrentado jamás, y de la cual aún hoy me siento particularmente orgullosa.

Pero al cabo de ese tiempo lo había conseguido, me sentía de igual modo capaz de falsificar su firma sin que ni el mejor calígrafo descubriera el engaño, y en diez minutos me las ingeniaba para peinarme y maquillarme de tal forma que a cierta distancia se nos pudiera confundir.

¡Me entusiasma ese tipo de trabajo!

Me fascina la delicada labor de ir adelantando sigilosamente mis piezas buscando acorralar al enemigo para acabar con él cuando menos se lo espera, aunque sé muy bien que cuando menos se lo espera suele ser casi siempre, ya que por lo general mis víctimas ni siquiera sospechan que intento acorralarlas.

Abandoné a Hans Preyfer, me establecí en su casa, y nos convertimos en lo que viene a llamarse una pareja de hecho, con lo que el día en que al fin pude descubrir dónde se ocultaba y cómo funcionaba el resorte que permitía correr el gran espejo de la pared del fondo del baño, lo que daba acceso a la pequeña estancia en la que guardaba su archivo privado y los disquetes, tuve necesidad de sentarme en la taza del retrete para observar tan hermoso panorama con absoluta paz y serenidad.

Era como si acabara de atravesar el desierto y me encontrara haciendo pis en el mismísimo corazón de la cueva de Alí Babá. Didí Monet guardaba la mayor parte de sus valiosísimas joyas en una caja fuerte que se ocultaba tras el cuadro que aparecía colgado justo sobre su cama, de tal forma que el más inexperto ladrón conseguiría apoderarse de ellas, pero desentrañar los misterios de aquel maldito escondite resultaba increíblemente complicado, lo cual significaba que los disquetes le importaban infinitamente más que unas joyas que dejaba casi a la vista como cebo.

Y además resultaba evidente que jamás se le hubiera ocurrido engalanarme el cuerpo con disquetes, mientras que con frecuencia me cubría literalmente de joyas.

Me obligaba entonces a tomar asiento en el alto sillón con aspecto de trono que se alzaba al fondo de su enorme dormitorio, me suplicaba que entreabriera levemente las piernas, y tras espolvorearme cocaína sobre el pubis, gateaba lentamente recreándose en el hecho de avanzar hacia mí centímetro a centímetro.

Era lo que ella solía llamar «esnifar una raya en la raya».

Admito que en ocasiones resultaba excitante. A veces ridículo, y a veces excitante. Y eso era algo que tan solo dependía de mi estado de ánimo.

Algunas noches estaba deseando que alcanzase un objetivo, que no era otro que introducir con su lengua un poco de cocaína en mis partes más íntimas, lo cual me provocaba un brutal orgasmo, pero otras noches lo que en verdad me apetecía al verla de rodillas y babeante era propinarle una coz en los morros.

Supongo que debe ser una reacción lógica cuando la relación que mantienes con una determinada persona no es de auténtico amor, y resulta evidente que yo jamás amé a aquella guarra.

No obstante, para Didí, que estoy convencida de que sí me amaba casi hasta la desesperación, semejantes ceremonias, en las cuales también se abusaba del alcohol, parecían catapultarla a los cielos, enardeciéndola en un frenesí tan desmadrado que al cabo de un par de horas quedaba como muerta —quiero creer que deshidratada de tanto sudar—, hasta el punto de que no había forma de que recuperara la conciencia ni aun prendiéndole fuego a la casa.

En aquellos momentos, con la caja fuerte abierta de par en par, su agenda sobre la mesa, las llaves en el bolso y un cuerpo inanimado despatarrado sobre la alfombra del dormitorio, podía hacer cuanto me viniera en gana, de tal forma que me encerraba en el cuarto de baño, corría el panel, tomaba asiento ante el ordenador y me concentraba en descifrar hasta el más mínimo secreto de La Maison Mantelet.

Fue por aquel entonces cuando me tropecé con el sobrenombre de Martell ligado a enormes sumas de dinero, aunque en ninguna parte se mencionaba nada sobre su origen, su nacionalidad o la procedencia de tan cuantiosa fortuna.

Y me vino a la memoria que en su personalísimo diario de tapas de hule, Andoni *el Dibujante* hacía una vaga referencia a un tal Martell, relacionándolo con un etarra apodado Xangurro:

«A veces me asalta la sospecha de que Xangurro se ha vendido a Martell, pero esa es una acusación tan grave que, tanto si resulta cierta como si fuera falsa, me costaría la vida.»

Eso era todo: ni una nota de aclaración, como si la sola mención de Martell fuera más que suficiente. En lo que se refería al resto de los negocios de La Maison Mantelet fui consiguiendo desentrañar, eso sí, con la paciencia y la constancia de un camaleón aragonés, el impresionante volumen de inversiones que movía, la cantidad exacta de propiedades que gestionaba, los nombres de los funcionarios a los que corrompía, los números de las cuentas secretas con los que trabajaba, e incluso la identidad de la mayor parte de misteriosos inversores.

También llegué a saber quiénes eran algunos de los ancianos jubilados que malvivían en cualquier asilo del mundo ignorando que figuraban como propietarios de fastuosos palacios repletos de cuadros de Picasso o de Cézanne, así como la filiación de los parados griegos cuya documentación se manipulaba como si se tratara de armadores multimillonarios.

Justo es reconocer que el curioso entramado de aquella compleja organización podría ser considerado una auténtica obra de arte en lo que se refiere a ingeniería financiera.

Lo mismo servía para aflorar dinero negro que para evadir impuestos. Y lo mismo servía para ocultar una exorbitante fortuna que para aparentar que se tenía más de lo que en realidad se poseía.

Existían fincas duplicadas. Es decir, fincas que aparecían registradas con el mismo nombre y la misma dirección, pero en unos casos apenas valían nada, y en otros, una auténtica fortuna.

La extensión de terreno solía ser la misma en ambas, y se encontraban casi siempre en términos municipales limítrofes, pero una de ellas no era más que una mísera finca rústica provista de una cochambrosa casa de campo, mientras que la otra albergaba un auténtico palacete rodeado de jardines, piscinas, cascadas e incluso pequeños campos de golf.

La razón de tal duplicidad se debía a que siendo la Riviera una zona tan accidentada, con docenas de carreteras secundarias y caminos vecinales que se perdían entre bosques y barrancos, a la hora de la verdad se podía conducir a los visitantes a una u otra según conviniera, puesto que los auténticos catastros habían sido previamente apañados.

Un trabajo de chinos. Un estudiadísimo encaje de bolillos minuciosamente diseñado. Tanto más perfecto por el hecho de que contaban con la colaboración de la mayor parte de quienes se suponía que tenían la obligación de desbaratarlo.

Pero estaba claro que mientras se continuara construyendo, invirtiendo y revalorizando terrenos, poco o nulo interés se tenía en sacar a la luz pequeñas irregularidades administrativas que no venían al caso.

Una vez más la Corrupción, aunque en esta ocasión con mayúsculas.

¿Me he referido ya a la corrupción?

Creo que sí.

Imagino que sí, puesto que en los tiempos que corren resulta muy difícil escribir tanto como creo haber escrito en estos días sin hacer mención al peor de los males que afectan a nuestra sociedad.

Todo el mundo engaña, todo el mundo roba, todo el mundo se deja sobornar, pero también todo el mundo pretende continuar aparentando que es sincero, honrado e insobornable.

Únicamente yo acepto que he sido incendiaria, prostituta, lesbiana, drogadicta, ladrona y asesina. Aunque nadie pueda acusarme de corrupta. Corrompida, tal vez, pero nunca corrupta.

¿Por qué me gusta tanto jugar con las palabras?

Tan solo son palabras.

Los hechos; los verdaderos hechos; los dramáticos hechos se centran en los meses que necesité para procurarme una copia alterada a mi gusto de todos y cada uno de los disquetes del archivo privado de Didí Monet.

Dupliqué luego esas copias alteradas, y la mañana de un domingo de finales de mayo en que se corría el Gran Premio de Montecarlo, momento en que me constaba que no quedaría un alma en ellas, penetré en las oficinas de la Croisette con toda la tranquilidad que me confería contar con un juego de llaves, desconecté las alarmas, sustituí toda la información de los ordenadores por las copias alteradas, y me volví a marchar llevándome conmigo los disquetes auténticos y el núcleo básico del archivo central.

Hice un paquete con todo ello y me lo envié a mi nombre a la lista de correos de Roma.

Cuando a última hora de la tarde Didí regresó de Montecarlo, le insinué que me apetecía jugar a la raya en la raya, a condición de que en esta ocasión fueran dos las rayas en las rayas.

¡Qué puta puedo llegar a ser cuando me lo propongo!

¡Qué redomadamente viciosa!

Casi tanto como pudiera serlo la propia Didí.

Se puso de alcohol y coca hasta las cejas y a punto estuvo de quedárseme muerta entre los brazos. Me constaba que hasta bien entrada la tarde no recuperaría la conciencia, pero desde las nueve en punto de la mañana, desde el momento mismo en que abrieron los bancos, me senté ante el teclado del ordenador personal de la vicepresidenta ejecutiva de La Maison Mantelet y comencé a emitir órdenes de traspaso.

¡Dios, la que organicé!

Prepararlo todo hasta el último detalle me había exigido meses de ímprobo trabajo y casi absoluta dedicación, pero gracias a los nuevos sistemas informáticos y a la increíble rapidez de las telecomunicaciones actuales, la ejecución física del plan apenas requirió un par de horas de esfuerzo.

Millones de dólares, francos, libras y marcos pasaron de una cuenta a otra como si fueran judías y garbanzos que estuviera trasvasando de un bote a otro en la cocina.

Mansiones que valían fortunas se quedaron momentáneamente sin dueño, mientras que otras pasaban a manos de instituciones benéficas, o a las de quienes durante años habían sido sus propietarios sin sospecharlo.

Mi cuenta de Ginebra se vio engrosada en una cantidad astronómica, pero que apenas significaba un porcentaje mínimo de lo que estaba colocando en docenas de cuentas que había abierto previamente en muy diversos paraísos fiscales a nombre de sociedades ficticias.

Fue un golpe perfecto, y a menudo pienso que cuanto aconteció aquella increíble mañana de mayo justifica toda mi vida anterior, asesinatos incluidos. El solo hecho de imaginar la cara que se les iba a quedar a docenas de hijos de puta en el momento de descubrir que sus millones habían desaparecido como si se los hubiera engullido un sumidero, me hacía saltar de gozo.

¡Dios bendito! ¡Qué empacho de poder!

¡Y qué inconsciencia...!

Siempre he sabido que estoy loca, pero ese día mi locura se convirtió en auténtico frenesí. Ni siquiera me detuve a meditar en el hecho de que me estaba buscando docenas de enemigos. Y enemigos francamente peligrosos. Aunque yo sabía muy bien que ninguno de ellos llegaría a averiguar nunca quién les había jodido con tanta limpieza.

Y es que Serena Andrade estaba a punto de diluirse en el aire.

A las once de la mañana, y después de haberlo dejado todo perfectamente limpio y recogido, abandoné la casa llevándome los disquetes que contenían la información válida y dejando en el baño los que ya no servían para nada, tomé un taxi que me condujo a Niza y me embarqué en el avión de las dos de la tarde que se dirigía a Roma.

Sobre la enorme cama había dejado una escueta nota: «Me voy a casar. Te quiero. Hasta nunca.»

Tenía muy clara cuál sería la reacción de Didí en el momento de leerla. Tras el primer momento de desesperación, optaría por echarse al cuerpo una larga raya de coca, y casi de inmediato apuraría hasta el fondo el coñac que había quedado en la copa que yo me había servido la noche antes, y que descansaba aún sobre la mesilla de noche.

Con la boca pastosa aún por la resaca, ni siquiera advertiría que su sabor no era el mismo de siempre, y si lo advertía, ni tan siquiera se le pasaría por la mente la macabra idea de que antes de irme había disuelto en el coñac media docena de sus pastillas para dormir.

Drogas, alcohol y barbitúricos nunca deben mezclarse. En especial cuando tu amante te ha abandonado para casarse. Fue por ello, y a la vista de mi nota, por lo que la policía no dudó un instante a la hora de dictaminar que se trataba de un evidente caso de suicidio.

Cuando dos días más tarde Ferdinand Mantelet se dio cuenta del irremediable desastre que su desesperada vicepresidenta ejecutiva había provocado poco antes de desaparecer del mundo de los vivos, arruinando por completo a la compañía, tomó la sabia decisión de pegarse un tiro en la boca.

Las autoridades locales aterrorizadas por la pésima imagen que iban a dar al mundo con respecto a la forma en que habían permitido que funcionaran las cosas, y evitando en lo posible verse implicadas en el tremendo escándalo, optaron por echarle tierra al asunto.

Oficialmente se hizo correr la voz de que se había tratado de un desgraciado conflicto pasional entre compañeros de trabajo.

El pequeño detalle de que Ferdinand Mantelet fuera impotente y Didí Monet lesbiana carecía según ellos de relevancia. Nadie hizo la más mínima mención a la espectacular sudamericana con la que la difunta había estado compartiendo su vida durante casi un año y que al parecer había sido el factor desencadenante de tan terrible tragedia, pero es que existían pruebas irrefutables de que Serena Andrade había partido rumbo a Italia horas antes de que aquella pobre infeliz tomara tan drástica decisión.

¡Oh, el amor!

¡A qué extremos nos puede conducir una pasión desenfrenada!

Medité profundamente sobre todo ello mientras volaba sobre el Mediterráneo, y al día siguiente, a las pocas horas de haber puesto el pie en Roma, me compré un Ferrari.

En ocasiones la mejor forma de pasar desapercibido es llamar la atención. Y una magnífica forma de llamar la atención es comprarte un Ferrari, usarlo una semana, viajar en él hasta Nápoles, llevarlo al taller para que le hagan una revisión rutinaria y no volver a buscarlo.

Si una estúpida turista que no duda en exhibir públicamente valiosísimas joyas y fajos de billetes deja su Ferrari en un taller de Nápoles y jamás vuelve a por él, lo más probable es que su cuerpo aparezca pronto o tarde en el fondo de la bahía.

Mientras tanto, una humilde provincianita visiblemente embarazada y que no cargaba más equipaje que una triste maleta de cartón, tomaba un discreto tren y desaparecía de Nápoles rumbo al norte.

Seguía fiel al manual de Hazihabdulatif Al-Thani.

«Haz siempre lo contrario que se supone que harás.»

Pasé cuatro meses en la Suiza italiana viviendo en una perdida aldea, gastando lo menos posible, y convenciendo a los cariñosos propietarios de la pensión en que me hospedaba de que intentaba recuperarme de un intento de suicidio motivado por un desgraciado desengaño amoroso.

Y es que cuando se cuenta con un currículum como el mío toda precaución es poca. Durante aquel apacible verano engordé ocho kilos y me dediqué a elegir con todo cuidado la ropa que destacara aún más dicha gordura.

Luego me corté el pelo y me lo teñí de una suave tonalidad rojiza, por lo que puedo asegurar sin miedo a equivocarme que si en esos momentos le hubiera servido un café, mi propia madre no me hubiera reconocido.

Las mujeres tenemos infinitamente más posibilidades de cambiar de apariencia que los hombres.

La muchachita sucia, sudorosa, fondona y marimacho que con la llegada de las primeras nieves abandonó Suiza rumbo al norte, nada tenía en común con la sofisticada Serena Andrade, o cualquiera de las otras personalidades por las que hubiese podido ser conocida anteriormente.

En mi fuero interno estaba íntimamente convencida de que nadie me buscaba, pero aun así quería ponérselo difícil a quienquiera que lo intentara.

Ahora, cuando el tiempo, que es el único juez fiable, ha dado ya su veredicto, reconozco que en el fondo de mi alma estaba deseando que alguien me buscara, puesto que ello me indicaría que de algún modo significaba algo para alguien.

Si la policía me seguía la pista no tendría más remedio que admirarse por mi astucia, interesándose cada vez más, para bien o para mal, por mi persona.

Pero si esa misma policía ignoraba por completo mi existencia, carecía de espectadores, y todos mis esfuerzos por despistarla no constituían más que soberanas estupideces.

Era, lo admito, un doble sentimiento difícil de explicar.

Por un lado me enorgullecía haber sido lo suficientemente astuta como para haber conseguido permanecer en el más absoluto anonimato. Por otro lado, me molestaba haber llegado tan lejos para continuar en ese mismo anonimato.

Cuando me detenía a reflexionar sobre ello tomaba conciencia de que en aquellos momentos mi peor enemigo era mi propia soberbia.

Nadie a mi edad había dejado tras de sí tantos cadáveres y había conseguido apoderarse de tanto dinero de tanta gente tan peligrosa sin dejar la más mínima huella. Eso quería decir a mi modo de ver que nadie era tan inteligente como yo. Y nadie más escurridizo. Pero únicamente yo lo sabía.

Recuerdo que una tarde ascendí hasta la cima de una enorme montaña para gritar a voz en cuello: «¡Los he jodido a todos...!», pero curiosamente aquella solitaria montaña, por no tener, ni siquiera tenía eco, y mi desesperada proclamación de victoria fue arrastrada por el viento más allá de las nubes.

Constituye una desagradable experiencia el hecho de sentarte sobre una roca en lo alto de una perdida cumbre de los Alpes y comprender que, hagas lo que hagas y te comportes como te comportes, los únicos que te prestan atención son los espíritus de tus víctimas.

Aquellos a los que mandé ejecutar se me aparecen en sueños y me preguntan: «¿Qué te he hecho, si jamás llegamos a conocernos?» «¿Qué te hicieron mi mujer, o mis hijos?» «¿Qué error cometí para que mi vida se interpusiera en el camino de la libertad de tu pueblo?»

No consigo responder a tales preguntas. Ni en sueños, ni mucho menos despierta. No consigo saciar la justa curiosidad de los muertos para que de ese modo puedan emprender al fin el camino que les lleve a la eternidad, y a veces temo que esa inquietante ignorancia me acompañará hasta más allá de la tumba.

Sin llegar a la altisonante desesperación que con excesiva frecuencia rezumaba el diario de Andoni *el Dibujante*, también yo me enfrentaba a planteamientos semejantes, e incluso creo recordar que en cierta ocasión fue el propio Andoni quien irrumpió en mis sueños, aunque se limitó a mirarme sin pronunciar palabra.

Curiosamente, de todos mis fantasmas personales, el más incordiante fue siempre a mi entender el de Didí Monet, y no por el hecho de que se tratara de la única mujer a la que ejecuté, o porque mereciera la muerte menos que los demás, sino porque a decir verdad no me satisfacía en absoluto la forma en que acabé con ella.

Fue un asesinato bastante rastrero, me duele confesarlo. Traición, sobre traición, sobre traición, y engaño final a alguien que había puesto su vida en mis manos.

¡Me amaba! ¡Dios, cómo me amaba!

Y ella no tenía la culpa de que el objeto de su amor fuera una persona de su mismo sexo. Supongo que es mil veces más digno entregar tu corazón a alguien de tu propio sexo que no tener corazón alguno que entregar.

A veces no puedo evitar preguntarme si la razón por la que primero doña Adela y más tarde Didí se volvieron tan locas por mí, se debe a que mi personalidad ofrece un fuerte componente masculino que yo misma ignoro. Si en demasiadas cosas no me comporto como mujer, pero poseo, no obstante, un hermoso cuerpo de mujer, resulta en cierta forma comprensible que alguien a quien le atraiga físicamente un cuerpo de mujer, pero que continúe siendo pese a ello profundamente femenina, se sienta doblemente atraída por mí.

¡Curioso!

¡Muy curioso!

Cuando lleve muchos años aquí encerrada habré conseguido desarrollar un sinfín de pseudoteorías freudianas bajo las que enterrar todos mis cadáveres en un inútil intento de que no continúen atormentándome, pero lo cierto es que sé que seguirán ahí, hediendo a muerte, hasta que yo misma me pudra.

Lo peor que tiene el hecho de elegir la soledad como forma de vida se centra en la evidencia de que no cuentas con más compañía que recuerdos y pensamientos que a la larga se suelen hacer más repetitivos y obsesionantes que la más charlatana de las suegras.

A los viejos les gusta contar una y otra vez la misma historia, y en eso la conciencia se comporta como un anciano insoportable y machacón, ya que cada mañana me despierta con la misma cantinela con que arrulló mis sueños la noche antes.

Elegí una vez más la soledad como forma de castigo, pero ni tan siquiera aquellos interminables y aburridos meses que pasé a modo de penitencia en un perdido rincón de los Alpes bastaron para hacerme cambiar de actitud con el fin de replantearme mi futuro.

Había conseguido enriquecerme de la forma más absurda que nadie hubiera imaginado nunca: robando a ladrones y asesinando a asesinos, pero el hecho de ser dueña de una fabulosa fortuna no me producía la menor impresión.

Necesito saber que dispongo de dinero para gastar, pero no necesito saberme rica. Son dos conceptos a mi modo de ver muy diferentes, y que por suerte me alejan del más indigno, abominable y rastrero de los pecados: la avaricia.

Aborrezco a la gente avariciosa.

En cierto modo son como los anoréxicos, que a pesar de tomar conciencia de que su estúpida actitud a nada conduce, no consiguen evitar seguir acaparando más riquezas de las que nunca podrán gastar, hasta que al fin su desesperada ansia de posesión les precipita al abismo.

¿Cuántos políticos, cuántos banqueros, cuántos empresarios o cuántos traficantes de drogas he conocido en estos años que, encontrándose ya en la cumbre, continuaban robando y especulando como poseídos de una enfermedad incurable?

¿Cuántos Craxi, Roldán, Conde o Escobar?

Yo puedo haberme emborrachado de soledad, odio y deseos de venganza, pero nunca de avaricia.

Y es que un asesino tal vez alcance a consumir toda la soledad, el odio o la sed de venganza que sea capaz de generar, pero un banquero ladrón o un político corrupto jamás conseguirá consumir todas las riquezas que haya sido capaz de amasar.

Triste es saber que vas a pasar el resto de tu vida en la cárcel por haber matado a aquellos que creías que merecían la muerte, pero mucho más triste debe ser pasarse el resto de la vida en la cárcel por haber enviado a los sótanos de un banco sacos de billetes, o por el dudoso placer de haberte comprado un yate excesivamente grande.

Eran hermanos, portugueses, niño y niña de tres y cuatro años, siempre sucios, siempre hambrientos, siempre muertos de frío. La madre, borracha a todas horas, los mantenía en la calle hasta altas horas de la noche mendigando unas monedas que en cuanto caían en sus manos acababan indefectiblemente en el mostrador de una apestosa taberna, y tras espiar a la infeliz familia durante cinco días, senté a la mujeruca en un parque y le hice una generosa oferta.

Me llevaría a los niños al campo, cuidaría de ellos como si fueran míos, les proporcionaría cuanto pudieran necesitar, y le pagaría una cura de desintoxicación en el mejor centro privado de Francia.

En cuanto me convenciera de que había dejado de beber le devolvería a sus hijos y le entregaría medio millón de francos con los que rehacer su vida en su Alentejo natal.

Me miró como si estuviera loca, pero cuando le puse en la mano diez mil francos para que se instalara en una pensión, bañara a los niños y les comprara ropa, se lo pensó mejor.

Tres días más tarde volvimos a reunirnos en el parque. Era una buena mujer, y cuando se encontraba sobria, una cariñosa madre que comprendía muy bien que por el camino que llevaba, cualquier día la policía le arrebataría a sus hijos para ingresarlos definitivamente en una institución pública.

—¿Cómo sé que no trata de robármelos? —inquirió.

—No puede saberlo —repliqué—. Pero si fuera esa mi intención me los habría llevado durante las horas que duerme la mona. Y si no lo hago yo, cualquier pederasta lo hará el día menos pensado.

—¿Podré verlos?

—Cada quince días.

Conseguí plaza en una excelente clínica privada de Burdeos, y me instalé con los niños a menos de una hora de camino, en una minúscula granja al sur de Agen relativamente cerca de Biarritz y la frontera.

A los ojos de todos no era más que una pobre inmigrante que se ocultaba como buenamente podía de un marido brutal que había jurado arrebatarle a sus hijos.

Me las arreglaba para sobrevivir con el dinero que me enviaban mis padres, me desplazaba en un cochambroso utilitario que se caía a pedazos, vendía los productos del huerto y no le hacía ascos a aceptar algún trabajo que no me alejara de casa, pero a los niños no les faltaba de nada.

No obstante, y pese a que en apariencia jamás abandonaba la comarca, al mes de haberme establecido en Agen una potente motocicleta se detuvo una noche frente a un bar de Bayona, y su ocupante, cubierto con un mono y un casco oscuro, abatió de un único y certero disparo al propietario, un exiliado vasco que estaba echando el cierre a su local en ese justo momento.

Iñaki pretende hacerme creer que se mantiene neutral en su retiro de Bayona, pero me consta que de él parten consignas que suelen desembocar en acciones violentas. Debería haberle parado los pies hace tiempo porque tengo la impresión de que aspira a quitarme de en medio para poder manejar los hilos en la sombra.

Quizá sea ya demasiado tarde.

El Dibujante no había conseguido pararle los pies al tal Iñaki en su momento, pero tal vez ahora, dondequiera que se encontrase, me estaría agradeciendo que tuvieran que sacarle de su bar con los pies por delante.

Creo haber mencionado ya que el diario y los documentos que el Dibujante tan celosamente conservaba en una maleta metálica oculta en lo más profundo de la caja de anclas de su vetusto velero, constituían un fabuloso e inapreciable tesoro.

Tanto más fabuloso e inapreciable cuanto más interesado se estuviera en hacerle daño a la organización terrorista que con tanta minuciosidad había diseñado y con tanto esmero describía.

Y yo lo estaba.

Seguía estándolo ya que ni siquiera el magnífico triunfo que había significado conseguir que uno de sus principales administradores se hubiera pegado un tiro en la boca al tiempo que una parte muy importante de su tesorería se esfumaba, me bastaba.

A mí nada me bastaba.

Y no me bastaba porque el odio que un día pudiera haber sentido hacia aquellos que habían asesinado a mi padre ya ni siquiera existía.

Lo aceptara o no, había pasado tiempo atrás al olvido. Y tampoco me bastaba porque sabía que lo único que me producía algún placer en esta vida era continuar demostrándome a mí misma que era más fría, más cruel y más astuta que el resto de la gente. Pese a que, en realidad, me causara daño saberlo.

¡Cuánto hubiera dado por unas gotas de rencor que me sirvieran para mitigar la sinrazón de mis crímenes!

O por un ideal tan equivocado como el de aquellos a quienes asesinaba, pero que hubiera significado al menos un ideal tras el que parapetarme.

Era peor que ellos.

¡Infinitamente peor!

Nunca conseguiré entender las razones por las que alguien es capaz de colocar una bomba que destrozará a seres inocentes, ni entenderé tampoco qué pensarán de sí mismos cuando comprueben que han dejado sin piernas a una dulce muchachita que ya nunca podrá conocer lo que es el amor o tener hijos.

Es algo que aún se escapa a mi capacidad de comprensión, pese a que me consta que quienes colocan esas bombas continúan convencidos de que les asiste la razón.

¡Benditos sean por creer!

¡Y mil veces malditos por creer en lo que creen!

¡Pero creen!

En algo a todas luces irracional, pero creen.

Yo por aquel entonces hacía tiempo ya que no creía absolutamente en nada más que en la excitación que me producía el hecho de buscar, espiar, estudiar, acosar y aniquilar a un ser humano.

Ejecutaba a mis víctimas, regresaba a toda velocidad en mitad de la noche, ocultaba la moto en un granero abandonado, trepaba a un cochambroso utilitario cargado de huevos, zanahorias y lechugas, y ponía rumbo a la granja de Agen donde volvía a convertirme en una pobre mujeruca ignorante y asustada que tan solo se preocupaba de sus hijos.

Jugaba a su mismo juego.

Yo sabía muy bien que un buen número de comandos se ocultaban en no más de quinientos kilómetros alrededor, y que de allí partían con el fin de cometer sus atentados al otro lado de la frontera, para regresar de inmediato a sus seguros refugios.

Me limitaba a imitarles.

Lo que es igual no es trampa.

Si te disfrazas, me disfrazo.

Si mientes, miento.

Si asesinas, te asesino.

Y estaba íntimamente convencida de que como asesina era más limpia, más eficiente y más aséptica que ellos.

Jamás se me escapó un tiro equivocado. Jamás le hice el más mínimo daño a un inocente. Jamás rocé siquiera a un transeúnte. Era buena. Muy buena. Como siempre... La mejor en mi oficio.

La prueba está en que no consiguieron atraparme hasta que decidí permitir que me atraparan, porque la noche en que le prendí fuego al charco de gasolina a espaldas del Teatro Real podía muy bien haber aprovechado la confusión para salir corriendo sin que aquel par de atontados barrenderos hubieran intentado siquiera detenerme.

Era la mejor, repito, pero convencerse de que eres la mejor en algo entraña el peligro de que cuando te cansas de ser la mejor, la vida pierde todo su interés.

Llegó un momento en que me limitaba a pegarle un tiro a un infeliz para regresar a casa y sentarme a leer o a ver jugar a unos niños que a pesar de cuanto hacía por ellos seguían mirándome como a una extraña.

Nunca aprendieron a quererme.

Me respetaban, pero pese a todo el cariño y la atención que les ofreciera, tan solo pensaban en la sucia borracha que les había obligado a mendigar y a pasar hambre y frío.

¿Cómo se entiende?

¿Es la voz de la sangre, o es que el amor ha sido siempre un sentimiento incontrolable desde la más tierna infancia?

Con el tiempo llegué a la conclusión de que lo que en verdad ocurría era que en lo más profundo de su corazón aquellas inocentes criaturas presentían que su borracha madre realmente los amaba y los necesitaba, mientras que yo, pese a que cuidara de ellos, tan solo los utilizaba para mis fines particulares.

¿Instinto?

Posiblemente, ya que en los niños el instinto siempre tiende a ser, por lógica, mucho más poderoso que la razón, y a menudo tenía la sensación de que, por muy cariñosa que me mostrara, les asustaba.

¿Acaso olían la muerte?

¿Es posible que cada vez que regresaba de ejecutar a alguien percibieran que había algo nauseabundo en mí que les obligaba a rechazarme?

Nunca he podido saberlo, pero lo que sí sé es que los días que acudíamos a la clínica se abrazaban a su madre, la acariciaban, se sentaban en su regazo y se mantenían aferrados a su mano como si se tratara de la única tabla de salvación en mitad de un océano tempestuoso.

Qué extraño puede llegar a ser el ser humano. Mi resentimiento contra la sociedad probablemente hunda sus raíces en los años en los que me expulsaron del paraíso que significaba vivir en una preciosa casa en el campo para condenarme a pedir limosna en compañía de mis hermanos. Sin embargo, para aquel par de mocosos acosar a los transeúntes con el fin de conseguir unas monedas con las que su madre pudiera emborracharse parecía constituir un destino infinitamente mejor que vivir en una encantadora granja rodeados de patos y gallinas.

Acción, reacción.

Idénticos estímulos provocan diferentes respuestas, y a estas alturas ya no me siento con capacidad de discernir cuál es la adecuada. Estoy convencida de que en lo más profundo de mi alma envidiaba a aquel despojo humano por el hecho de que dos criaturas demostraran necesitarla tanto como la necesitaban, mientras que a mí nadie me ha necesitado nunca.

Cuando llegaba el momento de abandonar la clínica los niños lloraban, seguían haciéndolo durante todo el viaje de regreso, y esa noche los sorprendía durmiendo juntos, fuertemente abrazados, como si cada uno de ellos buscara en el otro el calor de su madre.

Un hijo tal vez hubiera cambiado mi vida.

¡Tal vez!

Aunque para cambiar de vida lo primero que se necesita son sinceros deseos de cambiar, y no era ese mi caso pese a que mi guerra con ETA no tenía ya razón de ser.

Por muchas derrotas que continuara infligiéndole y muchos de sus afiliados que continuara asesinando sin motivo, las mayores derrotas llegaban de su propio entorno, y lo único que cabía hacer ya era confiar en que sus raíces se pudrieran de la misma manera que se habían echado a perder sus frutos y se habían desgajado la mayor parte de las ramas.

Su ideología había muerto tiempo atrás aunque ellos aún no se hubieran dado cuenta. El término ideología proviene sin duda de idea, pero resulta evidente que existe un gigantesco abismo entre la libertad de las ideas y la tiranía de las ideologías.

Todo ser humano debe tener derecho a defender sus ideas, pero cuando se une a otros para intentar imponerlas por la fuerza, se convierte en un fascista y los fascistas carecen de derechos.

Hacía semanas que la sorda ira y el profundo resentimiento contra aquellos a los que siempre había culpado de la muerte de Sebastián estaba dejando paso a la apatía y la desidia, pero ni por un momento me planteé la posibilidad de abandonar la lucha e intentar organizarme una vida más o menos normal.

Lo que en realidad andaba buscando eran nuevos enemigos. Nuevas víctimas, para ser más exactos.

Necesitaba una droga más dura, como el yonqui al que la cocaína ya no le hace efecto y decide pasarse a la heroína. Quien escala los Pirineos aspira a escalar los Andes, y quien corona los Andes sueña con conquistar el Himalaya.

No pretendo que nadie acepte que dejar a un ser humano tendido sobre la acera con un tiro en la cabeza pueda ser considerado una especie de sofisticado deporte, pero admito que en el fondo era el único que me gustaba practicar.

A la vista de ello, debo admitir de igual modo que o soy una especie de aborto de la naturaleza, o estoy rematadamente loca. En las malas películas los malvados se enfurecen cuando alguien les llama locos.

Yo no. No me enfurezco, puesto que me consta que la locura no es más que un desarreglo cerebral capaz de conseguir que una muchacha joven, atractiva y, en aquellos momentos, asquerosamente rica eligiese seguir siendo una especie de víbora que se ocultaba en el fango y emponzoñaba a cuantos se ponían a su alcance.

Fue justamente entonces, como si el destino llevara años preparándolo, cuando saltó la noticia de que acababan de secuestrar a un poderoso empresario alemán, y que la policía sospechaba que quien se encontraba detrás del secuestro no era otro que el temible Martell.

¡Martell!

¡El Gran Martell!

El mismo Martell que figuraba en los archivos de Didí Monet y en el diario de Andoni *el Dibujante*.

Pero ¿quién era aquel misterioso personaje?

Nadie parecía tener una respuesta exacta a tal pregunta, aunque la mayor parte de los periódicos aseguraban que se trataba de un astuto terrorista del que se ignoraba la nacionalidad, la ideología e incluso la edad o el aspecto físico.

Por lo visto no respondía al perfil de un mercenario,

pero tampoco se ajustaba al perfil del violento que lucha por una causa perdida.

Aparecía de improviso en escena como un brillante cometa que surcara de tanto en tanto el firmamento opacando a las mayores estrellas, para desaparecer de inmediato en ese mismo firmamento como si se hubiera transformado en un gigantesco agujero negro.

Acudí de inmediato al diario de tapas de hule:

«A veces me asalta la sospecha de que Xangurro se ha vendido a Martell, pero esa es una acusación tan grave que, tanto si fuera cierta como si resultara falsa, me costaría la vida.»

¿Qué extraño poder tenía aquel hombre, que incluso atemorizaba a alguien tan difícil de asustar como Andoni *el Dibujante*?

Fuera cual fuera dicho poder debía encontrarse en franca decadencia, puesto que yo había procurado que sufriera una considerable pérdida económica por el sencillo procedimiento de cambiar sus números de cuenta en un ordenador.

Hazihabdulatif aseguraba que un terrorista arruinado se convierte en una presa fácil para unos carroñeros que siempre parecen estar al acecho de una posible recompensa, y probablemente Martell se encontraba en aquellos momentos comiéndose un cable.

Comerse un cable es una de las expresiones venezolanas que más me divierten, puesto que expresan de modo muy gráfico que, cuando el hambre arrecia, comerse un cable —o la suela de un zapato en el caso de Charlot— constituye la última esperanza de supervivencia.

Si pretendía sobrevivir en el agitado mundo en que se desenvolvía, Martell necesitaba rehacer su tesorería, y para conseguirlo recurría a la desesperada solución de secuestrar a un hombre demasiado influyente y poderoso.

Un riesgo a todas luces excesivo incluso para alguien en apariencia tan inteligente como él.

Aquel era el reto que yo llevaba años esperando.

Si en verdad era tan buena como aseguraba, había llegado el momento de demostrármelo a mí misma.

Aquel que ama el peligro, perecerá en él.

Allí, en algún lugar desconocido, se encontraba la cumbre más alta del Himalaya, y decidí que tenía que encontrarla y coronarla.

Primer paso: llegar hasta Martell. Y para llegar hasta Martell tan solo existía a mi entender un camino: Xangurro.

Jacinto Piñeiro, alias *Xangurro*, aquel de quien Andoni *el Dibujante* desconfiaba, se había establecido años atrás en Lyon, donde regentaba un próspero negocio de compraventa de maquinaria agrícola, y para estar a tono se había casado con una especie de vaca holandesa con la que tenía tres hijos que más bien parecían los tres cerditos del cuento.

Era un hombre inmenso, con una inmensa barriga y una inmensa papada, manos inmensas e inmensos zapatones del tamaño de lanchas de desembarco.

Cuando me acomodé al otro lado de su inmensa mesa de despacho, me observó con sorpresa, puesto que, sin duda, aguardaba la visita de una zafia aldeana que tal vez tenía la intención de adquirir una cosechadora de

segunda mano, y se enfrentaba a una elegantísima señorita vestida y calzada a la última moda.

—¿En qué puedo servirle? —quiso saber.

—Verá... —repliqué, yendo directamente al grano—. Tengo un grave problema: unos amigos míos se
introdujeron hace algún tiempo en una red informática
que no les pertenecía, y se dedicaron a la poco edifican-
te tarea de cambiar de lugar cuentas cifradas. El resultado fue, lógicamente, el caos. Pero dentro de ese caos
existe un cierto orden, y ahora resulta que mis amigos
saben dónde se encuentran enormes cantidades de dinero y documentos que acreditan la propiedad de determinadas mansiones sumamente valiosas, pero no pueden acceder a ellas sin contar con la colaboración de sus
legítimos propietarios.

—¿Me está queriendo decir que robaron algo que
no pueden tocar? —quiso saber el desconcertado gordinflón.

—En parte sí y en parte no —reconocí—. Digamos
que lo han colocado en un lugar en el que no beneficia
a nadie. No obstante, poco a poco han ido llegando a
acuerdos puntuales con los titulares legales de dichos
bienes, a cambio de quedarse con un módico porcentaje de lo que consiguen recuperar.

—¿Y a eso cómo habría que llamarlo? ¿Robo o chantaje?

—Colaboración más bien, puesto que a decir verdad la procedencia de la mayor parte de ese dinero no
era del todo ortodoxa, y ya se sabe ese dicho de que...
quien roba a un ladrón...

—¡Bien! —Pareció impacientarse—. Entiendo su

problema, pero lo que no entiendo es qué pinto yo en todo esto.

—Verá... —señalé, exhibiendo la más cautivadora y cándida de mis sonrisas—. La cuestión estriba en que mis amigos han conseguido localizar a la práctica totalidad de los titulares de ese dinero, excepto a uno al que le cambiaron de lugar unos trescientos millones de francos.

—¡Trescientos millones de francos! —repitió asombrado—. ¡No es posible!

—Lo es —insistí—. Y eso calculando por lo bajo. —Me incliné hacia delante—. Mis amigos estarían dispuestos a entregarle un diez por ciento de esa suma a quien nos pusiera en contacto con dicho personaje. Y nos han asegurado que usted es el único capaz de conseguirlo.

—¿Yo? —inquirió perplejo—. ¿Y por qué yo?

—Porque usted le conoce... —Hice una corta pausa—. Se llama Martell.

Su abotargado rostro se contrajo, un relámpago de temor cruzó por sus ojos y casi de inmediato protestó:

—¿Martell? No conozco a ningún Martell. Al menos a ninguno que pueda disponer de tan astronómica cifra. Me temo que les han informado mal.

—¡Lástima! —puntualicé—. En ese caso perderá la oportunidad de embolsarse treinta millones de francos. Y mis amigos cien.

—¡Sí que es una lástima! —reconoció contrito—. Pero ¿qué puedo hacer?

—En ese caso no le molesto más... —añadí al tiempo que me ponía en pie decidida a marcharme—. Pero le llamaré dentro de unos días, por si se le refresca la memoria...

Me encaminé a la puerta, y ya junto a ella me volví con el fin de dirigirle una última sonrisa:

—¡Por cierto! —señalé—. Si alguien le pregunta, puede decirle que todo este asunto está relacionado con la inesperada quiebra de La Maison Mantelet y el sorprendente suicidio de dos de sus directivos.

Cerré a mis espaldas, imagino que dejándole meditabundo, y cuando diez días más tarde le telefoneé, su voz sonaba muy diferente.

—¿Consiguió hacer memoria? —quise saber.

—Lo conseguí —admitió.

—¿Cree que mis amigos podrían llegar a un acuerdo? —inquirí.

—Espero que sí.

—Recuerde que tan solo trataremos directamente con el titular. Nada de intermediarios.

—¿Quién se entrevistará con él? —inquirió interesado.

—Únicamente yo —repliqué—. ¿Podrá arreglarlo?

—Por supuesto.

—En ese caso, decida dónde y cuándo... —concluí—. Volveré a llamarle.

Colgué y no pude por menos que lanzar un profundo suspiro: Había avanzado un peón, y mi enemigo había respondido avanzando el suyo.

SEXTA PARTE

LAS CENIZAS

¿Qué era lo que buscaba exactamente a la hora de enfrentarme a un hombre tan peligroso como parecía ser el tal Martell?

¿Qué ganaba con encontrarle, si es que conseguía localizarle?

Si mi lucha venía motivada por mi resentimiento contra ETA —a la que directa o indirectamente culpaba de la muerte de Sebastián— a tenor de lo que el Dibujante había dejado escrito en su diario, quienquiera que fuese Martell, nada pintaba en aquel asunto.

A veces me asalta la sospecha de que Xangurro se vendió a Martell, pero esa es una acusación tan grave que, tanto si fuera cierta como si fuera falsa, me costaría la vida.

Si ETA y Martell no eran, según cabía interpretar de las palabras del Dibujante, aliados, sino en cierto modo rivales, lo lógico —si algo de cuanto he hecho a lo largo de mi vida estuviese dotado de una cierta lógica— hubiera sido que mis simpatías se inclinasen del lado de Martell.

Los enemigos de mis enemigos son mis amigos.

No obstante, estaba decidida a embarcarme en la incalificable aventura de localizar y destruir a alguien que nada tenía que ver conmigo, por el simple y ridículo placer de demostrarme a mí misma que era capaz de triunfar allí donde tantos habían fracasado.

En cierto modo Martell era un mito. Pero un mito impreciso, a mitad de camino entre el terrorista internacional sin una ideología o una bandera concreta, y el vulgar delincuente que lo mismo atraca un banco, que trafica con armas o secuestra a un empresario.

Y que, curiosamente, aborrecía a los narcotraficantes.

Quizá fuera esta última faceta de su personalidad lo que había contribuido a crear tan confusa aureola mitológica, puesto que resulta cuando menos desconcertante que, en los tiempos en que vivimos, alguien implicado en el mundo de la delincuencia no se encuentre al propio tiempo ligado al mundo de las drogas.

Al paso que vamos llegará un momento en que será el petróleo el que mueva las máquinas y la droga la que mueva a los hombres. Como una mancha de aceite el vicio se extiende sin que ni gobiernos ni particulares consigan detener su progresión, y alguna que otra vez me he preguntado qué ocurrirá cuando llegue el momento en que nadie sea capaz de tomar una determinación sin tener que recurrir de antemano a una esnifada.

Confío en no vivir para verlo. Adoro sentirme dueña de mi voluntad pese a que admita que sea esa voluntad la que me arrastra a cometer tantísimos errores. Perseguir a Martell fue sin duda alguna el mayor de todos ellos. Y el que me obligaría a pagar por cuantos había cometido con anterioridad.

El día que decidí volver a llamarle, Xangurro parecía estar aguardando al otro lado del hilo telefónico, puesto que de inmediato quiso saber si me encontraba en disposición de trasladarme a Montecarlo.

—¿Montecarlo? —me sorprendí—. ¿Y por qué Montecarlo?

—¿Y por qué no? —replicó—. Allí encontrará a la persona que busca.

No me entusiasmaba la idea de regresar a una Costa Azul en la que había pasado demasiado tiempo y en la que había dejado un amargo sabor de boca a muchísima gente, pero llegué a la conclusión de que mi peor enemigo se encontraba siempre allí dondequiera que fuese, puesto que mi peor enemigo era evidentemente yo misma.

—De acuerdo —admití de mala gana—. Le llamaré en cuanto me haya establecido en Montecarlo.

Pasé toda una noche meditando sobre cómo pasar desapercibida en Montecarlo, y una vez más llegué a la conclusión de que la forma ideal de pasar desapercibida era llamar lo más posible la atención.

Al día siguiente telefoneé a la mejor agencia de modelos francesa para rogarles que enviaran al Gran Hotel de París, en Mónaco, a quince muchachas de unos treinta años, morenas, de cabello largo, ojos oscuros y distintas nacionalidades con el fin de seleccionar a cuatro, ya que un buen cliente tenía la intención de filmar un sorprendente *spot* publicitario.

Cada una de ellas recibiría cincuenta mil francos por

las molestias, y las cuatro seleccionadas doscientos mil. Para demostrar que hablaba en serio les transfería en ese mismo momento un millón de francos.

La fe mueve montañas. Pero el dinero, culos. Y en esta ocasión culos preciosos.

La agencia francesa se puso en contacto con sus corresponsales de varios países, y lo cierto es que me enviaron un material de primerísima clase.

Previamente había reservado dieciséis habitaciones, por lo que cuando me presenté en el hotel ya se encontraban en él más de la mitad de las candidatas, con lo que tanto el personal como los clientes se encontraban encantados y casi alborotados.

Las instrucciones que había dado eran muy claras: las muchachas debían circular de un lado a otro, comer, tomar copas y mostrarse amables con los clientes, pero sin prestarse a ningún tipo de intimidad ni permitir que las fotografiasen, y sobre todo debían procurar ser muy naturales si deseaban llegar a convertirse en una de las elegidas para la prueba final.

Precisamente, la gracia de nuestro *spot* se centraba en dicha naturalidad. Una manzana entre manzanas no es más que una manzana.

Me mezclé entre ellas, sin que nadie me preguntara de dónde provenía, y debo admitir que me divirtió enormemente advertir cómo rivalizaban a la hora de ser a cual más simpática y natural a pesar de que no tenían ni la más remota idea de quién diablos era el encargado de seleccionarlas.

¡Me encanta derrochar el dinero en ese tipo de cosas! Disfruto con ello, sobre todo cuando se trata del dinero de unos canallas que se morderían los puños si llegasen a imaginar que quince inaccesibles bellezas se dedicaban a vivir a su costa en uno de los mejores hoteles del mundo.

Una vez convencida de que todo funcionaba a la perfección, telefoneé a Xangurro y le comuniqué que me encontraba en Montecarlo, pero le advertí muy seriamente que como se le ocurriera la estúpida idea de venir personalmente con intención de reconocerme se rompería el trato y nuestro común amigo se quedaría sin su dinero.

Para confirmar que no se movía de Lyon le llamaría de tanto en tanto y cuando menos se lo esperara.

Si al astuto Martell se le había pasado por la cabeza la idea de que no le resultaría en absoluto difícil localizar a una espectacular morena recién llegada a Mónaco, acertó de lleno. Tenía dieciséis donde elegir.

El propio Xangurro lo admitió dos días más tarde.

—Es usted muy lista —señaló—. Condenadamente lista. Nuestro amigo no sabe con cuál de las chicas quedarse.

—Eso quiere decir que ya se ha dado una vuelta por el hotel.

—Supongo.

—En ese caso le voy a dar el número de mi móvil para que me llame. Ya es hora de que nos pongamos a trabajar en serio.

A la mañana siguiente repicó el teléfono, y una voz evidentemente distorsionada inquirió:

—¿Cómo puedo estar seguro de que tiene algo que me pertenece?

—Porque su cuenta secreta acababa en tres, siete, cinco —señalé distorsionando de igual modo mi tono de voz—. Y si ahora usted me dice cuáles eran los dos primeros números, sabré que estoy hablando con la persona indicada.

Se hizo un corto silencio y, tras lo que pareció una razonable duda, el desconocido replicó:

—Cuatro y siete.

—Exacto. Creo que llegaremos a entendernos.

—¿Cuándo sabré cuál de esas chicas es usted?

—En el mismo momento en que yo sepa quién es usted.

—Difícil me lo pone.

—Se trata de su dinero, y si desea recuperarlo tendrá que aceptar ciertas reglas —le hice notar—. Como comprenderá no estoy dispuesta a arriesgarme.

—De acuerdo —admitió al fin—. Mañana al mediodía la recogerá un coche que la conducirá a un lugar en el que podremos hablar sin que ninguno de los dos corra peligro.

Medité unos instantes y por último señalé:

—Me parece bien. Pero tenga en cuenta que tal vez a esa primera cita no acuda yo, sino cualquiera de las chicas. Y que si a las tres horas no está de regreso en el hotel se habrán roto definitivamente las negociaciones.

—Veo que le gusta complicar las cosas —dijo.

—Gracias a ello continúo con vida.

—Hasta mañana, entonces.

—¡Quizá!

A las doce en punto de la mañana siguiente una inmensa limusina me aguardaba en la entrada del hotel y un impecable y ceremonioso chofer uniformado me abrió la puerta, se colocó al volante y me condujo en silencio a través de una serie de callejuelas hasta la parte más alta de la ciudad, donde se detuvo ante un restaurante desde cuya amplia terraza se dominaba toda la bahía.

Me acomodé en una mesa apartada, pedí un martini y aguardé.

Tal como suponía, a los pocos minutos mi teléfono móvil comenzó a repiquetear dentro del bolso, pero como le había colocado el volumen al mínimo y tan solo yo podía oírlo, ni siquiera hice ademán de tocarlo y continué contemplando el paisaje con absoluta impasibilidad.

Si contestaba al teléfono, quienquiera que me estuviese observando no abrigaría la más mínima duda sobre mi auténtica personalidad, y en cierto modo me ofendió que me menospreciaran al imaginar que iba a caer en una trampa tan burda.

Por fin dejó de sonar.

Pero al poco insistió con idéntico resultado.

Yo navegaba con bandera de pendejo limitándome a admirar el paisaje con aire de supremo aburrimiento.

Al cabo de un rato abrí el bolso, desconecté el aparato y saqué un cigarrillo que encendí mientras hacía un gesto al camarero al que supliqué que fuera a buscar al chofer que aguardaba en el exterior.

Cuando este se presentó ante mí, gorra en mano, le espeté sin más preámbulos:

—¿Y ahora qué se supone que tengo que hacer?

Me observó estupefacto.

—¿Perdón? —inquirió.

—Que no entiendo nada. Me sacan del hotel, me traen hasta aquí, me piden que sea natural y amable con la gente, pero no encuentro a nadie con quien mostrarme ni amable, ni natural. —Lancé un amargo lamento—. ¡Y me muero de hambre! —concluí.

—Pues vaya pidiendo algo de comer mientras espera.

—¡Odio comer sola! —aseguré—. Me deprime. Me da la impresión de que soy tan poco interesante que ni siquiera he conseguido que alguien me acompañe. —Hice un gesto hacia la silla vecina—. ¡Siéntese! —rogué—. Le invito a almorzar.

—¡Pero señorita! —protestó escandalizado—. ¿Cómo pretende que me siente con usted? Solo soy el chofer.

—¿Y eso qué tiene que ver? —dije—. ¡Oh, vamos! Mi tío es chofer de un ministro y a mucha honra... —Le guiñé un ojo—. ¿O es que se imagina que nací en un palacio? No soy más que una pobre modelo a la que unos capullos le han pedido que se muestre amable con la gente. Pero si el cretino con el que me tengo que mostrar amable no aparece, estoy en mi derecho de mostrarme amable con quien me apetezca. —Bajé la voz—. Y aquí se debe comer de puta madre. —Volví a señalarle la silla—. ¡Por favor...!

Dudó, le dio un sinfín de vueltas a la gorra, echó un vistazo a su alrededor y por último accedió a tomar asiento.

Mientras almorzamos opíparamente le conté una sencilla historia sobre una muchachita chilena de clase media que intenta abrirse camino en el mundo de las pasarelas y las top-models internacionales, y a la que le vendrían de perlas doscientos mil francos si resultaba elegida para aquel trabajo.

Por su parte me habló de su mujer y sus tres hijos.

A la hora del café le supliqué que telefoneara al hotel preguntando si había algún mensaje para la habitación 245.

Naturalmente no había ninguno, y a su regreso nos tomamos tranquilamente un coñac, charlamos otro rato, y como nadie hacía acto de presencia emprendimos el regreso al hotel.

A mitad de camino le supliqué que me comprara un gran ramo de flores y una enorme caja de bombones, puesto que una compañera cumplía años ese mismo día. También le pedí que me trajera revistas de modas. Mientras se encontraba en la floristería, realicé una llamada telefónica a la que nadie respondió.

Poco después hice mi entrada triunfal en el hotel portando un enorme ramo de rosas y seguida por un impecable chofer uniformado.

No aceptó propinas.

Era de esperar.

En cuanto subí a mi habitación puse en marcha una grabadora que suelo llevar conmigo y en la que puedo reproducir una gran variedad de sonidos de ambiente.

Era otra enseñanza de Hazihabdulatif.

Sonidos de ambiente que obligan a pensar en una calle con mucho tráfico, un aeropuerto, un estadio o una fábrica con ruido de máquinas al fondo, y que ayudan a confundir a quien se encuentra al otro lado de la línea, especialmente si has llamado tú o te han llamado a un móvil.

Y yo estaba esperando una llamada al móvil.

No tardó ni diez minutos.

—¿Cómo es que no ha acudido a la cita? —fue lo primero que quiso saber la distorsionada voz del día anterior.

—Consideré que no era prudente —repliqué en idéntico tono—. Y tenía que venir a recoger a un amigo al aeropuerto.

—¿Aeropuerto...? —se sorprendió—. ¿Pretende hacerme creer que está en Niza?

—¡Exactamente! ¿Qué tal la chica?

—No lo sé —replicó en el acto—. Tampoco yo acudí a la cita.

—Pues nos podemos pasar así la vida. —Hice una pausa para que pudiera percibir con toda claridad que de mi grabadora surgía una voz avisando que un vuelo de Air France estaba a punto de partir hacia Londres—. ¿Se le ocurre algo? —inquirí al fin.

—¿Le parece bien mañana a la misma hora?

—Es posible...

—Le enviaré un coche.

—De acuerdo.

El mismo coche y el mismo chofer, que mostró evidente sorpresa al verme.

—¿Y eso? —quiso saber.

—¿Qué quiere que le diga? —repliqué—. ¿Vamos al mismo sitio?

—Esas son mis órdenes.

—Por lo menos comeremos bien.

No abrió la boca durante todo el trayecto, y cuando se disponía a dejarme en la puerta del restaurante le pedí que entrara conmigo.

Tomamos asiento en la misma mesa, y tras observarle unos instantes, señalé:

—¿No cree que ha llegado el momento de que nos dejemos de tonterías? Este juego empieza a resultar estúpido.

—No sé a qué se refiere —replicó un tanto desconcertado.

—A que ayer cometió demasiados errores —aventuré en tono de fastidio—. El primero, telefonear a mi móvil esperando que lo cogiera, lo cual le confirmaría que efectivamente era la persona que debía ser. Supongo que me estaría observando. No lo cogí, pero usted no tuvo en cuenta que mi móvil registró el número desde el que me llamaba. Primer error. —Fue a decir algo, protestar, sin duda; pero le interrumpí con un gesto—. Luego, cuando le pedí que me comprara flores, aproveché para llamar a ese mismo número. Lógicamente nadie respondió, puesto que usted estaba en la floristería, pero un teléfono se cansó de repicar en el interior de la guantera del coche. Segundo y grave error. Al poco de dejarme en el hotel me llamó distorsionando la voz, pero usando el mismo teléfono según pude constatar en el mío. Tercer error que me demuestra que, o es usted Martell en persona, o está muy cerca de serlo.

Tardó en responder.

Y tardó porque resultaba evidente que estaba tratando de asimilar cuanto acababa de decirle y que le dejaba en evidencia.

Que una pobre muchacha, una estúpida aprendiz de modelo que al parecer tan solo aspiraba a ganarse doscientos mil francos haciendo un anuncio, hubiera sido capaz de hacer caer en semejante trampa al Gran Martell, le dejaba momentáneamente descolocado y a todas luces perplejo.

Lanzó una ojeada a su alrededor y tuve la extraña sensación de que todos sus músculos se tensaban.

En cuestión de segundos parecía haberse transformado, como si de pronto se hubiese convertido en un animal acorralado pero dispuesto a buscar una salida a toda costa.

Le coloqué amistosamente la mano sobre el antebrazo en un evidente esfuerzo por tranquilizarle:

—¡No se inquiete! —supliqué—. Nadie más lo sabe. Esta no es más que una simple cuestión de negocios.

—¿Y si ya no me interesaran los negocios? —inquirió roncamente—. ¿Qué ocurriría si me limitara a pegarle un tiro?

—Que estaría cometiendo el último y más irremediable de sus errores —repliqué, procurando conservar la calma—. Como comprenderá, no me he arriesgado a contarle lo que sé sin tomar precauciones. Ayer, cuando le pedí que telefoneara al hotel, aproveché para guardarme su copa de vino, con lo que ahora tengo una muestra de sus huellas dactilares. Y en el momento en que penetramos en el hotel yo me cubría la cara con un enorme ramo de flores, pero el chofer que me seguía tan solo cargaba revistas y bombones, con lo que en el vídeo de seguridad se le distingue perfectamente. —Sonreí de nuevo con malévola picardía—. Lo sé porque anoche me apoderé de ese vídeo, del que ya me he procurado varias copias.

Se quedó lívido.

—Es usted condenadamente lista —masculló al fin—. Una de las criaturas más astutas con que me haya tropezado. ¿Qué piensa hacer con esas pruebas? ¿Chantajearme?

—¡En absoluto! —le hice notar—. No es mi estilo, y tan solo constituyen una especie de escudo de protección. Mientras siga con vida, esas pruebas permanecerán a buen recaudo. Pero el día que algo me ocurra, todas las policías del mundo tendrán sus huellas y su imagen.

—¿Así de fácil?

—Así de fácil

—¿Y quién me lo garantiza?

—Yo.

—Supongamos por un momento que confío en usted, pero...

—Es que no le queda otro remedio —le interrumpí.

—Eso aparte —aceptó—. Pero ¿quién me garantiza que el depositario de dicha información no podrá sentirse tentado de entregarla sin su consentimiento? Corro el peligro de que cuando menos lo espere su cómplice nos traicione a los dos.

—Eso nunca podrá ocurrir —le hice notar—. Siempre actúo sola, aunque me protejo enviándome a oficinas postales de distintas ciudades cartas que contienen dicha información. Mientras yo acuda personalmente a recogerlas para reenviarlas a otra ciudad, todo funcionará a la perfección.

—¿Y qué ocurrirá si un día no acude?

—Que a las dos semanas se las devolverán al remitente.

—Pero el remitente es usted misma... —puntualizó desconcertado.

—No. El remitente que figura en la parte posterior del sobre es el ministro del Interior de un determinado país. —Abrí las manos como si con eso diera por concluida la explicación—: Seis sobres, seis ministros diferentes.

—¡No joda!

—No pretendo joder mientras no me jodan a mí.

—¿Pretende decir con eso que a partir de este momento mi seguridad depende de la suya, por lo que me tengo que convertir en algo así como un ángel de la guarda?

—Sería una forma de entenderlo.

—¿Y qué hay de mi dinero? ¿Realmente sabe cómo recuperarlo?

—Lo sé —admití—. Y estoy dispuesta a llegar a un acuerdo.

Aprovechó la ocasión que le ofrecía la presencia del camarero para meditar sobre cuanto habíamos hablado, y cuando nos quedamos de nuevo a solas, inquirió con sincera curiosidad:

—¿Quién eres realmente?

—Eso nunca lo sabrás —repliqué tuteándole a mi vez—. Casi podría asegurarte que ni siquiera yo lo sé.

—¿Y para quién trabajas?

—Únicamente para mí.

—¿No imaginarás que voy a creerme que actuaste sola en el caso Mantelet? —Ante mi mudo gesto de asentimiento inquirió asombrado—: ¿Cómo lo hiciste?

—Su vicepresidenta, Didí Monet, se volvió loca por mí. Y cuando una lesbiana pierde la cabeza, lo pierde todo.

—¿Eres lesbiana?

—Solo cuando me conviene.

—No creo que me dejara dar por el culo por mucho que pudiera convenirme —señaló agitando la cabeza—. Y creo que eres la persona más desconcertante que he conocido en mi vida.

—Por eso te tengo atrapado —le hice notar—. ¿Sabes? —añadí—. Tu dinero no me importa. Tengo demasiado. Lo único que pretendía era vencerte en tu propio terreno.

—¿Por qué?

—No lo sé.

—¿Cómo que no lo sabes? —se asombró—. Alguna razón habrá.

—Es como uno de esos videojuegos de los niños. Vas ganando puntos y cada vez quieres más puntos, pero para conseguirlos no te queda más remedio que aumentar el grado de dificultad.

Resultaba evidente que cuanto estaba escuchando rompía todos sus esquemas, por lo que lanzó una especie de sonoro resoplido que pretendía mostrar la magnitud de su frustración.

—He tenido una vida muy difícil —masculló entre dientes—. He matado a docenas, tal vez centenares de personas; todas las policías del mundo desearían saber quién soy para meterme una bala en la cabeza, y tú me consideras algo así como la partida final de un videojuego. ¡No puedo creerlo!

—Siento lastimar tu ego, pero así es, aunque si quieres que te diga la verdad en este momento no me siento orgullosa por ello. Si miro hacia atrás para ver qué extraño ha sido el camino que me ha traído hasta aquí, comprendo que hubiera preferido continuar siendo una pobre niña que lo único que deseaba era que su padre la llevara a bañarse al río cada verano. —Le miré de frente, a los ojos—. ¿Qué hubieras deseado ser?

Tardó en responder, aunque llegué a pensar que no lo haría nunca. Por último, tras sostener largo rato mi mirada, replicó:

—Hubiera querido ser un buen marido y un buen padre, pero no lo fui. Arrastré conmigo a mi mujer hasta que un día la maté de una sobredosis. Tenía veintidós años y estaba embarazada.

—¿Y por eso te vengas en los demás? —quise saber—. ¿Qué culpa tienen?

—Toda —afirmó convencido—. Una sociedad que permite que la droga arruine vidas como la mía, es una sociedad enferma, y hay que cambiarla.

—Te bastaba con decir no.

—Es un bonito eslogan, pero no me enseñaron a decir no. Al menos no me enseñaron lo suficiente, y cuando me encontré con el cadáver de mi mujer entre los brazos tuve que bajar a los infiernos. Fueron años de lucha, pero cuando al final conseguí recuperarme sin ayuda de nadie juré que me vengaría.

—¿Y por eso te convertiste en terrorista? —inquirí incrédula—. ¡Qué estupidez!

—Si no estar de acuerdo con el sistema es ser terrorista, admito que soy terrorista, puesto que no puedo estar de acuerdo con un sistema que se gasta millones en luchar contra un hipotético enemigo exterior, cuando lo que debería hacer es emplear ese dinero en combatir al auténtico enemigo interior que está minando sus cimientos. —Dejó de mirarme a los ojos para clavar la vista en el horizonte—. Nuestras democracias dedican más presupuestos a un solo tanque o a un avión de combate que a la lucha antidroga, y debido a ello murieron mi mujer y mi hijo.

—No puedes culpar a los gobiernos por tu debilidad.

—Yo entonces era débil y mi país tenía la obligación de defenderme de aquellos que podían hacerme daño, y que estaban allí, en casa, en el mismísimo claustro de la universidad, no al otro lado de las fronteras. Pero se obtiene más comisión por la venta de un avión que por recuperar a un muchacho perdido.

—Nunca se me hubiera ocurrido mirarlo de ese modo —dije—. Aunque debo reconocer que tus razones son tan válidas o más que las mías, ya que las mías carecen por completo de consistencia. De todos modos, dudo de que poner bombas o secuestrar empresarios resuelva el problema.

—Jamás he intentado resolver ningún problema —puntualizó con absoluta naturalidad—. Hago lo que hago porque me apetece.

—Curioso —dije—. Y decepcionante. Esperaba enfrentarme a un brutal terrorista con la mente repleta de confusas ideologías, y resulta que me encuentro sentada frente a un pobre hombre que lo único que intenta es culpar a los demás de lo que tan solo fue culpa suya.

—He matado a gente por mucho menos que eso —murmuró.

—También yo —le hice notar—. Pero no vas a matarme. Primero, porque estarías firmando tu propia condena, y segundo y principal porque en el fondo te gusta que te diga cosas que nadie más se atreve a decir.

Al hablarle de aquel modo no estaba intentando provocarle. Ni tan siquiera hacerle daño. Buscaba, aunque pueda sonar extraño, afianzar nuestra relación, puesto que desde el primer momento tuve muy claro que un hombre como Martell jamás me dejaría marchar sin haberse tomado cumplida revancha. Acababa de derrotarle de forma espectacular en el primer asalto, y su ego, no ya masculino, sino de simple ser humano que considera que le han sorprendido a traición, le exigiría humillarme de la misma forma que yo le estaba humillando en aquellos momentos.

Imagino que se sentía como el Gran Maestro que de pronto se sienta a jugar con un aficionado que le da jaque mate en diez movimientos y lo único que desea es volver a colocar las piezas para comenzar una nueva partida y dejar las cosas en su sitio.

Y a ningún Gran Maestro se le ocurriría la idea de pegarle un tiro a su rival sin haberse comido antes el alfil, la torre, la reina y el hígado.

¡Qué ira sentía!

Yo palpaba esa ira, pero estaba convencida de que en el fondo no estaba furioso conmigo, sino consigo mismo. Hubiera querido estrangularme, pero estrangularme intelectualmente, y lo único que tenía que hacer era permitirle abrigar la esperanza de que podría conseguirlo.

Quiero suponer, aunque tal vez se trate de una simple presunción, que le sabía a cuerno quemado que una muchachita que casi podía ser su hija le hubiese puesto a los pies de los caballos con un sencillo par de capotazos.

—De modo que también has matado gente... —musitó al fin—. ¿Cuánta gente?

—Demasiada.

—¿Y qué sientes al hacerlo?

—Nada —reconocí—. Al principio resultaba excitante, pero ya no. Hace poco he leído un estudio según el cual esos chicos que se lanzan desde los puentes con una soga atada a los pies se vuelven en cierto modo adictos al peligro. La adrenalina que liberan en el momento de caer les produce un placer tan incontrolable que cada vez necesitan lanzarse desde una altura mayor porque saber que se están jugando la vida les vuelve locos. Pero de pronto un día, y sin que ellos mismos sepan la razón, pierden el interés. A mí me ha pasado algo semejante.

—Sin embargo, estás ahora aquí, jugándote la vida.

—Tal vez —admití—. Pero también es posible que me haya lanzado desde el puente más alto, y lo que venga a continuación no me divierta.

Le molestó oírme decir eso, puesto que venía a significar que daba por concluida una partida que para él acababa de comenzar. Y no parecía dispuesto a consentirlo.

Mi larga relación con Martell se basó en dos pilares de idéntica firmeza: una sincera amistad y una profunda rivalidad.

Como a Manolete y Arruza o a Dominguín y Ordóñez, nos unía la admiración, el afecto y unas ciertas dosis de odio. Si alguien llega a leer esto sin estar habituado a la tensión emanada del hecho de que de una forma inconsciente sabes que estás siempre en peligro, tal vez no consiga entender con total nitidez las razones de nuestro comportamiento, pero el tiempo me ha enseñado que quienes elegimos vivir en el filo de la navaja acabamos por perder la noción de las proporciones para pasar a convertirnos en una especie de paranoicos que contemplan el mundo que les rodea a través de un prisma que todo lo distorsiona.

La violencia —y eso es algo que creo haber dicho con anterioridad— no es más que una de las tantas formas de la locura. Y de locura progresiva. Pasas de un estado profundamente depresivo en el que te arrepientes de todo corazón de cuanto has hecho, a otro en el que lo único que ansías es volver a empuñar un revólver y volarle la cabeza a cualquier hijo de puta. Y como dice el dicho, si los hijos de puta volaran ocultarían el sol.

Martell conocía a centenares de ellos. De todas las razas, colores y nacionalidades. Aún no he conseguido entender cómo llegó a convertirse en punto de referencia de la mayor parte de los terroristas del mundo, y cuáles eran los contactos que le permitían estar al tanto de cuanto se cocinaba en los pucheros del infierno, pero lo cierto es que en más de una ocasión me comunicó con dos días de anticipación espeluznantes acciones violentas que por desgracia la mayor parte de las veces se llevaron a cabo.

Habíamos hecho negocios, pero a la hora de reintegrarle el dinero se lo fui devolviendo por etapas, puesto que lo que de ninguna forma deseaba era romper de golpe los lazos que me unían a él.

Xangurro reclamó su parte y se la entregué de idéntica manera.

¡Qué más me daba!

Al fin y al cabo no se trataba más que del dinero de otros y yo sabía muy bien que por mucho que gastara jamás se acabaría. Tiempo atrás había abierto fideicomisos a nombre de cada uno de mis hermanos, de tal forma que pasara lo que pasase tuvieran el futuro asegurado aunque sin disponer por ello de sumas excesivas, puesto que lo que deseaba era que se convirtieran en hombres de provecho, y a mi modo de ver la mejor forma de conseguirlo es tener suficiente pero no demasiado.

¡El equilibrio!

Recuerdo que estando en la universidad me cayó en las manos un magnífico estudio sobre la importancia de saber mantener un equilibrio en todo cuanto se refiere tanto a nuestra vida interior como a nuestras relaciones con el mundo que nos rodea, y lamento no haber sabido asimilar tan sabias enseñanzas.

Mi vida ha sido siempre un perfecto ejemplo de falta de equilibrio, y deseaba de todo corazón que a mis hermanos no les ocurriera lo mismo.

La única vez que les escribí fue para notificarles que recibirían una asignación mensual y suplicarles que la emplearan en estudiar buenas carreras.

Lógicamente la carta no llevaba remite, puesto que

no deseaba que me contestaran diciéndome que me echaban de menos.

El banco me confirmó que cada primero de mes se retiraba el dinero y eso me bastó. Lo otro, reanudar unos lazos familiares que tan solo contribuirían a aumentar mi sensación de fracaso y soledad, no tenía razón de ser.

Y a mi familia no le gustaría saber quién era, cómo era y de dónde había salido aquel dinero. Tampoco les serviría de mucho resucitar una relación que muy pronto se volvería a truncar de un modo definitivo.

Presentía que me encontraba al final de mi carrera.

¿Por qué?

No lo sé. No creo que nadie pueda explicar de una forma lógica la razón de los presentimientos, ya que no es como cuando un brazo roto te advierte que va a cambiar el tiempo. Lo presientes y basta.

Mi último objetivo continuaba siendo Martell, pero ni yo misma sabía a ciencia cierta qué era lo que pretendía de él.

¿Matarle?

¡Oh, vamos! Matar ya era un fastidio; una estúpida rutina. Aparte de que conozco lo suficiente mi oficio como para saber que de la misma forma en que le había obligado a convertirse en mi ángel de la guarda, yo me había convertido en el suyo.

A través de nuestra relación Martell había tenido un sinfín de oportunidades de fotografiarme o conseguir mis huellas dactilares, y estoy segura de que en alguna parte del mundo guardaba un dosier sobre mí que iría a parar a las manos de la policía en cuanto a él le ocurriera algo.

Lo que es igual no es trampa. Y hay que aceptarlo.

Estábamos unidos por un múltiple cordón umbilical: el afecto, el respeto, la admiración, la rivalidad, los negocios, y la mutua dependencia en cuanto a seguridad se refiere.

Lo único que nos faltaba era el amor. Pero incluso en eso supimos guardar las distancias.

Era un hombre en cierto modo atractivo al que le fascinaba como mujer, pero desde el primer momento comprendimos que una cama no nos iba a proporcionar más que problemas.

Por lo que pude deducir con el paso del tiempo estaba casado y tenía un montón de hijos —nunca supe si propios, de su mujer o adoptados—, pero lo que sí fui capaz de deducir es que se las había ingeniado para levantar un grueso muro entre su vida familiar y su vida profesional hasta el extremo de que ni siquiera conseguí hacerme nunca una idea de dónde residía normalmente, o cuál era su auténtica nacionalidad.

Hablaba nueve idiomas con absoluta fluidez, lo que me obligaba a sospechar que debía ser de origen centroeuropeo, pero era tal la obsesión que demostraba por conservar su intimidad y tal el hermetismo en que se encerraba en cuanto se rozaba el tema, que opté por evitarlo a toda costa.

De igual modo tampoco él quiso averiguar más de lo que yo me brindé a contar sobre mi propia vida.

Cabría asegurar que nada teníamos en común pese a que en el fondo fuéramos iguales.

Y lo sabíamos.

Ambos éramos conscientes de que nuestras vidas se

habían elevado sobre el frágil cimiento de la sinrazón, y eso nos unía.

A menudo creo que cada uno de nosotros buscaba en el otro las respuestas que no había conseguido desvelar sobre sí mismo, como si imaginara que era un espejo que le permitiría descubrir las arrugas de su propia alma.

Pero el alma no se refleja en los espejos. En ningún espejo. Y la conciencia mucho menos. Pese a ello pasábamos largas horas juntos, intercambiando experiencias y tanteando el terreno con vistas a reanudar la gran partida que había quedado pendiente.

Aunque no existía tablero sobre el que jugarla. Ni trofeo alguno que justificara, por el momento, la revancha. Lo que sí nos sirvió de mucho fue ese intercambio de ideas y experiencias, e imagino que un sociólogo que hubiese asistido en silencio a la mayor parte de nuestras conversaciones hubiera conseguido obtener valiosos datos sobre el auténtico significado de la violencia y la práctica imposibilidad de detenerla cuando acelera su andadura.

Martell se mostraba en ciertos aspectos tan perplejo como yo misma sobre la complejidad de los caminos que nos habíamos visto obligados a seguir para llegar al punto en que estábamos.

Nunca, ni por lo más remoto, se planteó la posibilidad de acabar por convertirse en líder terrorista, ya que a lo único a que aspiró desde el día en que enterró a su mujer fue a intentar que los gobiernos atendieran a sus demandas de un mayor control sobre las actividades de los narcotraficantes.

—Quizá... —señaló una noche— el verdadero problema estriba en el hecho de que tanto tú, como yo, como la mayoría de los que andamos metidos en esto, somos mucho más débiles que el resto de la gente y nos hemos dejado arrastrar sin oponer resistencia. Al igual que el tímido se muestra de pronto como el más audaz, así nosotros, los débiles, nos hemos disfrazado de duros hasta el extremo de caer en la trampa de creernos nuestro propio papel. Alguien realmente fuerte se las arreglaría para escapar de un laberinto del que no somos capaces de encontrar la salida.

—Salir es fácil —puntualicé—. Lo difícil es no volver a entrar. Ocurre como con el tabaco; cuesta muy poco dejar de fumar, pero casi nadie consigue no caer de nuevo en el vicio. La violencia es una droga y aún no se han inventado ni clínicas ni tratamientos que te liberen de la adicción.

Un violento, alguien que como yo sabe que tiene el poder de destruir a su antojo vidas humanas, no consigue habituarse a la idea de convertirse en un ciudadano del montón. El terrorista se siente tan importante como un rey, y son muy pocos los reyes que abdican de buen grado.

No es fácil pasar de ser dueño de vidas humanas a mecánico en un taller, obrero de la construcción o funcionario público, y mientras no se invente una forma de desintoxicar a los violentos, el problema nunca tendrá solución.

«Hubiera dado la mitad de mi vida por conseguir olvidar la otra mitad, pero no encontré a nadie que quisiera quedarse con ella.»

Siempre había sido la frase del Dibujante que más

me había impresionado, puesto que reflejaba como ninguna otra mis auténticos sentimientos, y recuerdo que cuando en cierta ocasión se la comenté a Martell hizo un levísimo gesto de asentimiento.

—Si eso es lo que piensas —señaló—, y en parte lo comparto, significa que el cien por cien de nuestras vidas ha resultado inútil.

—¡Naturalmente!

—¡Lástima! Realmente es una lástima.

Lo decía de corazón, pero pese a ello continuaba matando.

Pensaba de una forma y actuaba de otra.

¿Por qué?

Si tuviera respuesta a esa pregunta, tendría respuesta a mis propias preguntas, y creo que a estas alturas resulta evidente que jamás las tuve.

Yo por aquel tiempo ya no mataba. Me había enamorado.

Durante un corto paréntesis de mi vida, no más de siete meses, me convertí en una mujer normal que tan solo soñaba con el momento de reencontrarse con el hombre elegido, hacer el amor y realizar hermosos y románticos viajes a lugares exóticos.

Pasé casi un mes en Bora Bora y lo recuerdo como el tiempo más pleno y feliz de mi vida de adulta.

Sol, playa, cama, largos paseos a la luz de la luna; música típica y romántica... todo aquello a lo que aspira una mujer que desea ver el mundo a través de los ojos de otra persona; una persona por cuya mente jamás ha cruzado la idea de asesinar, poner una bomba o causar daño a nadie.

Lo quise tanto más cuanto más distinto a mí lo fui descubriendo.

Busqué en su compañía lo que jamás encontré en la mía. Adoré su alegría por vivir, al igual que odiaba mi amargura por matar.

Y caí rendida a sus pies cuando me suplicó que nos casáramos. Pero no me casé.

Si alguna muestra de amor di alguna vez en mi vida, fue la de abandonar al único hombre al que he amado.

Unir para siempre mi vida a la de alguien tan honrado y tan puro hubiera sido infinitamente más cruel que el más cruel de mis crímenes.

Descubrir quién era yo —y hubiera acabado por descubrirlo pronto o tarde— significaría tanto como destruir de un solo golpe todo lo mejor que he encontrado en esta vida, y estoy segura de que la bomba que desmembró a Sebastián sería a la larga menos dañina que la simple verdad sobre mí misma.

Le regalé mi cuerpo, que aún era hermoso, y lo poco incontaminado que quedaba de mi alma, pero tuve muy claro desde el primer momento que no debía envolver tales presentes en el papel de estraza de un pasado tan hediondo y sucio de sangre como el mío.

Más que nunca los recuerdos cayeron sobre mi cabeza como las columnas del templo sobre los filisteos.

Hazihabdulatif, Emiliano, Alejandro, el Dibujante, Didí Monet y tantos y tantos otros comenzaron a bañarse conmigo en las playas de Bora Bora, compartieron nuestros románticos paseos a la luz de la luna, se acostaron en la ancha cama de la cabaña bajo la que murmuraba un mar cálido y transparente, y me preguntaron una y mil veces hasta cuándo sería capaz de mantenerlos encerrados bajo llave en el armario de mi memoria.

¿Tenía derecho a condenar al hombre al que amaba a compartir su vida con una auténtica legión de cadáveres?

¿Tenía derecho a ocultarle la verdad eternamente?

¿Tenía derecho a que cualquier día alguien me señalase con el dedo en su presencia para llamarme puta, lesbiana, ladrona, terrorista y asesina?

Sinceramente, creo que no.

Son demasiadas acusaciones.

Y todas ciertas.

Una mañana, una hermosísima y amarga mañana, enterré mi corazón en la blanca arena de Bora Bora y me fui.

Allí debe seguir, lamido por las limpias aguas de la amplia laguna, a ratos a la sombra de las frágiles palmeras, y a ratos bajo el cálido sol del paraíso.

Ese fue mi suicidio.

Mucho más doloroso, más largo y más agónico que el hecho de meterme el cañón de un revólver en la boca y apretar el gatillo, porque sigue siendo un suicidio que repito día tras día, y, sobre todo, noche tras noche, cuando me tumbo en la cama, alargo el brazo y no encuentro el calor de aquel ser a quien tan desesperadamente necesito.

¿Quién podría castigarme que más daño me hiciera?

¿Qué cárcel, qué presidio o qué patíbulo podría compararse a esta condena que yo misma me impuse?

Vivir sin escuchar su risa, sin recibir sus besos o sentir sus caricias es tanto como expirar minuto tras minuto sin conseguir lanzar jamás el último suspiro.

Contemplar esta celda ni siquiera me impresiona, puesto que desde aquel lejano amanecer en Bora Bora, los palacios son celdas cuando él no está y la más lúgubre de las mazmorras se me antojaría el Taj Mahal si durmiera en sus brazos.

Aprendí a amar a destiempo.

O demasiado pronto, o demasiado tarde.

Quizá de ello sí que no tenga yo la culpa.

Nadie manda sobre sus sentimientos, y nadie puede ordenarle al corazón en qué momento debe amar y en qué momento debe odiar.

Al fin y al cabo, el tiempo siempre ha sido el impasible tirano que marca nuestros destinos. A veces me pregunto qué hubiera sido de mi vida si le hubiera conocido en otras circunstancias.

¡Estúpida pregunta!

Jamás habría podido conocerle en otras circunstancias, puesto que fue el devenir de mi existencia el que me llevó hasta él.

Una muchachita cordobesa no hubiera podido conocerle. Y menos aún, enamorarle. Era un hombre muy especial que necesitaba una mujer muy especial. Pero yo lo era demasiado, incluso para él.

Estoy convencida de que me hubiera perdonado por haber sido puta. E incluso habría comprendido que en ciertos momentos de mi vida hubiese aceptado una relación homosexual. Y apretándole un poco quizás hubiera pasado por alto mis latrocinios.

¡Pero matar a sangre fría...!

¡Ejecutar por capricho actuando a la par de juez y verdugo, o envenenar con barbitúricos a un ser que me amaba desesperadamente...! No. No creo que lo hubiera aceptado en modo alguno.

Me viene a la memoria aquel viejo bolero...

«No es falta de cariño, te juro que te adoro, te quiero con el alma y por tu bien, te digo adiós...»

¡Qué absurda se me antojaba en mi niñez aquella letra!

Siempre creí que si amas tanto a alguien no debe existir razón alguna para abandonarle, pero lo cierto es que existe. El dolor que pudiera causarle al marcharme sin darle explicaciones, no tenía parangón con el que le hubiera causado al haber tenido que dárselas.

Volví junto a Martell, que advirtió de inmediato que había cambiado.

—¿Te serviría de algo hablar sobre ello? —quiso saber.

—Me obligaría a hacer un esfuerzo para no echarme a llorar. Y lo último que deseo en este mundo es llorar ante ti.

—Entiendo. La diferencia entre tú y yo es que yo soy capaz de ocultarle a mi mujer que soy un maldito terrorista y tú no. —Lanzó un resoplido—. Es la jodida manía de las mujeres de contarle a sus maridos que le han puesto los cuernos cuando nadie se lo ha preguntado. Pero lo que no debes hacer es encerrarte en ti misma concentrándote en rumiar tu pena. Lo que necesitas es acción.

—¿Acción? —me sorprendió—. ¿Qué clase de acción?

—Acción de la buena —replicó—. ¡De la mejor! Estoy preparando un golpe que hará temblar al mundo.

—¡Vamos! —protesté—. ¿No crees que ya estás demasiado viejo como para intentar hacer temblar al mundo?

—Las ideas no tienen edad, pequeña —musitó sonriendo—. Leonardo tuvo sus mejores ideas siendo ya un anciano. Tengo la edad justa, puesto que poseo la experiencia, los medios y la gente.

—¿De dónde piensas sacar a esa gente?

—De todas partes —replicó orgulloso de sí mismo—. A mi llamada acudirán desde todos los rincones del planeta, y con su ayuda le pegaré fuego a esta maldita sociedad de mierda.

Aquel fue el primer día en que oí hablar de la Operación Krakatoa, pero aún no tenía ni la menor idea de lo que se ocultaba tras ella.

También fue el día en que comencé a conocer al verdadero Martell.

Al Gran Martell.

Por lo que averigüé tres días más tarde, el Krakatoa fue un volcán de Indonesia que a mediados de 1883 reventó con tal violencia que el estampido se oyó en Australia o Madagascar, a más de cinco mil kilómetros de distancia.

La nube de polvo y escorias que formó giró sobre la Tierra durante años, y una ola de casi cuarenta metros de altura viajó a través del Índico y el Atlántico hasta el canal de la Mancha, sin que nadie supiera nunca cuántas muertes provocó ni qué apocalípticas proporciones alcanzó su desmesurada capacidad de destrucción.

Y ahora Martell, el Gran Martell, elegía aquella indescriptible catástrofe como nombre de guerra y símbolo de una operación en la que esperaba pegarle fuego a esta maldita sociedad de mierda.

Me asusté.

Le creí y me asusté, puesto que de algún modo presentía que hasta aquel momento Martell tan solo me había mostrado su lado amable; la imagen del hombre que ha optado por elegir el camino equivocado pero que vive consciente de su error, lo cual obliga a abrigar la esperanza de que en algún momento conseguirá reaccionar para dar media vuelta y volver a empezar.

Ahora la moneda giraba en el aire y yo comenzaba a entrever ambas caras, y aunque tan solo fuera por décimas de segundo, lo que estaba descubriendo me indicaba que el lado oscuro de Martell era casi tan amenazador como pudiera serlo el mío propio.

¡Durante mucho tiempo, demasiado quizás!, habíamos estado enseñándonos mutuamente nuestras cartas, pero lo cierto era que guardaba un par de ellas en la manga de las que jamás me había hablado. Y, o mucho me equivocaba, o se disponía a arrojarlas sobre el tapete.

Me vino a la memoria lo que siempre se había dicho sobre él: Martell es como un cometa que desaparece en el espacio, pero que cuando regresa opaca a todas las estrellas del firmamento.

Eso era lo que ansiaba ser: cometa que vuelve, o rey que deja su trono en manos de validos a sabiendas de que el día en que decide alzar la voz todos corren a postrarse a sus pies.

¡El poder!

El poder visto desde ese ángulo es aún más poder que el de quien se ve obligado a ejercerlo día tras día por temor a perderlo.

Cuando un par de meses más tarde pude constatar su desmesurada capacidad de convocatoria entre quienes se supone que no acostumbran a seguir más que sus propias normas, llegué a la conclusión de que el auténtico poder de Martell superaba en mucho al de la mayoría de los presidentes o jefes de Gobierno de algunos países democráticos.

¡Y no lo parecía!

Juro por Dios que no lo parecía, y aún, a menudo, cuando pienso en él, le recuerdo con su uniforme de chofer y su gorra en la mano, replicando muy serio que no consideraba en absoluto correcto sentarse a mi mesa.

Supongo que de igual modo el Dibujante, cuando pensara en mí momentos antes de descender del autobús, recordaría a la inofensiva muchacha del ojo amoratado por un marido brutal, sin sospechar siquiera que le estaba aguardando con la intención de reventarle la cabeza de un balazo.

¡Krakatoa!

¿Qué se ocultaba tras tan inquietante palabra?

Comprendí que tratar de sonsacar a Martell resultaría contraproducente, por lo que me limité a esperar a que diera el siguiente paso.

Una mañana me telefoneó para comunicarme escuetamente que si deseaba auténtica acción, lo único que tenía que hacer era estar el 6 de junio a las nueve de la noche en el casino de Divonne, jugando siempre al número once.

Mi nombre en clave a partir de aquel momento era el de Antorcha y no debería responder a ningún otro.

Divonne-les-Baines es un diminuto pueblo francés cuyo mayor encanto, aparte de una innegable belleza natural y unas fabulosas vistas sobre el lago Lemán, se basa en el hecho de que posee un lujoso hotel dotado de un magnífico casino al que acuden a jugar los suizos, ya que se encuentra a caballo sobre la mismísima frontera, y apenas a una veintena de kilómetros de Ginebra.

Reservé con tiempo mi habitación, me hospedé en el hotel, y a las nueve en punto del 6 de junio pasado me dediqué a perder miles de francos apostando a un once que al parecer había decidido marcharse de vacaciones al Caribe con ese tal Curro del que todo el mundo habla.

Al poco se me aproximó un individuo de aspecto anodino que me suplicó que le siguiera.

Subimos a un Audi plateado y nos perdimos en la noche avanzando por enrevesados caminos durante casi una hora, para ir a detenernos ante un enorme caserón rodeado de un espeso jardín y una alta verja.

Una vez dentro el individuo me condujo a un elegante saloncito, me rogó que le entregara el bolso y me pidió que aguardara.

Cuando salió advertí que cerraba con llave a sus espaldas.

Fue una espera muy tensa, lo admito.

Era como encontrarse en la antesala del dentista a sabiendas de que te va a perforar las muelas con un torno.

Estaba en manos de Martell, ahora el Gran Martell, y lo único que me permitía conservar la calma era saber que él sabía que si algo me ocurría su larga carrera delictiva podía darse por concluida.

Aun así, no puedo negar que una amarga bola de hiel se me había instalado en la boca del estómago.

Era una sensación muy semejante a la que experimenté la noche en que ejecuté al Dibujante.

Por fin, tras casi una hora de espera, me liberaron de mi encierro, me devolvieron un bolso en que no guardaba más que dinero y maquillaje y me condujeron a un enorme salón en penumbra, ya que se encontraba iluminado por diminutas lámparas que descansaban sobre las mesas y que apenas iluminaban hacia abajo, de tal modo que tan solo permitían distinguir las manos de sus ocupantes.

Frente a cada puesto había un sobre.

El que me correspondió tenía escrito: «Antorcha.»

No se oía un rumor.

Unas veinte o veinticinco personas fueron penetrando de una en una para tomar asiento en reverencial silencio.

Luego, al cabo de un rato, y cuando al parecer ya todos se encontraban acomodados, en la mesa presidencial hizo su aparición Martell... que aguardó unos instantes y al fin, tras carraspear levemente, alzó la mano pidiendo la palabra.

—Queridos camaradas —comenzó—, os he rogado que vengáis porque tengo algo que proponeros y que a mi modo de ver puede asestar un golpe mortal a las decadentes democracias contra las que tanto tiempo llevamos luchando con tan desigual resultado. Os agradezco vuestra presencia.

Se oyó un leve rumor pero nada más.

Al poco, el Gran Martell continuó:

—Hace unos meses me he dado cuenta de algo de suma importancia y en lo que nadie más parece haber reparado: en la mayor parte de las ciudades europeas se han instalado una serie de surtidores que durante la noche proporcionan gasolina por el simple procedimiento de introducir billetes... —Hizo una corta pausa como para permitir que sus interlocutores asimilaran lo que acababa de decir, antes de añadir—: Ignoro quiénes han sido los autores de tan estúpida idea, y por qué razón las autoridades lo permiten, pero no cabe duda de que, aparte de una irresponsabilidad, constituye un profundo desprecio a nuestra imaginación. Llevamos años arriesgándonos a base de transportar y manipular explosivos con el fin de provocar atentados que a veces causan víctimas entre nuestra propia gente, y ahora resulta que nos proporcionan toda clase de facilidades para que, con muy poco esfuerzo, les causemos un daño irreparable...

De nuevo se interrumpió porque ahora sí que un fuerte rumor llenó la estancia, como si los presentes se dedicaran a comentar con sus casi invisibles compañeros de mesa la innegable relevancia de cuanto acababan de escuchar.

Las manos de Martell permanecían, mientras tanto, con los dedos entrelazados y tan estáticas que se podría creer que pertenecían a una estatua.

Siguieron en idéntica posición cuando al fin recuperó el uso de la palabra.

—Mi intención —dijo— es la de coordinar una maniobra conjunta en una serie de ciudades clave, la misma noche, a la misma hora, con el fin de evitar que una acción aislada y precipitada ponga sobre aviso al resto. —Hizo una dramática pausa—. Si confiáis una vez más en mí, os garantizo que la Operación Krakatoa quedará en la memoria de los hombres por los siglos de los siglos. No dejaremos piedra sobre piedra.

Ahora el rumor fue de entusiasmo; como el vibrante clamor de victoria de quienes han descubierto de pronto las puertas del paraíso.

Cuando se hubo acallado, el Gran Martell concluyó:

—Cada uno de vosotros tiene delante una tarjeta con su nombre. Firmad si estáis de acuerdo en participar o no, y entregadla a quien pase a recogerla. Respetaré el criterio de quienes no deseen colaborar a sabiendas de lo que les ocurrirá si mencionan una sola palabra de cuanto aquí se ha tratado. El resto, los que prefieran seguir adelante con el plan, tendrán noticias mías. ¡Buenas noches!

Desapareció como por arte de magia y jamás volví a verle.

Tomé el sobre, escribí «No» en la cartulina, lo cerré y se lo entregué al individuo anónimo que poco después me acompañó hasta el Audi y me devolvió al hotel.

Con la primera claridad del día subí a mi propio coche y me alejé de allí.

Necesitaba encontrar un lugar tranquilo en el que meditar. No me preocupaba haber escrito «No» en mi tarjetón.

Sabía muy bien que eso era lo que se esperaba de mí, puesto que a juicio de Martell yo carecía de razones para dar mi consentimiento a semejante acto de barbarie, y aceptarlo hubiera resultado altamente sospechoso.

Mientras me limitara a mantenerme al margen ninguno de los dos correría peligro, ya que nos encontrábamos demasiado ligados el uno al otro, pero aquella noche había hecho una exhibición de su tremendo poder obligándome a abrigar la seguridad de que si daba un solo paso en falso me aplastaría.

Conduje durante horas, despacio y sin rumbo fijo, deteniéndome de tanto en tanto aquí y allá para disfrutar del paisaje y meditar sobre en qué lugar de este mundo podría ocultarme el tiempo necesario como para tomar una decisión sobre cuanto acababa de escuchar la noche antes.

El brazo de Martell era muy largo, sin duda alguna. Muy largo.

Y contaba con infinitos recursos, puesto que conocía la mayor parte de los trucos del oficio, ya que era un magnífico profesional al que había conseguido sorprender una vez, pero estaba segura de que me resultaría muy difícil engañar la segunda.

Esperaba de mí que me quedara quieta, pero presentía que de alguna forma me estaba controlando.

Fue entonces cuando caí en la cuenta de que mi equipaje había pasado todo el día en la habitación del hotel, y el coche en el aparcamiento. A media tarde me detuve ante un pequeño garaje a las afueras de un pueblo perdido del centro de Francia y le pregunté al dueño si conocía a alguien que estuviera dispuesto a ganarse un buen dinero por llevar mi coche a París y dejarlo en el aeropuerto de Orly.

Me recomendó a su hijo, un muchacho de aspecto avispado que abrió los ojos como platos cuando le coloqué veinte mil francos en la mano, y que me dejó en la estación llevándose mi coche, mi equipaje y mi teléfono móvil debidamente conectado.

Me compré ropa sencilla, me cambié en el baño, tiré a una papelera la que llevaba puesta y desde un teléfono público hice una llamada. A la noche siguiente una mujer que vagamente recordaba a la Serena Andrade de antaño penetró en el puerto deportivo de Cannes y subió a un yate de alquiler de unos veinte metros de eslora, con cuyo propietario y capitán, el viejo Monsieur Lagardere, había entablado una cierta amistad durante su larga estancia en el barco de Hans Preyfer.

Monsieur Lagardere me propinó dos sonoros besos, me ofreció un pastís e inquirió por último:

—¿Rumbo?

—Al mar. Necesito estar sola y pensar.

Zarpamos con el alba y pusimos proa a poniente bordeando la costa.

La tripulación la componían el capitán y cuatro hombres que parecían estar acostumbrados a que su barco lo alquilaran parejas de enamorados que querían perderse de vista una temporada, a los que no pareció sorprender que alguien que probablemente acababa de sufrir un desengaño sentimental les contratara con la sana intención de alejarse por un tiempo del mundanal ruido.

Mi camarote era inmenso, con una amplia cama en la que deberían haberse librado incontables batallas amorosas, la comida excelente, y los tripulantes tan discretos y silenciosos que más parecían fantasmas que seres de carne y hueso.

Desde el camarote se accedía directamente a la cubierta de popa con cómodas hamacas y un gran yacuzzi, y a la que nadie se aproximaba si no se le llamaba, lo que me permitía tomar el sol desnuda, bañarme, pescar, leer, ver la televisión o dormitar sin que me molestasen.

Hubieran sido unos días en verdad encantadores, de no ser porque echaba de menos al hombre al que amaba, y una terrible duda me agobiaba:

¿Qué ocurriría si Martell cumplía su promesa?

¿Qué ocurriría si una noche cualquiera docenas de surtidores sin ningún tipo de vigilancia comenzaban a vomitar gasolina al unísono para convertir las ciudades de Europa en un lago de fuego?

¿Cuántos miles de personas morirían?

¿Cuántos edificios históricos desaparecerían?

¿Cuántas familias perderían sus hogares?

¿Cuántas empresas se hundirían?

¡Dios!

Me vino a la memoria aquella lejana noche en que recorrí un Madrid de calles solitarias en procura de una gasolinera en la que repostar, y llegué a la conclusión de que Martell tenía razón.

Por muy estúpido que pareciese; por muy absurdo y casi increíble que se me pudiera antojar, lo cierto es que el peligro estaba allí, siempre había estado, y lo inconcebible era que ni unos ni otros lo hubieran advertido hasta aquel mismo momento.

Los que instalaron aquellos surtidores eran unos irresponsables, los que los autorizaron, unos ineptos, y los que no los habían sabido aprovechar hasta el presente, unos cretinos.

En los aeropuertos te obligaban a pasar por rigurosos controles en los que tenías que colocar sobre una bandeja hasta las monedas, las pulseras y el reloj, pero a la vuelta de la esquina tenías la oportunidad de pegarle fuego a media ciudad con un simple puñado de billetes.

¡Mierda!

¡Mierda, mierda, mierda...!

¿Qué podía hacer?

¿Qué debía hacer?

¿Llamar a las autoridades y contarles que había asistido a una concentración de los más peligrosos terroristas del mundo?

¿Quién iba a creerme?

¿Y quién me garantizaba que me escucharían y al día siguiente tomarían la decisión de clausurar aquella inagotable fuente de producir dinero?

Lo más probable sería que quien se pusiera al teléfono fuera un funcionario o una atareada secretaria que me rogaría que rellenara un formulario o que presentase una denuncia formal en el juzgado de guardia más próximo.

—Buenas, soy una conocida asesina con diez personalidades diferentes y vengo a denunciar que un escogido grupo de terroristas tienen la sana intención de hacerles volar a todos.

No era de recibo.

¡No! Sinceramente no me lo parecía. Tampoco me lo parecía convocar una rueda de prensa, mostrarme al mundo, y alarmar a la ciudadanía obligándola a imaginar que esa misma noche su calle podía convertirse en un infierno.

Pero tampoco podía cruzarme de brazos.

He matado a mucha gente, eso es sabido, y sabido es también, pues no lo oculto, que muchos de cuantos asesiné no merecían la muerte, pero de eso a imaginar a niños abrasándose en sus cunas o enfermos asfixiándose en sus camas, mediaba un abismo.

Estaba furiosa con Martell.

Y furiosa no solo por lo que pretendía hacer, sino porque se le hubiese pasado por la mente la idea de que no movería un dedo por miedo a las represalias.

¿Miedo?

Yo nunca tuve miedo.

Él, como terrorista, presuponía que yo me aterrorizaría ante la magnitud de su poder, pero cometió un grave error al imaginar que pese a conocerme tanto me conocía de verdad.

Jamás supo quién era yo en realidad.

¡Jamás!

Arañó el barniz y supo lo que yo quería que supiera, pero le derroté una vez y podía volver a hacerlo porque sabía que en el fondo era mucho mejor que él y tenía también muchos más cojones.

Algo se le había pasado por alto...

A mí la vida ya no me importaba.

Quizá nunca me importó, no lo sé con certeza.

Pero muerto Sebastián y perdido el hombre al que amo, nada existía que me impulsara a seguir respirando.

La soledad continúa siendo soledad incluso en la cubierta de un yate de lujo.

El desamor siempre será desamor. Y el hastío no es más que la antesala de la nada más profunda.

Aún era joven, guapa y asquerosamente rica, pero me importaba un carajo.

Mi alma era vieja, mi belleza tan solo exterior, y mi dinero se encontraba empapado en sangre.

Todo ello me concedía una notable ventaja. Saber que no perdía nada me indicaba que tan solo me quedaba un camino: ganar.

Aquella era una jugada con la que Martell no había contado.

No se puede destruir lo que ya está destruido, ni matar a un cadáver. Pero si alguien imagina que me sacrifiqué por salvar a miles de personas, que deseche esa idea. Lo hice por mí. Porque tenía que hacerlo por mí. Y porque si no lo hacía acabaría loca.

Tenía casi tomada ya mi decisión, cuando sin saber por qué me asaltó la sospecha de que tal vez lo que Martell había pretendido al invitarme a aquella absurda asamblea era que le traicionara.

Al hacer que me condujeran hasta el caserón consiguió mostrarme su fuerza, entusiasmando de paso a sus socios, ante los que hizo una exhibición de audacia, imaginación y astucia, para dejarme marchar convencido de que haría algo por impedir una masacre que nunca debió estar en su mente llevar a cabo.

Si me consideraba tan inteligente como decía, abrigaría el convencimiento de que yo sería el único ser de este mundo en condiciones de frenarle.

Sabía que no le traicionaría como persona, pero también sabía que era muy capaz de hacer abortar su engendro.

¿Y si realmente nunca pretendió que naciera?

¿Y si aquella fuera la gran partida que siempre deseó jugar como revancha a su primer fracaso?

Me retaba a sabiendas de que al vencerle me estaba derrotando, puesto que él conocía dónde se encontraba la auténtica meta y yo no.

Muy propio de su maquiavélica mentalidad.

Muy propio de alguien que lo ha conseguido todo, pero lleva clavada una espina que pretende arrancarse antes de desaparecer en el firmamento definitivamente.

¿Y si aquella casi invisible pandilla de terroristas no fueran en realidad terroristas?

¿Y si se hubiera tratado de un montaje, de una cuidadosa puesta en escena destinada a obligarme a participar en un juego en el que tenía diseñada de antemano la estrategia y previstos todos mis movimientos?

Se había ido; se había esfumado; se había largado al otro extremo del mundo en el que tal vez un cirujano plástico le cambiaría la cara, y con los cientos de millones que le devolví se dedicaría a disfrutar de su familia.

Y de mi fracaso.

Le creía muy capaz.

Conociendo como conocía a Martell me constaba que lo que más le divertiría en esta vida sería saber que me asaltaban las dudas y no tenía muy claro dónde se ocultaba la verdad.

¿Me había convertido en víctima de una gigantesca broma, o se trataba realmente de una terrible amenaza?

¿Me correspondía jugar con las piezas blancas o con las negras?

¿Debía arriesgarme a que se desatara un infierno en la Tierra, o debería arriesgarme a que me mataran?

Un millón de preguntas me asaltaban mientras tomaba el sol atiborrándome de coñac por primera vez en mi vida, puesto que ignoro por qué extraña razón me había asaltado de pronto una perentoria necesidad de aturdirme.

Yo, que siempre me he esforzado por mantener un rígido control sobre mi mente, buscaba ahora evadirme intentando encontrar en el fondo de una copa demasiadas respuestas.

Pero ¿qué copa te puede dar tales respuestas?

¿Y qué persona?

Por aquel tiempo había caído en mis manos un informe de la Universidad de Baja California, según el cual un equipo de investigadores había llegado a la conclusión de que los asesinos natos se comportan de una forma tan violenta por el hecho de que existe una deficiente comunicación entre las dos partes de su cerebro.

Aseguraba dicho estudio que el hemisferio izquierdo es más racional, y el derecho más emocional. Cuando no existe suficiente fluidez en la relación entre ambos, el emocional tiende a actuar sin freno, por lo que concluye por tornarse anormalmente agresivo.

Resultaría curioso —y admito que en cierto modo bastante chocante— que después de tanto como he elucubrado sobre la razón o la sinrazón de mi comportamiento, tuviera que acabar por admitir que todo se debe a una pequeña tara física:

Una disfunción en el cuerpo calloso, lo cual provoca que dos estructuras básicas del sistema límbico, la amígdala y el tálamo, se activen más de lo normal.

¡Toma ya!

O sea que mis muertos habría que cargárselos al sistema límbico.

¿Valía la pena mantener mi control mental para eso: para que el tálamo y la amígdala me la andaran pegando a mis espaldas?

Admito que en aquellas circunstancias un par de copas de más conseguían que mi cuerpo calloso se ablandara.

Una mañana en la que la resaca se presentó bastante más densa y pastosa de lo normal, me desperté en un barco anclado sobre un mar cristalino y frente a un islote rocoso sobrevolado por cientos de gaviotas.

El sol estaba ya muy alto cuando golpearon a la puerta y al poco hizo su aparición el viejo capitán, cuyo rostro aparecía más serio y circunspecto que de costumbre.

—¿Puedo hablar con usted? —quiso saber.

—¡Desde luego! —admití—. De lo que no estoy tan segura es de que sea capaz de responderle.

—Por ese camino no llegará a ninguna parte —señaló un pesaroso Monsieur Lagardere—. Ignoro el origen de sus problemas, pero no creo que esta sea la forma de solucionarlos. —Hizo una corta y significativa pausa—. Anoche la oí gritar.

—Supongo que en este barco habrá oído gritar a muchas mujeres —repliqué esforzándome por mostrarme ocurrente.

—Desde luego... —admitió—. Pero ninguna lo hizo nunca con tanto desgarro. Me partió el alma. Y sabe que la aprecio.

Sus palabras sonaban sinceras, por lo que opté por colocar mi mano sobre su antebrazo antes de replicar:

—Creo que tiene razón. No volverá a repetirse. —Señalé el islote rocoso—. ¿Dónde estamos? —quise saber.

—Frente a la isla de Cabrera, en las Baleares.

—Un lugar precioso —reconocí—. Nos quedaremos un par de días. Luego lléveme a Mallorca. Allí desembarcaré.

—Como guste.

Dos días.

Yo misma me había dado un plazo de no más de dos días para tomar la decisión más importante de mi vida, puesto que resultaba estúpido perder el tiempo vagando de un lado a otro mientras tal vez Martell había comenzado a mover sus piezas.

¿Pensaba hacerlo realmente?

¡Dios santo!

¿De verdad le prendería fuego a la mitad de las ciudades europeas?

Y si lo hacía... ¿cuándo tenía previsto hacerlo?

Mi conciencia tiene una reconocida capacidad a la hora de cargar con muertos, pero quiero suponer que si aquella masacre tenía lugar sin que yo intentara evitarlo, esa conciencia cedería bajo el peso de tantísimos cadáveres.

Pese a ello, me resistía a la tentación de inclinar mi rey en reconocimiento de que cualquiera que fuera mi siguiente movimiento, Martell había ganado la partida.

Para detenerle tenía que dar la cara y entregarme o nadie me creería. Y si decidía guardar silencio viviría noche tras noche aguardando un amanecer envuelto en llamas.

No importa lo crueles o desalmados que hayamos sido, ni lo astutos o inteligentes que demostremos ser, puesto que siempre acabamos por descubrir que existe alguien más astuto, inteligente, cruel o desalmado que nosotros, y Martell era un cometa que siempre regresaba.

Empleé, por tanto, aquellos dos días en que permanecimos fondeados frente a la isla de Cabrera en diseñar una estrategia encaminada a neutralizar el juego de mi rival con el menor riesgo posible.

Tuve muy claro, eso sí, que jamás conseguiría vencerle.

Mi máxima aspiración tenía que concentrarse en un desesperado intento por conseguir que la partida quedara en tablas.

Me constaba que pretender algo más significaría perder el tiempo.

A media mañana del tercer día desembarqué en el puerto de Palma de Mallorca, retribuí generosamente a Monsieur Lagardere y su tripulación, y esa misma noche tomé un avión con destino a Madrid.

Me instalé en un discreto hotel cercano al aeropuerto y al día siguiente me compré un Rover de segunda mano con el que me dediqué a callejear en un fastidioso esfuerzo por intentar localizar sin ayuda de nadie todos aquellos surtidores que durante la noche funcionaban por el simple sistema de introducir billetes.

Pronto llegué a la conclusión de que el más peligroso de todos ellos se encontraba instalado en plena plaza de Isabel II, a unos veinte metros escasos de la fachada posterior de un fastuoso Teatro Real que acababa de ser remozado y que aún ni siquiera había sido inaugurado oficialmente.

Me vinieron a la mente el Liceo de Barcelona y La Fénix de Venecia, dos carismáticas salas que habían ardido hasta los cimientos con escaso margen de diferencia en el tiempo, sin que nunca quedaran absolutamente aclaradas las razones de tamañas catástrofes.

¿Podía ser el de Madrid el tercero en la lista?

¡Resultaba tan fácil!

¡Y tan barato!

Cincuenta mil pesetas me proporcionarían cuatrocientos litros de gasolina capaces de transformar la hermosa plaza y el altivo edificio en una sucursal del infierno.

No pude por menos que hacerme eco de las palabras de Martell:

¿Quién había sido tan irresponsable como para consentirlo?

¿En qué estaban pensando?

Me vino a la memoria un viejo dicho:

«Lo peor, por muy impensable que parezca, siempre tiene una posibilidad de ocurrir. Y si depende de los seres humanos, mil.»

Y en esta ocasión dependía de la peor especie de seres humanos.

Si uno solo de aquellos surtidores ardía provocando un desastre, los terroristas de todo el mundo seguirían su ejemplo convirtiendo la acción en una epidemia que se iría extendiendo de ciudad en ciudad hasta alcanzar proporciones dantescas.

Lo único que podía hacer era intentar detener el mal en su raíz, de la misma forma que se suelen detener las epidemias: por medio de una vacuna.

La vacuna pone sobre aviso a las defensas del cuerpo permitiéndole atacar en su origen una cepa debilitada de la enfermedad, antes de que esta lo invada con toda su magnitud.

Mi vacuna tenía que ser, según eso, lo suficientemente poderosa como para alertar al sistema inmunológico, pero al propio tiempo lo suficientemente controlable como para que no causara excesivos estragos.

Para ello la elegí con especial cuidado.

Un incendio que amenazara hasta cierto punto la integridad del Teatro Real bastaría para poner a las autoridades sobre aviso, y la plaza de Isabel II tenía las suficientes vías de acceso desde muy distintas calles como para que no constituyera un grave problema para los bomberos.

La noche elegida, una cálida noche de principios de verano y mientras las calles madrileñas se encontraban aún transitadas por la desconcertante masa de noctámbulos que pululan continuamente por el centro de una ciudad que se podría asegurar que nunca duerme, subí al coche y me dediqué a recorrer uno tras otro todos aquellos surtidores que había conseguido localizar.

En cada uno de ellos introduje un buen pedazo de

rosada goma de mascar en la ranura de entrada del cajero automático, procurando colocarla lo más al fondo posible de tal modo que al no poder recibir dinero, la máquina se negara a expender combustible.

De ese modo me aseguraba de que al menos por esa noche, y hasta que a la mañana siguiente un técnico acudiera a desmontarlo, aquel surtidor en concreto no constituiría el más mínimo peligro.

Concluida la ronda me encaminé al punto elegido, aguardé hasta cerciorarme de que no aparecerían testigos molestos, y fui introduciendo billete tras billete en la ranura.

Calculé que con cien litros bastaría.

Aquella se me antojó la dosis de vacuna necesaria para poner sobre aviso a los anticuerpos sin provocar un colapso en el paciente.

Luego, y en el justo momento en que dos distraídos barrenderos hacían su aparición empujando un carrito y charlando animadamente, provoqué el incendio.

Tuve la oportunidad de huir, creo que ya lo he dicho.

Un muro de fuego se alzaba entre los recién llegados que gritaban y yo, y el humo era tan denso y el caos tan indescriptible mientras media docena de automóviles explotaban volando por los aires, que estoy convencida de que nadie hubiera reparado en una pobre muchacha que corriese en un desesperado intento por alejarse de tanto horror como quedaba a sus espaldas.

Pero no lo hice.

No lo hice puesto que, de haber escapado, tal vez tan espectacular desastre no hubiera quedado registrado más que como un mero incidente al que los medios de comunicación apenas habrían prestado una especial atención.

Y no era eso lo que yo buscaba.

Lo que yo pretendía era encararme a alguien con responsabilidad a alto nivel, y a quien pudiera hacerle comprender la magnitud del peligro a que estaban expuestos miles de ciudadanos.

¿Lo he conseguido?

No. Admito que hasta el momento presente no lo he conseguido.

He hablado con inspectores de policía y con psicólogos; me han bombardeado a preguntas e incluso me han amenazado con romperme la cara, pero a estas alturas nadie ha podido confirmarme que tan evidente peligro ha sido conjurado, y que en las ciudades europeas no queda ni un solo surtidor que vomite cientos de litros de gasolina a cambio de un puñado de billetes.

¿Un sacrificio inútil?

¡Quizá!

Pero ese no es ya mi problema, ni esa mi responsabilidad.

Creo que hice cuanto estaba en mi mano y cuanto, por primera y única vez en mi vida, me dictó mi conciencia.

Jugué a sabiendas que perdía, pero jugué.

No es que pretenda con eso borrar mi pasado.

Ni tan siquiera el fuego, que todo lo purifica, bastaría para convertir en cenizas los cadáveres que he ido dejando a mis espaldas.

Se necesitaría mucho más que un jarrón verde para guardar tanta ceniza.

¿Qué fue de aquel jarrón verde?

¿Dónde descansarán ahora las cenizas de Sebastián?

En aquel horrendo recipiente de porcelana barata se centra, sin duda, el origen de todo lo acontecido.

Fue ese día, al descubrir lo que había quedado del ser más prodigioso que jamás pisó la faz de la Tierra, cuando el odio se apoderó de mí obligándome a recorrer los tortuosos caminos por los que tan amargamente he transitado en estos años.

Ahora, aquí encerrada y sin más compañía que una página en blanco, empiezo al fin a recuperar la paz interior que me abandonó aquel día.

Ya ese odio ha quedado definitivamente atrás.

Ya ni siquiera le reprocho a ETA su error al colocar una bomba en las calles de Córdoba porque he aprendido que aquel no fue más que uno de los infinitos errores que cometió desde el momento en que no supo darse cuenta de que habían desembocado en las llanuras de la paz tras haber recorrido un largo camino por las agrestes montañas de la guerra.

Quienes no aprendan a distinguir entre la democracia y la dictadura nunca aprenderán a distinguir el bien del mal y, por lo tanto, resulta muy difícil juzgarlos con ecuanimidad.

¿Qué han conseguido asesinando a setecientos seres humanos?

Nada.

Ni un solo paso hacia delante.

Ni un solo voto de más.

Y es que ni tan siquiera una coma ha cambiado en un discurso que perdió hace años su vigencia.

Ese no es ya el camino.

El final del camino desapareció en una ciénaga de sangre. Mi caso es semejante. Quise tomarme la justicia por mi mano y la peor librada he sido yo.

Me gustaría poder pedir perdón, pero no sé a quién dirigirme. Todos aquellos ante quienes debería arrodillarme están muertos.

¿Y de qué sirve un muerto?

¿De qué sirven las cenizas de Sebastián?

La ceniza no es más que la antesala del vacío más absoluto en cuanto sople el viento, y ahora tomo conciencia de que mi mayor pecado fue transformar esperanzas, sueños e ilusiones en un vacío absoluto.

Nadie, ni terrorista, ni policía, ni juez, ni mucho menos un vengador de mi estilo tiene derecho a matar.

Por grandes que hubieran sido los errores de Andoni *el Dibujante*, mayor era su mérito al haber sabido aceptarlos esforzándose por aprender a convivir con ellos.

Y por terribles que hayan sido mis infinitos errores no creo que la muerte constituyera la mejor forma de expiarlos.

Un cadáver no siente ni padece, no piensa, ni mucho menos carga con sus culpas. Un cadáver no es más que un pedazo de carne inerte y desolada.

Ayer abatieron en Bilbao a dos miembros del comando Vizcaya.

Según aseguró un ministro, eran culpables de infinidad de crímenes, pero no me alegró ver cómo el serrín cubría su sangre en la calle.

He visto ya demasiado serrín sobre demasiadas calles, y la mancha que queda es siempre la misma, puesto que ni sangre ni serrín saben de ideologías.

Que la sangre derramada por víctimas y verdugos acabe por mezclarse nunca proporcionará nueva vida, sino tan solo nuevas muertes.

¿Por qué pienso ahora así?

¿Acaso he cambiado tanto?

La venganza es mi ley, y a ella me atengo. ¡Me suena ahora tan rancia y tan absurda esa sentencia!

Ni la venganza, ni las muertes, ni mis infinitas horas de amargura y dolor consiguieron resucitar a Sebastián.

Lo único que consiguieron fue que se perdieran sus cenizas. Ha venido a verme un subsecretario.

Debe ser duro ser subsecretario. Es el que carga con el trabajo sucio.

Se supone que habla por boca del ministro, pero se presupone también que el ministro no habla por su boca.

Ha dicho algo sobre la ley de la jungla que amenaza con adueñarse de la sociedad que nos ha tocado vivir, pero no ha hecho mención alguna a la jungla de la ley, ese universo cada vez más complejo y enmarañado por el que nos vemos obligados a abrirnos paso día tras día.

Creo que no tiene nada claros cuáles son los cargos en mi contra.

¿Terrorismo, estragos, gamberrismo o simple imprudencia temeraria?

¿Sería capaz de admitir que en realidad le he hecho un enorme favor?

No; eso no lo admite aunque en el fondo de su alma

sabe que es así, pero entiendo que resulte muy difícil reconocer que había puesto en peligro a una gran parte de la ciudadanía.

Raro es el día que en el País Vasco no se prende fuego a un concesionario de automóviles o a la sede de un partido político, y cada vez más sofisticados cócteles molotov vuelan como si fueran pájaros, pero pese a ello se resisten a aceptar la evidencia de que habían puesto en manos de los violentos un arma terrible.

Pero ¿qué importa eso ahora?

Lo único que importa es que no saben qué hacer conmigo.

¿O sí lo saben?

Saben qué es lo que les gustaría hacer. Les gustaría que yo continuara siendo la Sultana Roja.

Pero no la de antes.

Una Sultana Roja controlada.

Una Sultana Roja capaz de poner todo su talento —que admiten, eso sí, que es mucho— al servicio de una causa justa.

¿Y qué es lo que consideran una causa justa?

¡La suya, naturalmente!

Todo el mundo considera que su causa es la justa.

Incluso los subsecretarios.

Todo el mundo opina que Dios está de su parte, aunque a mi modo de ver Dios decidió hace siglos que no está de parte de nadie.

Que cada cual solucione sus problemas como buenamente pueda. Y el señor subsecretario me ha dado a entender que yo puedo ser una excelente solución a un montón de problemas.

Martell, por ejemplo.

Martell continúa constituyendo un doloroso grano en el trasero de muchos gobiernos que estarían dispuestos a colaborar calladamente con alguien que le ha tratado a fondo, conoce sus trucos y acabaría por neutralizarle.

También tienen un difícil problema con los narcos.

Gente dura y difícil, sobre todo esos nuevos y feroces narcos mexicanos que están inundando Norteamérica de cocaína. O el mundo acaba con la cocaína, o la cocaína acaba con el mundo. Es como una partida de ajedrez que se libra en un gigantesco tablero.

¿Acaso me gustaría tomar parte en tan apasionante partida?

Podría elegir entre ser reina, alfil, caballo o aquello que más me gustase porque me da la impresión de que se han convencido de que en estos años he aprendido a moverme por todos los tableros de juego con singular soltura.

¿No sería esa, sin duda, una proposición infinitamente más atractiva que la de pasarme media vida en una sucia mazmorra?

¿No sería una pena desperdiciar tanto talento permitiendo que se pudriera entre rejas?

El circunspecto subsecretario asegura, y creo que con razón, que no resulta nada fácil encontrar una mujer elegante, educada y atractiva que sea a la vez tan heladamente astuta y demuestre tan desconcertante carencia de escrúpulos.

Si no me importa matar, incendiar, mentir, robar, traicionar y acostarme con hombres o con mujeres por igual, ¿por qué razón habría de importarme emplear tan excelentes cualidades en servir a la justicia?

¿Es eso la justicia?

¿Es justo que la justicia tenga que echar mano de gente como yo?

No lo sé. En los tiempos que corren tal vez lo sea.

—Pero yo ya saldé mis cuentas con ETA —dije—. Pagaron un precio muy alto por poner una bomba en el lugar equivocado, y como diría Andoni *el Dibujante*, esa ya no es mi guerra.

—Existen otras guerras —fue su respuesta—. Guerras en las que tenemos que recurrir a todos los medios a nuestro alcance.

Yo soy ese medio, lo sé. Y un medio muy muy eficaz. Pero lo que no sé es si quiero convertirme en un medio por el resto de mi vida.

Estoy cansada.

¡Muy cansada!

Cansada de matar, cansada de mentir, cansada de robar y, sobre todo, cansada de pensar.

Pensar puede llegar a resultar agotador.

Debe ser por eso por lo que la gente aborrece pensar.

Cuando realizas un gran esfuerzo físico, tumbarte en una cama te relaja. Pero la mente jamás se relaja.

Los muertos vuelven a ella una y otra vez, los recuerdos corren de un lado a otro, y el miedo no se detiene un solo instante.

¡Los recuerdos!

Hay algo que nunca he dicho.

¡Nunca!

Aquella mañana, Sebastián estuvo a punto de lle-

varme a Córdoba. Quería comprarme unos zapatos que
hicieran juego con mi vestido nuevo.

A punto estuvo.

De haber ido con él, la bomba nos hubiera sorprendido cogidos de la mano.

Y nuestras cenizas hubieran compartido el jarrón
verde.

Fue una lástima.

Hubiera muerto en el mejor momento.

¡Feliz!

Y una sola vez.

Luego he muerto muchas veces.

¡Demasiadas!

ÍNDICE